미지의 우주 저 너머에

미지의 우주 저 너머에 1

김성훈 판타지 장편 소설

초판 1쇄 찍은 날 § 2004년 3월 10일
초판 1쇄 펴낸 날 § 2004년 3월 20일

지은이 § 김성훈
펴낸이 § 서경석

편집장 § 문혜영
편집책임 § 김희정
편집 § 장상수 · 김민정
마케팅 § 정필 · 강양원 · 이선구 · 김규진 · 홍현경

펴낸곳 § 도서출판 청어람
등록번호 § 제1081-1-89호
등록일자 § 1999. 5. 31
어람번호 § 제1-0468호

주소 § 경기도 부천시 원미구 심곡1동 350-1 남성B/D 3F (우) 420-011
전화 § 032-656-4452 팩스 § 032-656-4453
http://www.chungeoram.com
E-mail § eoram99@chollian.net

ISBN 89-5831-029-4 04810
ISBN 89-5831-028-6 (SET)

김성훈 판타지 장편 소설 1

미지의 응춧 지나매

도서출판
청어람

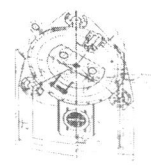

목차

 작가의 말

처음 글을 쓸 때는 이렇게 책으로 나오게 되리라고는 상상도 못했습니다.

평소에도 독서와 글을 조금 쓰는 것을 즐겨 하는 편이기는 하지만 책을 낸다는 것은 정말 대단한 재능이 없으면 불가능하다고 여기고 있었으니까요.

그런 제가 소설을 써보고 싶다는 생각을 하기 시작한 것은 불과 몇 달 전의 일입니다.

평소와 같이 책을 보던 중 문득 무언가를 써보고 싶다는 충동 같은 것을 느꼈습니다. 불길이 순식간에 타오르는 것 같은 감각에 참을 수가 없어서 몇 가지 아이디어만 가지고 그날 바로 시작했지요.

쓰는 방식은 어떤 게 좋을까 고민하다가 습작을 쓴다는 정말 가벼운 기분으로 인터넷에 연재해 나갔습니다.

그중 하나가 이 『미지의 우주 저 너머에』라는 글입니다.

처음 의도는 얼마나 재미있는 글을 쓸 수 있는가라는 가능성을 알아보고 싶어서였기에 별 기대도 하지 않고 쓴 글이었습니다. 그런데 의외로 많은 분들이 봐주셨고, 어느 틈엔가 저도 다른 글은 제쳐 두고 이 글만 열심히 쓰게 되고 말았습니다.

이게 창작의 마력인가 봅니다. 헤어날 수가 없더군요.

처음에는 단순한 캐릭터였던 주인공이 꿈에 나타나 괴롭히는 바람에 새벽녘에 일어나 글을 쓴 적도 여러 번 있답니다.

이렇게 수시로 나타나 저를 괴롭히던 제 주인공은 이제 제 손을 떠나 독자 분들의 평가를 받는 자리에 서게 되었습니다.

나름대로 재미있게 보이도록 하기 위해 최선을 다했습니다만 여러분들의 눈에는 과연 어떻게 보일지 기대 반, 걱정 반입니다.

이 글에서 저는 이제까지의 다른 판타지에서는 볼 수 없던 여러 가지 시도를 해보았습니다. 보통의 1인칭 소설보다 월등히 많은 주인공의 독백, 신화의 재해석, 동화의 코믹화, 색다른 드래곤 등.

이런 것들을 집어넣으면서 고민이 많았습니다. 괜한 사족을 붙이는 것은 아닐까 하구요.

그러나 과감히 시험해 보기로 했습니다. 모험을 하지 않는 작가는 평생 자신만의 색을 찾을 수 없을 테니까요.

제 모험이 성공할지 아니면 실패할지 알 수 없습니다만, 한 가지 확실한 건 창작의 맛을 알아버린 이상 앞으로도 꾸준히 글을 써나갈 거라는 것입니다.

그러니 앞으로도 많은 질타와 응원 부탁드립니다.

끝으로 뒤에서 저를 돌봐준 제 동생과 청어람 출판사 여러분들에게 감사하다는 말씀 올립니다.

저는 이만 물러갑니다.

서장

서 장

서기 2650년.

과학은 21세기가 지난 후에도 눈부시게 발전하였다. 물론 모든 분야에 걸쳐서 고른 성장을 이룬 것은 아니다. 예전에도 그랬고 앞으로도 당연히 그러하겠지만 철저하게 시대의 흐름에 따라 '수요가 있는 곳에 예산이 있다'는 원칙에 충실하여 한쪽으로 치우쳐 발전해 왔다.

암울한 20세기에서의 집중 투자 분야는 전쟁 무기의 개발이었다. 조금이라도 싼 비용으로 이루어지는 보다 효율적인 살인 도구의 개발이라는—적나라한 소리일지는 몰라도 사실이다—소기의 목적을 이루기 위한 수단으로 사용된 과학은 물리학과 기계공학에 엄청난 예산을 확보할 수 있었고 그에 상응하는 온갖 살상 무기들을 토해냈다. 그리고 이런 기류는 21세기까지 이어졌다.

그러다 보니 너무나도 파괴적인 쌍방의 무기로 인해 공멸할 수도 있다는 두려움은 나날이 늘어가고 그 결과 반대로 전쟁이 발발할 가능성은 점점 희박해져 가고 있었지만 '그래도 혹시나' 하는 생각을 가진 국민들의 불안감을 교묘히 이용하는 정치인들과 군수 무기 업체들의 담합의 힘은 지속적으로 국가 예산 중 국방비가 차지하는 비율을 증가시켰다.

21세기 말에 이르자 '인류는 자신들이 만든 무기로 인해 멸망할 것이다' 라는 식의 종말론적 예언들이 주류를 이루었다. 이런 소리들은 세기 말에 이르면 으레 어디선가 튀어나오지만 일단 그해만 지나가면 사라진다. 이번에도 예외는 아니었다.

아낌없이 자원을 낭비하는 거주자들로 인해 피폐해진 지구의 입장에서 보면 아주 불행스럽게도, '호모사피엔스여, 영원하라' 를 부르짖는 이들에게는 아주 다행스럽게도 인류는 22세기에도 명맥을 유지하는 데 성공했다.

그렇다고 해서 인류가 특별난 지혜를 발휘하여 살아남는 데 성공한 것은 아니다. 언젠가 일어날 전쟁에 대한 대비보다 당장 먹을 식량 부족 사태와 인구 문제의 해결이 당면 과제였기에 이를 해결하기 위해 어쩔 수 없이 범국가적인 협력 체제를 구축할 필요성이 증대되었다. 하지만 각국의 이해 관계를 하나로 끌어 모으는 일은 쉽지 않았다. 결국 통합을 이룬 방법은 가장 고전적이고 원시적인 방법, 전쟁이었다.

수많은 나라와 수없이 많은 사람들의 죽음을 거름으로 해서 탄생한 인류 최초의 통합 정부.

국가의 운영 방식은 전과 다를 바 없었지만 최소한 국가와 국가 간의 분쟁을 사라지게 했다는 점만은 인정받을 만한 것이었다.

여하간 단일화된 정부의 수립으로 인해 대규모의 전쟁은 자취를 감추게 되었다. 전쟁 무기에 대한 수요가 사라지고 이를 대신해 새로이

떠오른 사업은 유전공학과 물리학, 의학 등등이었다.

차츰 질병은 사라지고 인류의 평균 수명은 100세를 훨씬 넘어서게 되었다.

늘어나는 인구 수에 반비례하여 병으로 죽는 사람의 숫자는 대폭 감소하게 된 것이다.

생체의 노화 메카니즘의 대부분이 해석되고 인간은 늙는다는 두려움에서도 해방되었다.

평화의 시대였다.

물론 죽음의 영역까지 정복된 것은 아니다. 육체에서 가장 복잡한 뇌의 쇠퇴를 막을 방법이 없었기 때문이다. 뭐, 시간문제이기는 하겠지만.

여하간 인간은 뇌가 수명을 다하게 되어 뇌사 판정을 받기 전까지는 탱탱한 피부를 유지하며 편안한 삶을 살 수 있게 되었다.

그러나 문제가 생겼다.

사망자의 수는 크게 줄어든 반면 태어나는 신생아의 수는 종전대로라는. 폭발적인 인구 증가와 더불어 더욱 증대된 사회적 문제들이 더 이상 방치할 수 없는 수준에 도달하게 된 것이다.

다양한 해결 방안이 제시되었지만 선택된 것은 분배였다. 태양계 내의 타 행성에 지구 좁은 줄 모르고 무한 증식하는 인간들을 털어내자는 이주 계획의 수립은 나름대로 타당한 선택이었다.

일단 목표가 서자 대처는 빨랐다. 대규모 예산의 투자와 병행하여 행해진 일은 우수하다는 과학자들을 강제로 납치하여 이 계획에 참여시키는 일이었다. 인권 유린이라는 말도 많았지만 생존의 문제가 걸리게 되면 이런 것들은 종종 무시되곤 했다. 덕분에 과학자라는 직업은 3D에 버금갈 정도로 기피 직종이 되어버리는 부작용을 낳기는 했지만 여하간 연구는 착착 진행되어 갔다.

그후 100년의 세월이 눈 깜짝할 사이에 흘러갔다.

처음에는 공상 과학 소설에서나 가능할 것으로만 여겨졌던 이 계획은 차츰 현실이 되었다. 너무나 간단하게 실현되었기에 허탈할 정도였다. 기존의 무기 제조창에서 건조된 우주 이민선들은 성공적으로 발사되었고 태양계의 9개의 행성은 모두 인류의 새로운 식민지가 되었다.

이것으로 끝이냐고? 아니다. 인구 문제가 해결되었다고 안심한지도 잠시, 텅 비어 있다시피 했던 각각의 별에서는 마치 기다렸다는 듯 차례차례 베이비 붐이 일어났다. 처음에는 지구 연방으로서도 이것을 환영했다. 새로 개발된 스페이스 식민지에는 일손이 부족했기 때문이다. 그러나 그로부터 100년. 스페이스 식민지에도 한계가 있었다. 힘든 일은 모두 기계에게 맡기고 육체 노동에서 해방된 인간들은 심심하면 침대에서 자신의 반려자와 뒹굴었고 의술의 발달에 힘입어 늘어난 긴 수명 동안 끊임없이 새로운 2세를 만들어냈다.

피임약은 정력 감퇴의 원인이라고 여겨졌기에 기피되었다. 임신 중절도 마찬가지다. 더구나 양육이 힘든 유아들은 정부에서 대신 키워주는 사회보장법의 제정으로 굳이 그렇게 할 필요도 없었다. 아이가 귀찮으면 연방 직영의 탁아소에 가져다 버리면 그만이었으니까.

여전히 불확실한 미래, 개인마다 정해진 일만 하면 되는 변화없는 사회… 그런 것들이 변화를 바라는 인간 심리를 자극하여 더욱 왕성한 번식 욕구를, 더 많은 아이를 가지고 싶다는 무책임한 부모들을 대량으로 만들어냈다고 당시의 인류학자 라인R 드페르만은 그의 저서 『허울 뿐인 행복』에 적고 있다.

그러나 그의 주장에 귀를 기울이는 사람은 아무도 없었다.

다시 100여 년이 지났다. 태양계의 개발만으로는 더 이상 인구의 증가를 감당하기 어렵다는 사실을 깨달은 연방은 미지의 다른 은하계를 새로운 식민지로 만든다는 목표를 세우게 되었다. 그렇지만 장기간 동안 쾌락과 향락에 빠져 학문을 등한시하게 된 인류에게 그것은 어려운 일이었다. 그동안 이룬 과학은 퇴보는 하지 않고 있었지만 과거에 대한 답보 수준에 그치고 있었다.

밤샘 연구를 강요당하는 힘든 과학자의 길을 가려는 사람은 거의 없었고 인재 역시 턱없이 부족했다. 과거에 비해 인류의 전반적인 지적 수준은 현저히 낮았으며 꾸준히 하향하는 추세였다.

해결책을 모색하던 연방은 유일하게 계속 발전하고 있는 의학에 기대를 걸게 되었다. 의학이 발전을 계속하게 된 데에는 아주 커다란 이유가 있었다. 더욱더 왕성하게 보다 긴 시간 동안 쾌락을 추구할 수 있는 강한 육체를 원하는 남녀가 많았기 때문이다. 무슨 쾌락이냐고? 어른이 되면 다 알게 된다. 여하간 이런 이유로 극비리에 역사상 가장 위대한 천재라 불리던 사람들의 유전자에 대한 분석이 이루어지게 되었다.

그로부터 50년.

코스모스제약이라는 태양계에서 가장 큰 그룹의 사설 연구소에서 나는 태어나게 되었다.

나는 대리모의 몸을 빌려 태어났다. 의료 기술이 발달했는데 배양관이라든가 인공 자궁 같은 걸 이용하지 않았느냐고 의아해하는 사람이 있을지 모른다. 거기에는 다 이유가 있다. 코스모스제약의 총수인 안타니오스 회장에게는 외동딸이 하나 있었다. 사라 브라이언이라는 이름의 여성이었는데 그녀가 낳은 아이만 해도 8명에 이른다. 이를테면 베테랑 임신부다.

그녀에게는 소원이 있었는데 9명을 채워서 가족 야구단을 만든다는 소박하다면 소박하고 바보 같다면 바보 같은 그런 소망이었다. 그러나 인간 선풍기라고 불리던 그녀의 남편은 너무나도 바람을 많이 피운 나머지 더 이상의 건강한 정자 생성이 불가능한 몸이 되었다. 그래서 그녀의 소원은 이루어지지 못하는 것처럼 보였다.

사라는 몹시 실망했다. 그러던 어느 날 친정인 코스모스제약으로 쉬러 온 그녀는 우연히 극비 프로젝트인 지니어스 메이커에 대한 자료를 보게 되었다. 당시에는 자위적인 인공 수정은 금지였다. 왜냐면 자연 출산만으로도 지구는 대만원인데 인공 수정까지 허용하면 초만원이 될 것은 불을 보듯 뻔한 일이었기 때문이다.

그러나 지니어스 메이커 프로젝트는 정부에서 공인한 실험의 일환이다. 이것을 이용한다면 가족 야구단을 만들고 싶다는 꿈을 이룰 수 있다고 생각한 그녀는 회장에게 자신이 대리모가 될 것을 자청했다. 당연하겠지만 안타니오스 회장은 펄쩍 뛰며 반대했다.

그러나 야구단을 만들지 못하면 죽어버리겠다는 딸의 공갈에 넘어간 그는 결국 허락하게 되었다. 이런 바보 같은 이유로 나는 사라 브라이언의 몸을 빌려 태어나게 되었다. 나의 탄생 비화가 요런 꼴이 된 것에 대해 스스로도 무척 한심스럽게 여기는 바이다.

뭐, 좋게 말하면 연방 중흥의 역사적 사명을 띠고 이 땅에 태어났다고 우길 수도 있겠지만. 어휴~

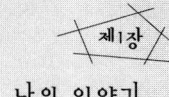

제1장

나의 이야기

나의   이야기

나는 10살이 되었다. 나와 같이 천재로 태어난 아이들의 숫자는 나를 제외하고도 11명이었다. 그들은 모두 연방이 관리하는 보육 시설로 들어가게 되었지만 나는 그들과 같은 길을 걷지 않아도 되었다. 나의 엄마 사라는 잘생긴 나를 끔찍이도 사랑해 주었고 그녀의 고슴도치 아빠인 안타니오스 회장은 이런 모자 간을 갈라놓지 못하여 적당히 다른 아이를 구해서 연방에 넘겨주었다. 나에게 할아버지가 되는 회장의 공사 구별 못하는 성격에 감사하는 바이다.

그리고 내 대신 끌려간 그 이름 모를 아이에게 행운이 있기를…….

일단 나는 호적상으로 사라의 양자로 입양된 것으로 처리되었다. 베이비 붐으로 태어나는 아이들이 워낙 많았기에 이 시대에 양자를 들이는 것은 드문 일이 아니다. 애완 동물 대신 아이를 키우는 집안도 흔했으니까. 그럭저럭 편안한 나날이었다.

문제가 있다면…….

"안톤, 어디 있니? 안톤! 기뻐해라! 시합이란다!"

저게 문제였다.

조용히 나만의 공간에서 컴퓨터를 두드리며 한창 코스모 엔진에 대한 연구를 진행 중이던 나는 한숨을 내쉬었다. 또 어디서 이상한 아줌마한테 도전이라도 받은 거겠지.

"안톤님, 시합이래요, 시합!"

들뜬 목소리로 내 뒤에 서 있는 저 여자 아이의 이름은 에트나 2세. 내가 만든 안드로이드다. 에트나 1세는 어떻게 되었냐고? 거기에는 눈물 없이 들을 수 없는 슬픈 비화가 있다.

손수건을 준비하고 봐주길 바란다. 너무나 슬프고 가슴 아픈 이야기니까…….

에트나 1세의 외모는 당시 잘나가던 남자 CF 배우를 모델로 해서 창조되었다. 문제는 이 녀석의 얼굴이 나보다 잘생겼기 때문에 내가 점찍었던 여자 아이들이 전부 한눈에 뿅 가버렸다는 것에 있다. 이 일은 나의 첫 작품이 연적이 되는 비극적인 사태로 발전하게 된다. 친절하고 상냥하며 아는 것도 많고 더불어 한 외모 하는 녀석에게 여성 친위대가 생기게 되고 나아가서는 영화 출연 제의까지 들어왔다. 분명 겸손한 성격으로 프로그램 해놨었는데 어찌 된 영문인지 녀석은 점점 잘난 오리새끼가 되어갔다. 그래도 '처음 만든 안드로이드인데 좀 더 두고 보자'라는 안이한 생각에 그냥 내버려 두었다. 하지만 이것이 실수였다. 내가 이 사실을 깨달은 것은 어느 무더운 여름에 일어난 사건 때문이었다.

언제나처럼 연구에 몰두하고 있던 나는 '커서 야구 선수가 되려면 체력이 중요하다', '어린애는 밖에 나가서 놀아야 한다' 라는 엄마의 성화에 못 이겨 어쩔 수 없이 밖으로 나왔다. 달리 갈 곳이 있는 것도 아니었기에 시립 도서관에서 적당히 시간을 때우고 집으로 돌아가는 나의 뒤를 리니아라고 하는 빨간 머리 소녀가 졸졸 따라왔다. 내가 비록 천재이긴 하지만 당시만 해도 연애라곤 한 번도 해본 적이 없는 무척이나 순진한 소년 중의 하나에 불과했다. 뭐랄까, '연애는 달콤 쌉싸래한 초콜릿 맛일 거다' 라는 등의 환상을 가지고 있었다고나 할까? 뭐? 여자는 화장실도 안 간다는 식의 착각을 갖고 있었냐고? 무슨 소리. 나는 천재다. 그럴 리 없다는 정도의 생물학적 기초 지식은 기본적으로 가지고 있는 게 당연하잖아?

여하간 그때의 나는 그녀가 고백하면 어떤 말로 승낙할 것인가 하는 생각으로 한창 들떠 있었다. 백설기 같은 하얀 피부를 가진 앙증맞은 소녀가 사과처럼 발그레한 얼굴로 머뭇거리는 모습이 너무나도 귀엽고 사랑스러웠다. 로리라고? 그런 건 아니다. 당시의 나는 채 10살도 되지 않았으니까 그런 단어는 어울리지 않는다. 풋풋한 풋사랑일 게 당연하다. 나의 우월한 도덕적 지위를 깎아 내리려는 헛된 시도는 하지 말길 바란다.

"저기……."

수줍어서 말도 못 붙이고 따라오던 그녀가 입을 열었다. 이것이 말로만 듣던 사랑 고백……. 나는 떨리는 가슴을 진정시키느라 애를 쓰고 있었다.

두근두근.

심장에서 보내는 피의 압력이 점점 높아지고 그로 인해 요구되는 산소량의 증가로 숨이 막힐 지경이었다. 하지만 초면에 헉헉대는 변태틱한 모습을 보일 수는 없는 일, 나는 애꿎은 심장을 나무라며 짐짓 태연한 모습을 유지하기 위해 안간힘을 썼다.

"네? 무슨 일로?"

이런, 멋있는 대사를 준비해 놨는데 한마디도 나오지 않았다. 그냥 멍청하게 '네'라고 대답하다니… 바보! 바보!

빨간 머리 소녀는 그녀의 머리 색만큼이나 빨갛게 상기된 볼을 하고 주머니에서 편지를 꺼냈다. 그녀의 손은 바람에 날리는 나뭇잎처럼 잔잔하게 떨리고 있었다. 그녀도 나만큼이나 긴장하고 있는 게 틀림없다는 묘한 동질감에 조금은 안심이 되었다.

그녀가 나에게 내민 것은 핑크 색 봉투에 귀여운 곰돌이 그림이 그려진 편지였다. 이것이 말로만 듣던 연애 편지. 음하하하! 드디어 내게도 봄이 오는구나.

"그게 뭐죠?"

다 알고 있었지만 짐짓 모른다는 투의 물음. 이것이 바로 남자의 포커페이스. '여자는 이런 무신경한 듯한 남자에게 관심을 갖는 법이다'라고 어느 책에선가 본 적이 있다. 표정 관리를 해야지. 좋아서 마구 벌어지려는 얼굴 근육을 컨트롤하기 위해 나는 혼신의 힘을 다하고 있었다.

"이걸 저… 에트나님에게 전해주세요!"

그렇게 말하며 소녀는 두 손으로 꼭 잡고 있던 편지를 나에게 내밀었다.

쿵!

이 무슨 날벼락이란 말인가? 그녀가 점찍었던 상대는 내가 아니라 내가 만든 안드로이드였던 것이다.

휘이이이잉!

꽁꽁 얼어붙은 팥빙수가 된 내가 어떻게 집으로 돌아왔는가는 기억도 나지 않는다.

그날 저녁 이후로 에트나 1세는 집에서 자취를 감추었다. 그에게 무슨 일이 있었는지는 천재인 나로서도 설명할 수 없다. 무슨 사고가 있었나 보다 정도로 생각해 주기 바란다.

"안톤님, 어서 가요. 모처럼 만의 시합이잖아요."

불행한 사고로 순직한 1세의 빈자리를 메우기 위해 2세를 만들었다. 지금 내 옷을 잡아당기고 있는 녀석이 바로 에트나 2세다. 남자 안드로이드의 단점을 뼈저리게 느낀 나는 이번에는 여자로 만들었다. 나의 몸에 흐르는 천재의 피는 아름다움을 추구했기 때문에 여러 가지로 신경 써서 제법 예쁘장한 얼굴로 만들어주었다. 동양적인 선을 강조한 아담한 체형에 그려놓은 듯한 눈썹, 웃으면 살짝 들어가는 볼우물까지 완벽하게 재현해 놓았다.

여기에도 문제가 없는 건 아니었다. 가끔씩 에트나 2세의 미모에 반한 녀석들이 우편함에 결투장을 던져 놓곤 했기 때문이다. 피곤하긴 했지만 그런 녀석들까지 신경 쓰기에는 뇌세포가 아까웠다. 그래서 이런 걸 보낸 녀석에게 그들이 원하는 에트나 2세를 보내어 직접 손을 봐 주게 하곤 했다.

내가 만든 안드로이드 에트나 2세는 눈에서는 광자력 빔, 팔에서는 로케트 펀치, 가슴에서는 브레스트 파이어, 배에서는 원자력 미사일 따위는 전혀 나가지 않지만 힘만은 1만 마력을 상회한다. 연모하던 상대방에게 두들겨 맞을 불쌍한 남자들을 위해 에트나를 내보내고 난 후 전화를 걸어 결투 장소로 구급차를 불러주곤 했다. 그리고 해킹으로 모아둔 비밀 계좌에서 치료비를 보내주는 것으로 깔끔하게 마무리 지었다. 알고 보면 나도 참 친절한 사람이다.

"알았어, 에트나. 가면 될 거 아냐."

졸라대는 에트나의 손길에 별수없이 끌려나왔다. 내가 만든 안드로이드지만 일단은 여자이기 때문일까? 녀석이 졸라대면 어지간한 일은 다 들어주는 나를 보고 있으니 어쩐지 한심하다. 이거참, 누가 주인인지……

내 방을 겸한 연구실 밖으로 나오니 나의 형제들과 엄마 사라가 기다리고 있었다. 그들은 스페이스 야구를 하기 위해 모두 에이스 슈츠를 입고 있었다. 이 시대의 야구라고 해서 그다지 특별난 건 아니다. 다만 무중력의 공간에서 행해진다는 점이 다르다. 중력이 없는 곳이어서 선수들은 자유롭게 날아다니며 수비와 공격을 할 수 있다. 중요한 것은 순발력과 무중력 상태에서 얼마나 능숙하게 움직이느냐 하는 것이다.

참고로 나는 이런 게임은 별로 좋아하지 않는다. 맞는 각도와 자신의 점프력, 그리고 에이스 슈츠에 달린 부스터를 적절히 활용만 잘 하면 간단히 이기는 단순한 장난이다. 물론 나의 가족들은 전혀 그렇게 생각하지 않았지만……

"안톤, 그렇게 매일 연구실에만 틀어박혀 있으면 어떡하니? 자자, 오늘도 신나게 한판 뛰자!"

"오우!"

아무리 내 엄마이긴 하지만 이럴 땐 애들 같다. 거기에 세뇌당한 불쌍한 형제들도 모두들 불타오르고 있었다. 하긴 어릴 때부터 야구, 야구 하는 소리만 들으며 커왔으니 당연한 건지도 모른다. 야구 바보 패밀리다.

"오늘은 누가 상대예요?"

"응, 문 스타즈. 지난번에 우리에게 진 게 배 아팠나 봐. 오늘 다시 도전해 왔단다."

문 스타즈라… 문 스타즈라는 거창한 이름을 가지고 있다고 해서 프로 야구단이라고 생각하면 오산이다. 달무리제약이라고 하는 우리 코스모스제약의 라이벌 회사 사장 딸의 가족 야구단이다. 라이벌이라는 소리는 달무리제약에서 주장하는 소리고 코스모스제약에 비하면 중소 약국 수준이다. 규모, 자산, 사원 수 모두 비교가 안 된다. 뭐, 부채 규모만큼은 저쪽이 월등하긴 하지만.

여하간 달무리제약 사장 딸인 마가렛 아줌마의 자녀로 구성된 이 팀의 인원은 무려 12명. 우리 엄마의 9명을 능가하는 대단한 사람이다. 지고는 못사는 성미라 심심하면 재도전을 해오는데 귀찮아 미치겠다. 누가 저 아줌마 좀 말려줘!

시합은 언제나와 같이 롬룬 경기장에서 이루어졌다. 이곳은 코스모스제약이 사원들의 복지 증진을 위해 만들었다고 대외적으로 널리 홍보하고 있지만 실제로는 엄마의 전용 홈그라운드로 이용되고 있다. 사원들이 이용하는 것은 엄마인 사라를 응원하기 위해 마련된 관람석뿐이다. 예나 지금이나 특권 층이라는 계층이 좋긴 좋은 모양이다.

"오호호호호! 사라 감독, 이번에는 우리 문 스타즈가 이길 테니까 각오하라고!"

"어림없는 소리! 이번에도 우리 코스모 엔젤스의 변함없는 승리! 밥 살 돈이나 준비하시오, 마가렛 감독!"

아줌마끼리의 경쟁심은 의외로 무서운 것이다. 둘 다 부잣집이면서 쪼잔하게 밥 내기나 하고 있다니 무척 한심하다. 여기까지 끌려와서 벤치에 앉아 있는 내 체면도 좀 생각해 달라고!

이런 나의 기분을 아는지 모르는지 해설 겸 심판을 맡은 에트나가 옆에서 떠들어댔다.

"네네, 경기에 앞서 감독들의 기 싸움이 치열합니다. 현재까지의 경기는 코스모 엔젤스가 13승을 이루며 문 스타즈를 압도하고 있는데요 오늘만큼은 지지 않겠다는 각오로 모인 문 스타즈의 선전이 기대됩니다. 이번 경기에는 스카이 레스토랑에서의 비싼 한 끼 쟁탈배로 치러지고 있습니다. 귀여운 에트나 2세인 저의 성실한 해설과 함께 듣는 영광을 누리시게 된 여러분께 축하의 말씀을 드립니다. 아! 경기 시작됩니다. 선공은 문 스타즈입니다. 선발 타자로 나온……."

어이! 그만 해라. 너는 창피한 줄도 모르냐?

경기는 시작되었다. 저기서 볼을 던지고 있는 투수가 맏형인 안젠이다. 20살인데 아직 직장도 안 구하고 여기서 스페이스 야구나 하고 있는 이유는 어지간한 직장에서 받는 돈보다 엄마인 사라가 주는 용돈이 더 두둑하기 때문이다. 자식 인생 망치는 데 이보다 더 쉬운 방법이 또 있을까 싶다. 동네 야구답게 1회 말 스코어는 17대 15를 기록하고 있다. 야구장인지 배팅장인지 의심스러운 점수다.

"안톤, 뭐 하니? 네 차례야!"

"네, 엄마!"

"어허, 감독님이라고 하랬잖아, 감독님!"

"네에, 감독님."

에휴~ 40을 넘은 아줌마가 저렇게 유치하게 놀아도 되는 걸까?

여하간 타석에 선 나는 문 스타즈의 에이스—12명이나 되는 두터운 선수진을 가지고 있으니 그렇게 불러도 되겠지—란돌을 노려보았다. 녀석의 행동 패턴을 분석해 볼 때 첫 구는 무조건 직구다. 두 번째는 가운데로 오는 직구다. 세 번째도 느려 터진 직구다. 무슨 소리냐고? 저 녀석은 직구 이외엔 던질 줄 모른다는 소리다.

그런데 여기서 예상외의 돌발 변수가 생겼다. 천재 주제에 그런 거 하나 예상 못하냐고? 나도 인간인 이상 가끔은 실수할 때도 있는 법이다. 부디 나를 먼치킨으로 보지 말아주길 바란다.

픽!

아야! 무지 아프네? 데드 볼이다. 고의성이 아주 농후한, 분명히 노리고 던진 게 틀림없다.

무식한 녀석의 공을 어깨에 맞은 나는 아픈 어깨를 감싸 쥐고 주저앉았다. 직구밖에 못 던지는 놈이지만 그만큼 볼 컨트롤이 확실한 녀석이다. 실수일 리가 없다. 어째서 나에게 이런 짓을 했을까?

천재인 나는 나의 회색 뇌 세포를 부지런히 회전시켰다. 란돌 녀석의 시선을 따라가 본 결과 이유를 알게 되었다. 녀석이 보고 있는 것은 자신의 공에 맞고 쓰러진 내가 아니라 에트나 2세였다. 제길! 꼴에 남자라고 녀석도 에트나한테 반했나 보다.

"안톤, 괜찮니?"

주저앉은 나를 보고 달려온 엄마가 걱정스러운 눈빛으로 그렇게 물었다. 나는 인공적으로 제조된 인간이긴 해도 이런 엄마를 두어서 정말 다행이다.

"네, 괜찮아요."

대답하면서 일어났다. 데드 볼 판정이 내려지고 1루로 천천히 걸어 나가면서 저 란돌이란 녀석을 어떻게 박살 내줄까 생각하느라 머리가 아팠다. 천재 주제에 그런 걸로 머리 아프냐고? 모르는 소리. 천재에겐 천재 나름대로의 고뇌가 있는 법이다. 이런 걸로 고뇌하는 천재라는 건 무척 쪽팔리는 일이긴 하지만… 흠흠.

내가 고뇌하는 이유는 방법이 없어서가 아니라 너무 많아서이다. 내 체면에 관계되는 문제니 분명히 밝혀두는 바이다.

먼저 지난번 개발에 성공한 물 탄 X를 저 녀석에게 투입하는 건 어떨까? 이름이 왜 그 따위냐고? 이 약은 물에 잘 섞이는 것으로 원래의 계획은 폐수를 알약 하나로 정화하려는 목적이었으나 결과는 실패다. 예상외의 부작용이 있었기 때문이다.

일단 이 약을 섞으면 물 분자 구조가 7각수로 변한다. 6각수도 좋은데 7각수면 더 좋은 거 아니냐고? 전혀 그렇지 않다. 도형이 7각으로 나올 수도 없는데 이 녀석을 7각이라고 부르는 이유는 6각수의 분자에 뿔이 하나 톡 튀어나왔기 때문이다. 엄밀히 말하면 9각수다. 어쩌다가 요런 모양이 되었을까? 원인 불명의 사태를 맞이하였지만 나는 좌절하지 않았다. 일단 쥐에게 물 탄 X를 섞은 물을 먹여보았다. 별일은 일어나지 않았다. 단지 쥐의 이마에 뿔이 하나 생긴 것 말고는.

그 외의 신체상의 변화에 대해 면밀한 해부와 함께 연구를 해보았지만 그것 말고는 아무 문제도 없었다. 물론 2대, 3대에 가게 되면 어떤 돌연변이체가 발생하게 될지도 모르지만 거기까지 연구하기 위해 쥐들을 희생시키고 싶지는 않았다. 란돌 녀석의 머리에 뿔이 하나 달리게 하는 것도 괜찮을 거 같은데… 음…….

두 번째, 달무리제약이 비밀리에 관리하고 있는 회계 장부를 언론사에 공개하는 것이다. 저번에 심심해서 그쪽 서버로 들어갔다가 우연히 건졌다. 그런데 이걸 쓰면 아무래도 저 회사는 망하게 될 거다. 저 아줌마, 영창 들어가면 엄마가 무척 심심해할 거 같은데…….

이렇게 되면 엄마가 자신의 지루함을 유일하게 집에 남아 있는 아들인 나를 붙잡고 매일 강제 야구 훈련을 시키는 것으로 해소하려 들 게 확실하다.

구보하는 나, 자전거를 타고 죽도록 내 옆구리를 찌르면서 '달려라! 에이스를 노려라!' 따위의 구호를 외치는 엄마, 강속구에 익숙해져야 한다며 자식 코앞에 배팅 머신을 들이대고 스위치를 누르는 엄마, 공에 전신 맛사지를 당하고 뻗어버린 나 등등의 끔찍한 이미지가 마구마구 떠오른다.

으윽, 끔찍해라. 아무래도 이 계획은 안 되겠다. 효성심이 지극한 내가 할 만한 방법이 아닌 것 같다. 내 일신상의 안위가 아니라 어디까지나 엄마를 위해서 두 번째는 패스다, 패스~

세 번째, 늘 하던 대로 에트나한테 쥐어 패게 하는 거다. 그런데 모르는 사이면 상관없지만 집안끼리 서로 잘 알고 지내는 사이니 이렇게 하면 나한테도 피해가 올 게 분명하다. 에트나한테 가면이라도 씌우고 밤에 습격하라고 할까? 으음.

네 번째, 내가 무예를 닦아서 쥐어 패는 거다. 이게 제일 좋긴 한데… 귀찮아서… 쩝. 이제야 무술을 배워 어느 세월에 써먹냐고? 걱정도 팔자다. 우리 집이 제약 회사인데 만년설삼 하나 못 구하려고. 지난번에 금년도 개발 목록에 만년설삼의 인공 재배 방법에 대한 연구가 있는 걸 슬쩍 본 적이 있다. 필요한 내공심법과 외공 무술은 적당히 소림사에서 해킹해 빼오면 되겠지.

　나름대로 장단점들을 떠올리며 어떤 걸로 할까 심각하게 고민하는데 누가 어깨를 툭 쳤다.

　'뭐야?' 하고 돌아보니 1루수다.

　"아웃!"

　이런, 이렇게 허망하게 아웃당할 줄이야……. 이건 다 란돌 녀석 때문이야.

　연구 이외의 문제로 나를 불타오르게 만들다니… 란돌, 각오하라고!

　나는 지금 무지무지 열받았다아~

　이후의 경기는 나의 분발로 211 : 179라는 엄청난 차이로―이거 엄청나다고 해야 하나?―이겼다. 근사하게 밥을 얻어먹게 된 것까지는 좋은데 식사 도중 란돌 녀석이 계속 황홀한 눈으로 에트나를 바라보고 있는 게 신경 쓰였다. 대체 저 인간의 머리 속엔 뭐가 들었을까?

　이런 녀석이 어디가 좋다고……. 얼굴은… 귀엽긴 하군. 몸매는… 잘빠지긴 했다. 성격은… 제법 붙임성도 있고 상냥하기도 하다. 내 앞에서는 약간 다르지만 적어도 일반인이 보기엔 그렇겠지.

　그러고 보니 에트나한테 빠지는 것도 무리는 아니겠다는 생각이 들었다. 하지만 그래 봐야 내가 만든 안드로이드이다. 금속 성분 20%에 생체 조직 80%로 이루어진, 어떻게 말하면 생명체라고 할 수도 있다. 천재니까 이 정도 만들어냈지 다른 사람 같으면 어림도 없다. 그 증거로 란돌 녀석, 밥 먹으면서 침까지 흘리고 있다. 아직 지구의 기술로는 이 정도로 인간과 똑같은 안드로이드를 만들어냈다는 말은 못 들었으니 녀석이 속는 것도 무리는 아니다. 그런데 분명히 내가 설계할 때 참조한 인격은 20살의 여성의 것이었는데 어리광이 많은 이유는 대체 뭐지?

"안톤님, 아~ 하세요."

그렇게 말하면서 에트나가 포크로 고기 조각을 찍어내 입가로 가져왔다. 에트나는 그런 식으로 내 입에 한 점 넣어주고 자기 입에도 한 점 가져가며 귀엽게 굴었다. 그 모습을 보고 있는 란돌의 눈에 불꽃이 튀고 있었다. 파지지직!

눈꼴시면 너도 천재해라. 음하하하!

"참, 들었어요? 외우주로 나간 이민 선단이 전멸했다나 봐요."

"어머, 그래요?"

"어제 뉴스에 나오던데 뭐라더라? 커다란 도마뱀 모양의 전함이 나타나서는 주포로 보이는 무기 한 방으로 호위 전함을 격침시켰대요."

"설마요. 마그넷 코팅된 초합금 XV제 전함을 한 방에 보냈을라구요. 5만 도의 고열에도 견디는 튼튼한 금속인데요."

"그게 사실이라니까요."

아줌마들끼리의 대화가 한창이었다. 초합금 XV는 근래에 나온 대단한 금속이다. 철과 알루미늄에 어떤 성분을 섞은 후 마그넷 코팅을 가하여 만들어내는 금속인데 이제까지의 어떤 재료보다도 내열, 내마모성이 좋고 충격에도 강하다. 그리고 부식 같은 귀찮은 일도 일어나지 않는다. 내가 보기에는 나 이외의 지니어스 메이커 플랜에 의해 태어난 천재가 만든 물건인 것 같다.

나도 처음 이 금속을 보았을 때는 대단히 놀랐다. 이렇게 간단한 처리만으로 이 정도의 물건을 얻을 수 있다는 것은 실로 경이적이었다. 코팅되기 전의 XV는 대단히 유연해서 거푸집에 붓는 것만으로 원하는 모양을 만들어낼 수 있다. 그리고 그 거푸집을 코팅기에 밀어넣기만 하면 다시는 부술 수 없는 물건이 되는 것이다. 아니, 도마뱀 모양의 전함이 박살 냈다는 걸 보니 부서지긴 하나 보다.

"그럼 앞으로 인류의 이민 계획은 힘들겠네요."

"아무래도 그렇겠죠?"

이때까지만 해도 나는 도마뱀 모양의 전함을 직접 만나게 되리라고는 생각지도 못했다. 그저 신기한 일도 있구나 하고 여기고 있었을 뿐이다.

집으로 돌아온 나는 머리 속에서 궁리하던 일을 해결하기로 했다. 란돌이라는 녀석의 버릇을 고쳐 놓지 않으면 조만간 피곤한 일이 생길 것이다. 이것은 저 유명한 프로이드 박이라는 학자가 쓴 논문 『허접한 인간의 정신 세계 분석 백서』를 보고 내가 내린 결론이다. 당당하게 자기 주장을 못하고 뒤에서 꼼지락대는 녀석일수록 스토킹이나 우발적인 살인범이 될 가능성이 높다. 재수없는 일이지만 나같이 잘나가는 사람일수록 이런 녀석들의 별 가치도 없는 행위의 희생양이 될 가능성 또한 지대하다는 게 그동안 쭉 모은 자료들의 공통된 의견이었다. 이것저것 따져 봐도 아무래도 내가 직접 상대해 주는 게 속편할 것 같다.

란돌 녀석이 병원 신세 좀 지게 된다 하더라도 아이들 싸움이니 별다른 문제는 없을 것이다. 무엇보다도 란돌은 16세고 나는 이제 겨우 10살이다. 정신 연령으로 따지면 당연히 내가 높겠지만 다른 사람들이 보기엔 그렇지 않겠지. 덩치는 커다란 녀석이 자기보다 훨씬 어린 나한테 얻어맞고 부모에게 자랑하러 갈 순 없을 거다.

자, 그럼 평소 하던 대로 해킹이나 시작해 볼까나?

"해킹 프로그램 애니웨이 ver 1.1 시동."

애니웨이는 내가 만든 손쉬운 해킹 툴이다. 오랫동안의 평화에 젖어서 둔해진 탓인지 방화벽의 보안 패턴은 무척 단순하다. 그렇다고 해서 쉽다는 의미는 아니다. 예를 들어 키보드에서 A자를 누르는 일은 간단한 일이다. 하지만 '이것을 3만 번 누르시오' 따위의 말을 듣게 된다면 쉽지 않은 일이 된다. 짜증나는 일을 몇 번 겪은 뒤로 나는 아예 전용 해킹 툴을 만들 생각을 하게 되었는데 결국 완성했다. 아직 시작품이라 손볼 곳이 여러 군데 있긴 하지만 아직까지 뚫지 못한 방화벽은 없다.

[딩동. 음성 인식 확인. 안톤 브라이언님임이 판명되었습니다.]

내 성이 왜 아빠의 것을 따르지 않고 엄마의 것을 따르고 있는지 혹시라도 궁금한 사람이 있을까 봐 밝혀둔다. 나는 부부의 양자가 아닌 사라 브라이언의 양자다. 따라서 엄마의 성을 따른다. 미래에 와서 남편의 성을 따라야 한다는 관습은 사라졌다. 나는 지금의 내 이름이 맘에 든다.

"애니웨이, 지금부터 해킹을 시작한다. 일단 목표는 코스모스제약 개발 2팀이다."

[검색 중. 방화벽 발견. 패턴 ZW−372. 시스템 잠식에 들어갑니다. 잠식 중. 작업 완료까지 1분 30초 남았습니다.]

우리 회사인 코스모스제약은 제법 튼튼한 방화벽을 가지고 있다. 해커의 침입이 감지되면 여러 군데에 가지고 있는 더미 서버로 연결하여 쓰레기 정보만 왕창 선사한다. 불행히도 나도 한 번 속았었다. 그런 것에 속으면서 천재냐고? 이런 말도 있지 않은가? 천재는 1%의 영감과 99%의 실패로 완성된다. 어딘가 이상하다고? 거참, 깐깐하네. 그냥 그런가 보다 하고 넘어가 주길 바란다.

기다리기가 지루해진 나는 음료수라도 한잔 할까 하는 생각이 들었다. 그래서 에트나를 불렀다.

"에트나, 콜라 한 잔 가져와!"

다다다닥 소리가 나면서 에트나가 달려왔다. 쟁반에 음료수를 가지고. 역시 잘 만들었단 말이야?

한 모금 마셔보았다. 어째 단맛이 없네? 탄산의 독특한 톡 쏘는 느낌도 없고. 나의 천재적인 두뇌로 이 음료의 성분을 분석해 보았다. 분명히 이 액체는 수소 분자 2개, 산소 분자 1개로 이루어져 있다. 그렇다면… 이건 물이잖아?

"무슨 짓이야, 에트나? 내가 분명히 콜라라고 말했잖아."

"안톤님, 너무해요. 저랑 놀아주시지도 않고 매일매일 컴퓨터만 붙잡고 계시다니 이젠 제가 싫어지신 건가요? 정말 그런 건가요? 처음 제가 눈을 떴을 때는 그렇게 기뻐하시더니 이젠 제가 싫증나신 거죠? 그런 거죠? 흑흑흑!"

에트나가 하고 싶은 말은 대체 뭘까?

"이봐, 에트나. 무슨 말인지는 잘 모르겠지만 내가 주문한 건 분명히 콜라……."

"지금 콜라가 중요해요? 저는 안톤님이 저를 사랑하시는지 알고 싶어요. 대답해 주세요."

그렇게 말하면서 에트나는 의자에 앉은 나의 뒤로부터 부드럽게 안겨왔다. 나의 작은 머리 뒤로 부드럽게 느껴지는 감촉. 어이! 이건 미성년자 성추행에 들어가는 거야. 나도 남자니까 싫진 않지만… 에헴.

"저기… 미안해, 에트나. 내가 그동안 무신경했나 봐. 앞으론 너에게 더 신경 써 줄게. 그러니까 좀 떨어져 줄래?"

"호호호호!"

갑자기 에트나가 나에게서 떨어지더니 웃어댔다. 뭐야, 대체?

"속았죠? 감쪽같았죠? 미안해요, 주인님. 콜라 병에 물이 담겨 있는 걸 모르고 그냥 따라와서 이렇게 얼버무려 봤어요. 그런데 효과 만점이네요. 앞으로 종종 써먹어야지. 호호호!"

그렇게 말하고 에트나는 냉큼 도망갔다.

어휴! 저걸! 천재인 나를 속이다니… 어째서 저렇게 영악하게 되었을까? 분명히 최상의 20살짜리 여자의 인격을 참조했는데……

"데이터 가디언."

애니웨이가 작동하고 있는 창 위로 다시 새로운 창이 하나 떴다. 이 녀석은 내가 만든 데이터 보관 및 분류를 위한 프로그램이다. 아무래도 에트나를 만들 때 참조한 자료에 문제가 있는 모양이다. 확인 작업이 필요하다. 천재는 항상 완벽해야 한다.

[망막 인식 완료. 살아 있는 안톤 브리아언님이 판명되었습니다. 무엇을 원하시나요?]

"에트나에게 삽입된 사람에 대한 자료 일체를 출력해."

[검색 중. 에트나 1세의 성격 패턴에 대한 참고인에 대한 자료. 발견. 에트나 1세를 만드는 데 참고한 남성의 이름은 숀 코널리입니다. 보다 상세한 검색을 원하십니까?]

"그만둬."

그냥 에트나라고 했더니 1세를 말한 건 줄 알았나 보다. 근데 숀 코널리라는 사람은 누구야? 뭐, 과거에 이미 지나간 사람의 이름 따위 들어봐야 알 리도 없지. 적당한 인물을 골라보라고 했더니 컴퓨터가 추천한 사람이긴 한데 이름도 느끼한 게 별볼일없었던 사람인 게 분명해. 천재가 내린 결론이니까 틀림없다. 저런 이상한 이름의 남자라면 운 좋게 영화배우를 한다고 해도 그 요상한 이름 때문에 망했을 거야.

"에트나 2세에 대한 자료 일체 출력. 상세한 데이터를 원한다."

[검색 중. 에트나 2세에 대한 성격 패턴에 대한 참고인에 대한 자료 발견.]

자, 그럼 대체 어떤 사람인지 보기나 할까? 에트나 1세는 얼굴은 CF 모델을, 성격은 숀 코널리라는 사람을 참조해서 처참하게 망했지만 에트나 2세는 내가 여기저기서 수집한 여성들의 얼굴을 열심히 조합해서 잘 만든 수작이다. 문제는 얼굴을 만들다가 지친 나머지 최상의 20살 여성의 인격 데이터를 적당히 고르라고 컴퓨터에게 명령하자 컴퓨터가 고른 인격을 아무 생각 없이 그냥 삽입했다는 건데…….

[여성. 현재 나이 45세. 생존 중.]

호오? 별일이네? 최상을 고르라고 하면 20세기의 흘러간 인물들 중에서 고르더니 웬일로 현재 살아 있는 사람을 골랐잖아.

[직업—무직. 남편—아르센 듀퐁. 주소—지구 연방 소속 지구별 신대한민동 178—3 번지. 슬하에 8명의 친자와 1명의 양자 있음.]

어라? 어디서 많이 들어본 주소?

[경력—태양계 대학 스페이스 베이스볼 춘계 대회 MVP. 응원 대상 수상. 코스모스제약 TV CF 다수 출현.]

"그만!"

더 이상 들어볼 필요도 없다. 우리 엄마잖아? 태양계 최고의 베이스볼 MVP 투수였다고 자랑하더니 뻥이었네? 그런데 이런 우연도 있나? 뭔가 이상해…….

대부분의 천재들이 그렇듯 나도 우연은 믿지 않는다. 대부분의 우연은 필연을 동반한다. 세상에 우연 따위는 없다. 있는 건 잔혹한 필연뿐.

그렇게 말해도 이렇게 된 거 어쩔 수 없겠지. 그건 그렇고 엄마는 젊을 때 에트나와 같은 성격이었나? 어쩐지 둘이 죽이 잘 맞는다는 생각이 들긴 했지만.

에트나의 요상한 성격에도 불구하고 그녀가 마음에 들었던 이유는 내가 단순한 마더콘이기 때문이었잖아. 하하하!

"……."

말도 안 돼. 어째서 이런 결론이 나온 거지?

[딩디딩~ 딩딩~]

머리를 흔들면서 결론을 부정하고 있는 나의 귀에 멜로디가 들렸다.

애니웨이가 무사히 해킹에 성공한 모양이다. 쓸데없는 생각은 그만하고 원래의 목적 달성에나 집중해야겠다. 더 하다가는 무지하게 기분이 나빠질 것 같다.

[잠식 성공. 원하시는 자료를 골라주십시오.]

극비리에 진행 중인 보양 식물에 대한 자료 목록이 천천히 나의 컴퓨터에 전송되어 왔다. 내공 증진을 위해서는 만년설삼이 필요한데… 아! 여기 있구나.

만년설삼에 대한 연구.

본인의 천재적인 두뇌를 활용한 속독법으로 읽어보았다. 실망스러웠다. 대강 정리하자면 다음과 같은 내용이다.

인삼과 달리 설삼은 자생하는 것이 아니면 약효가 떨어진다. 키우기도 힘들다. 씨를 뿌려도 곧 썩어버린다. 간신히 재배에 성공한다고 해도 그 효능은 인삼과 마찬가지가 되고 만다. 그러니까 이런 걸 인공 재배 하느니 그냥 인삼이나 갖다 팔자.

연구실장은 이렇게 결론 내리고 있었다.

뭐야, 이게? 해킹한 보람이 없잖아? 별수없지. 어차피 내 손으로 연구해서 얻어낸 결과가 아니면 만족스럽지 못할 테니까. 나는 천재인 만큼 포기도 빠른 사람이다. 끈기가 없다고 할지도 모르겠지만 그렇지 않다. 시간 대 노력의 산출비를 냉정히 계산했을 때 이쪽의 효율성이 더 높다고 판단했을 뿐이다.

그렇게 자위를 하면서 이번에는 소림사 서버로의 접속을 시도했다.

"애니웨이, 다음 해킹 목표는 소림사다. 즉시 시행해."

[검색 중. 소림사 서버로 들어갑니다. 방화벽 발견. 패턴 X—12. 시스템 잠식에 들어갑니다. 잠식 중. 완료까지 한 시간이 소요됩니다.]

쳇! 하필이면 방화벽 패턴 X라니… 이걸 만든 녀석은 대체 어떤 녀석일까? 단단한 호두 같은 방화벽이다. 잘못 건드리면 껍질과 알맹이가 뒤섞여서 아무것도 못 먹게 되는 그런 종류라고나 할까?

하지만 살살 건드려 주면 큰 문제는 아니다. 아까운 천재의 시간을 좀먹는다는 단점만 뺀다면 말이다. 아니, 그러고 보니 엄청난 문제잖아? 천재의 1분은 보통 사람의 하루와 맞먹는데. 어휴, 아까워라!

아까운 시간을 1시간이나 허송세월로 낭비할 수는 없다. 그동안 무공에 대한 기초 지식이나 좀 알아볼까나? 사실 무공이라는 말은 입체 TV에서나 가끔 보았을 뿐 별로 아는 게 없다. 천재 주제에 모르는 게 너무 많다고? 원래 천재라는 존재는 자신이 좋아하는 특정 분야에만 미치게 마련이다. 그러니까 관심이 없는 분야는 오히려 보통 사람보다도 모르는 게 당연하다. 나같이 필요에 따라 다양한 지식을 섭렵해 나가는 사람도 무척 드물다는 것을 밝혀두는 바이다.

"파인더 가동."

파인더는 원하는 자료를 대강 검색해서 쓸데없는 자료를 자체 정화 작업을 거쳐 걸러주는 프로그램이다. 기존에 있던 검색 엔진들이 쓰레기들을 너무나 많이 보여주는 것에 격분하여 만든 내 전용 검색기이다. 간단한 녀석으로 5분 만에 만들어낸 녀석이다. 버전 업이 필요하긴 한데 귀찮아서 그냥 쓰고 있다.

[파인더 시동. 로딩. 기동 완료. 원하시는 정보를 골라주세요.]

파인더 따위는 아무나 써도 상관없겠지라는 생각에 보안 장치 따위는 붙여놓지 않았다. 나는 합리적인 성격이기에 불필요한 작업은 하지 않는다. 단순히 게으른 거 아니냐고 묻는다면 이렇게 말해 주고 싶다. 모든 인간의 발명품의 어머니는 게으름이라고. 조금이라도 편해지고 싶은 욕망이 발명의 원동력이 된다.

거짓말이라고? 자동차를 봐라. 부지런한 거 좋아하는 사람이라면 아무리 멀어도 부지런히 걸어가면 된다. 냉장고를 봐라. 신선한 야채가 먹고 싶으면 부지런히 산지까지 가서 밭에서 막 뽑은 싱싱한 녀석을 사 오면 된다. 분명하지 않은가. 게으른 인간일수록 조금이라도 몸을 덜 움직이기 위해 열심히 잔머리를 굴린다. 열심히 굴린 머리에서는 멋진 생각이 나온다. 멋진 생각은 세기의 대 발명으로 종종 이어진다. 고로 천재에게 꼭 필요한 덕성 중의 하나는 게으름이다. 다시 말하지만 나는 아주 뛰어난 천재다. 그러니까 약간은 게을러도 상관없다고

본다. 아니, 어쩌면 좀 더 게을러야 하지 않을까 싶다.

"무공에 대한 전체적인 개요를 A4지 한 장 분량으로 압축 요약해라."

[자료 검색 중. 무공에 대한 자료 5억 7백만 9천 7백 21개 발견. 정리에 들어갑니다. 광고 제거 기능 가동. 4억 9천 7백 1개 목록에서 제외. 잡담성 글 거름 필터 가동. 6백 6십만 7천 개 목록에서 제외. 중요도 우선 순위에 따라 자동 분류 기능 가동 중. 분류 완료. 자료 통합에 들어갑니다. 분석 중. 완료 예상 시간까지 30초 남았습니다.]

이 정도면 괜찮은 파인더 기능이라고 생각한다. 내가 만들었다고 해서 하는 소리는 아니지만. 어흠.

태양계 전체로 확장된 웹에서 검색하는 데에는 많은 시간이 걸린다. 전파가 빠르다고 해도 빛의 속도를 넘어설 수는 없는 것이니 명왕성에서 지구까지 정보가 날아오려면 한참을 와야 한다. 그런 일련의 짜증나는 시간을 줄여보기 위해 열심히 노력했다. 결국 일반적으로 이용되는 전파를 이용한 정보 전달 방식을 바꾸기로 했다.

복잡한 건 아니었다. 전파를 광파로 바꾸는 광파 변환기를 태양계 9개의 행성에 모두 설치하는 것으로 해결되었다. 일일이 광파 변환기를 직접 행성에 설치해야 한다는 귀찮은 문제는 행성별 코스모스제약 지점장에게 전화를 걸어서 곧 은하 소포가 도착할 테니 거기 들어 있는 IC를 라우터에 끼워달라는 부탁을 하는 것으로 해결했다. 물론 회장 손자라는 직위가 없었으면 절대 불가능한 일이었다. 역시 권력이란 좋은 것이다.

[모든 자료의 통합이 완료되었습니다. 음성 출력을 원하십니까, 화면 출력을 원하십니까?]

파인더의 기계 음성이 작업 완료를 알려주었다. 그럼 어디 한번 보도록 할까?

"화면 출력으로 한다. 입체 프로젝트 모니터 사이즈 40인치로 조정."

명령을 내리자 허공에 떠 있던 20인치 사이즈의 창이 40인치로 확대되어 내 눈앞에 나타났다. 대체 무공이란 뭘까? 천재의 지적 호기심은 지금 사적 문제 해결을 위해 너를 필요로 하노라. 냉큼 나오너라.

곧 이어 자료 화면이 출력되었다. 죽 읽어보았는데 역시 너무 압축했나 보다.

무공이란 엄격한 자기 관리를 통해 강건한 신체와 그에 맞는 바른 심성을 키우고 이것을 바탕으로 행하는 일종의 자기 수양법이다.

형태는 내공과 외공으로 나누어진다. 간단히 말하자면 내공은 호흡법과 진기를 적절하게 이용하여 기를 몸에 축적하여 힘을 배가시키는 방법이며 외공은 신체를 단련하여 강한 육체를 만드는 방식이다.

성취 방법에 따라서는 정파와 사파의 무공으로 나누어볼 수 있는데 정파의 무공에서 효과를 보려면 오랜 시간이 걸리는 반면 사파의 무공은 빠르게 익혀나갈 수 있다. 이렇게 보면 사파가 더 좋은 것으로 보일 수도 있지만 꾸준히 연공을 계속하면 정파의 성취도는 사파의 방식으로는 따라올 수 없는 경지에 이르게 된다.

정파의 무공으로 사파의 마공을 능가하는 데 걸리는 시간은 30년 정도이다. 단, 이것은 쉬지 않는 자기 연마가 있었을 때의 이야기이다.

다음은 사용하는 무기와 이용되는 상황에 따른 분류이다.

―중략―

무공의 종류는 다음과 같다.
―중략―

이런 식으로 나머지 공간은 몽땅 권법 종류만 나열되어 있었다. 역시 A4지 한 장 사이즈로의 과다한 요약은 무리였나? 무술의 역사가 무척 길다는 이유도 있지만 문파 또한 엄청나게 많으니 당연한 건지도 모른다. 그래도 대강 가닥은 잡을 수 있었다. 일단은 내공의 성취를 바탕으로 외공을 배워 나가는 게 좋겠다. 몸을 단련시키기 위해 매일 운동하는 취미 따위는 가지고 있지 않으니까 아무래도 편안히 앉아서 하는 내공이 편하겠지. 내공심법이라면 곧 소림사에서 가져올 수 있을 것이다. 그렇게 생각하고 있으니 마음이 편했다.

슬슬 잠이 오네?

천재인 나라도 잠은 자야 한다. 가끔 천재는 하루 1시간만 잔다고 말하는 사람들이 있는데 거짓말이다. 과도한 두뇌의 회전은 피로감을 동반하기 마련이다. 그걸 풀어주지 않고 계속 무리하면 결국 본체인 몸이 망가지게 된다. 이게 쌓이면 단명하게 되는 것이다. 그런 이유로 잠이 오면 무조건 자야 한다는 게 내 신조이기도 하다.

[삐삐삐! 경고! 침입자 발견!]

응? 뭐야? 어떤 멍청이가 내 컴퓨터에 접속을 시도하나 보다. 별 문제는 없을 것이다. 내가 만들어놓은 방화벽 이지스의 방패는 제법 건실한 녀석이니까. 보통 기업에서 쓰는 허접한 방화벽과는 차원이 다르다고.

[침입자 방어문 1 통과. 에리어 A 지점으로 향하고 있습니다.]

이럴 수가! 그렇게 간단히 통과했다고? 내가 만든 이지스의 방패를? 좋아, 제법 실력있는 녀석인가 본데 천재의 저력을 보여주마.

"골키퍼 C1, C2, C3 에리어 A로 이동. 침입자 제거에 들어간다. 보안 레벨 E3에서 E2로 변환."

[실행합니다.]

오늘 잠자긴 힘들 것 같다. 그래도 나한테 도전한 녀석을 그냥 놔둘 수는 없다.

"광학 키보드 A1, A2 사출."

광학 키보드는 내가 지금 쓰고 있는 보통의 터치식 자판이 아닌 눈으로 작동시키는 방식의 키보드다. 눈을 움직이고 일정 시간 동안 정지시키는 것의 조합을 이용하는 방식인데 가능하면 이 녀석은 쓰고 싶지 않았다. 광학 키보드를 사용하면 눈이 몹시 아프기 때문이다. 잘못 깜박거렸다가는 그동안 해온 작업이 몽땅 날아갈 수도 있다. 그런 녀석을 하나도 아닌 2개나 사용하려는 이유는 나의 방화벽을 넘은 정체불명의 탐색자의 실력이 제법 우수하다는 생각이 들었기 때문이다.

지금 나는 양손에 하나씩, 양 눈에 하나씩 총 4개의 키보드를 조작하며 내 주위에서 돌고 있는 입체 스크린에 빙 둘러싸인 채 침입자 녀석과 대치 중이다. 천재인 나니까 이런 식으로 눈동자를 놀릴 수 있는 거다. 일반인들이 흉내 내면 동공에 이상이 생길 수도 있으니 절대 따라하지 마라.

"지금 시간부로 침입자를 X—26으로 칭한다. X—26의 행동 패턴 분석을 시행하라."

[실행합니다.]

든든한 중앙 컴퓨터가 응답했다. 대부분의 해커들은 일정한 행동 패턴을 가지고 있다. 통계를 내보면 몇 가지로 크게 나눌 수 있다. 분류 안에 들어가는 녀석이라면 대응하기 어렵지 않다. 문제는 대부분이 아닌 녀석들이다. 이들은 분류에 없는 기타 등등으로 표기되는 극히 소수의 인물들인데 이런 녀석들이 가지고 있는 새로운 해킹 기법을 만나게 되면 이쪽에서도 거기에 걸맞는 방어책을 고안해 내야만 한다. 이것은 무척 까다로운 작업이다. 틀림없이 내 컴퓨터에 침입한 X—26 역시 기타 등등의 부류에 속하는 독창적인 기술을 가지고 있는 고급 해커일 것이다.

[골키퍼 C1, C2, C3. X—26과 접촉. 소멸을 위한 포메이션에 들어갑니다. 방식은 상대방의 흡수입니다.]

침입자 역시 자신만의 프로그램을 가지고 있어서 이것을 이용하여 상대방의 컴퓨터에 접속한다. 1단계로 방화벽을 통과하면 내장된 자기 증식 프로그램으로 몸체를 불린다. 2단계로 몸집이 커진 침입 프로그램은 컴퓨터의 중앙부로 침투하여 명령 제어 우선 순위를 바꾼다. 즉, 본래 주인의 명령보다 침입한 해커의 명령이 우선하도록 하는 것이다. 여기까지 완료된다면 상황 종료나 다름없다. 컴퓨터가 소비하는 전기세는 주인이 물지만 소유권은 해커가 가지게 되는 것이다.

이런 불상사를 방지하기 위해서 개발한 것이 골키퍼 프로그램이다. 해커의 침입 프로그램이 자기 증식을 하기 전에 그보다 거대한 골키퍼 프로그램이 녀석을 먹어치운다. 일단 침입 프로그램을 삼키고 나면 자폭을 통해 녀석의 완전 소멸을 유도한다. 간단히 말하자면 침입 프로그램과 함께 쓰레기통으로 들어간 후 비움 버튼을 눌러주는 것과 같은 방식이다.

골키퍼를 세 대나 출동시키기는 이번이 처음이다. 이지스의 방패를 뚫고 들어온 X—26에 대한 경의의 표시이기도 하다.

[적 행동 패턴 분석 완료. 패턴 빨강.]

빨강이라고? 빨강 패턴은 무작위로 자료를 망가뜨리는 방식이다. 내가 나눈 분류로는 빨강, 노랑, 파랑, 초록이 있다. 빨강은 이미 말했고 노랑은 잠복하고 있다가 상대방이 방심하는 틈을 노리는 패턴이고 파랑은 무턱대고 자기 증식에 들어가는 패턴이다. 마지막으로 초록은 어설프게 방화벽에 몸통 박치기하는 패턴인데 가장 별 볼일 없다.

문제는 어째서 빨강 패턴이냐는 거다. 분명 내 자료를 노리고 왔을 텐데 데이터를 파괴한다는 건 말이 안 된다. 저런 패턴은 바이러스에서나…….

아차, 속았다.

"골키퍼 C1, C2, C3 모두 복귀. X—26과의 일체의 접속을 금한다."

[C1, C2, C3 모두 X—26을 잠식 중입니다. 명령을 실행할 수 없습니다.]

이런, 한발 늦었나? 내가 이런 유치한 방법에 속아넘어가다니…….

[C1, C2, C3 자폭하지 않습니다. 이쪽의 명령을 무시합니다.]

당했다. 저건 바이러스다. 이쪽으로 관심을 유도하고 그 틈을 타 침투 프로그램이 잠입한다는 낡은 수법이다. 제길!

"C1, C2, C3를 지금부터 X—27, X—28, X—29로 명칭을 변경한다. 인식 코드는 적색. 지금부터 골키퍼를 침입자로 간주한다."

이렇게까지 몰리게 될 줄은 생각도 못했다. X—26에게 감염된 내 골키퍼 프로그램들은 이제 주인의 손을 물어뜯는 개가 되어버렸다.

이 정도로 나를 애먹이다니… 좋았어, 천재의 진정한 실력을 보여주지.

나와 맞먹는 실력자를 만난 나는 맹렬히 불타오르기 시작했다.

나의 손가락과 눈은 맹렬히 움직이며 새로운 방어 프로그램의 개발을 시작했다. 시간이 없다. 각 에어리어별로 독립된 방호벽이 설치되어 있긴 하지만 저 정도의 실력자라면 눈 깜빡할 사이에 돌파할 것이다. 이럴 줄 알았으면 진작에 만들어두는 건데……

별수없다. 필요는 발명의 어머니이다. 이제까지 필요하지 않았으니까 당연히 대비물도 없는 거다. 이건 절대 내 방비가 허술했기 때문이 아니다. 예고도 없이 쳐들어온 녀석이 나쁜 거다.

"메신저, 에트나를 불러라. 당장 오라고 해."

안드로이드까지 동원하고 싶지는 않았지만 이번만큼은 어쩔 수 없다. 상대방은 분명 혼자가 아니다. 혼자서 바이러스 프로그램과 침투 프로그램을 동시에 원격으로 조종한다는 것은 불가능하다. 적어도 천재인 내가 보는 견해는 그랬다. 상대가 둘이면 이쪽도 둘로 맞설 수밖에.

10초 정도의 시간이 지나자 부스스한 눈을 한 에트나가 들어왔다.

"안톤님, 무슨 일이에요? 잠자는 숙녀를 깨우는 건 에티켓에 어긋난다구요."

주인은 이렇게 바쁜데 안드로이드는 잠이나 퍼 자고 있다니… 어휴! 그래도 별수없지. 지금은 고양이 손이라도 빌려야 할 때이니까.

"미안해. 지금 침입자가 들어왔어. 너의 도움이 필요해."

"안톤님의 방화벽을 뚫을 정도면 대단한 사람인가 보네요?"

"그런 놈이 아니면 내가 왜 널 불렀겠어?"

바빠서 눈 돌릴 틈도 없는데 에트나는 비시시 웃기만 할 뿐 대답을 안 하고 있다. 저게 대체 왜 저러지?

"좋아요. 그럼 내일 저랑 데이트해요. 그럼 도와드릴게요."

어이! 무슨 소릴 하는 거야? 지금 그런 걸 말하고 있을 때가 아니잖아!

"싫으면 말구요."

"알았으니까 어서 좀 도와줘!"

별수없다. 일단 이 상황만 넘기고 보자.

"오케이! 계약 성립! 안톤님, 약속 잊으시면 안 돼요?!"

"알았다니깐!"

"컴퓨터 보조 좌석 사출. 에트나 전용 접속 코드 준비."

에트나의 말이 끝나자 내 뒤쪽의 벽에서 의자가 튀어나왔다. 에트나 1세를 만들었을 때 같이 개발해 둔 물건이다. 나의 연구 보조 및 서포트 용으로 만든 건데 아직까지 써본 적은 없다. 왜냐고? 천재는 항상 고독을 즐기는 법이기 때문이다. 고독한 천재가 멋있지 않은가?

에트나의 목 뒤로는 단자를 꽂을 수 있는 구멍이 있다. 이 구멍으로 컴퓨터와 연결되면 자료의 검색 및 시스템 관리가 가능하다. 이렇게 대 해킹 방어용으로 쓰게 될 줄은 몰랐지만… 에트나가 자리에 앉고 목 뒤의 단자로 브래킷의 삽입을 마쳤다.

이걸로 2 : 2. 조건은 같아졌다. 내 사전에 패배란 없다.

"아, 안톤님, 그런데 내일 데이트는 어디로 갈까요?"

에트나가 기대감에 가득 찬 눈으로 나를 쳐다본다. 윽! 이 녀석, 아직도 정신 못 차리고 있네? 내 사전에 새로운 단어를 써 넣게 될지도 모르겠다. 아차! 잡생각이나 하고 있을 때가 아니지.

"에트나, 골키퍼 C1, C2, C3는 감염되었다. 적으로 간주하고 녀석들을 에리어 D로 유인해!

"롸저!"

에리어 D는 빈 공간이다. 백업을 위해 준비해 둔 곳인데 일단 이곳으로 녀석들이 들어가기만 하면 강제 연결 해제로 가둘 수 있다. 하지만 상대방이 쉽게 넘어가지는 않을 것이다. 내가 에트나에게 바라는 건 에트나가 활동함으로써 마치 내가 녀석의 속임수에 넘어간 것처럼 보이도록 해달라는 것이다.

대강의 방어 프로그램을 짜는 데 성공했다. 아직 시험도 못해봤지만 성능은 믿을 만하겠지. 내가 만든 건데 설마 허접하기야 하려고? 문제는 아직 침투 프로그램의 행방을 발견하지 못했다는 거다.

"컴퓨터, X—27, X—28, X—29의 침입 경로를 영상으로 투영하라."

말이 끝나자마자 나타난 녹색 스크린에 최초 X—26의 침투 경로부터 지금은 적이 된 골키퍼들의 이동 경로가 나왔다. 지금 찾고 있는 것은 미지의 침투 프로그램이다. 놈은 미끼로 던진 X—26의 반대 방향으로 움직일 것임에 틀림없다. 그렇게 생각하고 경로 파악에 나섰지만 X—27, 28, 29는 모두 다른 방향으로 움직이고 있었다. 상대방도 이 정도의 머리는 있는 모양이다.

"화면 확대. 해밍 코드 삽입. 현재 MAR이 기억하고 있는 레지스터를 표시."

해밍 코드는 오류 검출과 교정을 위한 코드이다. 이런 정도로 잡힐 만한 녀석은 아니겠지만 아무것도 안 하는 것보다는 낫다. MAR은 주기억 장치의 번지를 기억하는 장소인데 사용되는 메모리의 용량에 맞게 크기가 정해진다. 침투 프로그램이 노리는 것은 시스템 제어부. 그러나 시스템 제어부는 교묘하게 숨겨두었다. 따라서 놈은 틀림없이 MAR에 접근하여 시스템 제어부가 위치한 장소를 파악하려 들 것이다.

예상은 적중했다. 무척 작게 프로그래밍된 녀석이다. 미리 예상하지 못했으면 발견할 수 없었을 것이다. 녀석은 MAR로 들어갔다. 나는 기회를 기다렸다. 지금 성급하게 잡으려 들었다가 놓치게 된다면 다시 기회를 잡기 힘들다.

지금이다!

"신 방어 프로그램 뇌신 베타 버전 가동!"

좀 전에 만들어낸 뇌신을 녀석을 잡으러 보냈다. 제대로 코딩하지 못해서 덩치가 좀 크지만 침투 프로그램 하나 정도 잡는 건 일도 아니다. 천재적인 내 두뇌로 만든 프로그램 파괴 전용 프로그램 뇌신은 곧바로 지정된 절차에 따라 충실히 명령을 수행해 주었다.

성공이다. 간신히 침투 프로그램을 삭제하는 데 성공했다.

진땀을 흘리면서 안도의 한숨을 내쉬다 보니 X—27, X—28, X—29가 생각났다. 아직 상황 종료가 아니다. 저놈들까지 잡아야 한다.

그렇게 생각하고 에트나 쪽을 바라보았다. 에트나는 목에 꽂은 코드를 뽑아내고 나를 멀뚱히 쳐다보고 있었다.

"뭐 하고 있는 거야?"

"시킨 대로 했어요."

뭐라고? 벌써?

"에리어 D로 몰아넣었어요. 바이러스도 치료했는 걸요? 지금 C1, C2, C3 다 정상이에요."

무슨 소리야? 천재인 이 몸도 그걸 다 하려면 10분은 걸릴 텐데 그걸 불과 3분 만에 해치웠다는 말이냐?

즉시 확인해 보았다. 정말이었다. 무지하게 허탈했다. 에트나의 머리가 나보다 더 좋은 걸까? 말도 안 되는 소리. 그럴 리가 없잖아? 이건 뭔가 착오가 있는 게 분명해.

"리와인드 기능 가동. 지금부터 5분 전의 상황부터 시작."

꼼꼼히 재검토해 보기로 했다. 놈 정도의 천재가 에트나한테 그렇게 쉽게 꽁지를 내렸다는 건 어딘가 이상하다. 역시였다. 에트나가 골키퍼들을 고친 게 아니다. X─26이 내 골키퍼들을 고쳐 주고 도망갔다. 에트나가 유인하자 골키퍼들이 순순히 에리어 D로 들어간 것도 그런 이유였다. 무슨 이유로 골키퍼들을 풀어주었을까? 그리고 X─26은 어디에 있는 걸까? 데이터를 몽땅 뒤져 본 결과 X─26은 온 길로 돌아서 다시 나갔다는 사실을 발견했다.

그냥 나갔을 리는 없다. 어딘가에 표식을 남겨두고 나갔을 것이다. 이런 해커들은 이겼다는 증거를 남기고 가는 걸 좋아하니까.

"방어문 1의 기계어 코드 출력."

2진수가 모니터 가득 나타났다. 0과 1뿐인 숫자들의 집합이다. 이상은 없는데… 기능도 정상이고 이상 징후도 보이지 않는다. 혹시…….

"해상도 20배로 축소."

역시 있었다. 못된 놈!

X─26은 프로그램의 기능을 손상시키지 않고 메시지를 남겨두었는데 교묘하게 1의 집합으로 방어문 소스에 두 글자를 남겨놓았다. 그것을 읽어보니 '바보'라는 말이다. 우욱! 열받아!! 이런 놀림을 당하다니 내 일생 최대의 수치다. 이 천재님이 농락당하다니!

[메일이 도착했습니다. 멍멍.]

한참 식식거리고 있을 때 강아지 모양으로 만들어놓은 메일 알림기에서 소리가 났다. 무슨 메일인지는 몰라도 일단 저거라도 읽고 화를 풀자.

"읽어봐!"

[크크크.]

이건 또 뭐야? 메일 수신 장치에 에러라도 생긴 건가?

"다시 읽어봐!"

[크크크.]

"다시!"

[크크크.]

즉시 메일 관련 프로그램을 뒤져 보았다. 이상은 없었다. 그럼 저건……? 틀림없이 내 컴퓨터에 침입한 해커 놈이 보낸 거다. 우왁! 미치겠네! 이 천재님을 놀리다니 그냥 두지 않을 거야!

방 안을 왔다 갔다 해보았지만 화가 풀리지 않는다. 어떻게 하면 놈에게 복수할 수 있을까…….

"안톤님, 우리 내일 어디로 놀러 갈까요?"

분위기 파악 못하는 에트나가 내 소매를 잡고 칭얼거렸다. 천재의 고통을 함께 이해해 줄 사람은 아무도 없단 말인가?

"에트나, 지금 기분이 별로 안 좋아. 그러니 그냥 가서 자라. 응?"

"우왕~ 안톤님 거짓말쟁이!"

에트나는 울음을 터뜨리면서도 소매를 잡은 손은 놓지 않고 있었다. 미치겠네! 눈물을 뚝뚝 흘리는 걸 보고 있으려니 무척 안쓰럽다. 내가 못된 짓이라도 한 것 같잖아?

"알았다, 알았어. 내일 같이 놀러 가줄 테니까 제발 좀 울지 마라."

천재는 여자의 눈물에 약하다. 나도 예외는 아니다. 뭐, 기분 풀이라도 하는 셈 치지.

"정말이죠? 그럼 저는 얼른 가서 도시락 쌀게요."

에트나는 언제 울었냐는 듯 기뻐하면서 방에서 나갔다. 저렇게 좋아하다니 그동안 내가 너무 무심했나 보다. 사실 나는 겨우 10살이다. 20살짜리로 만들어놓은 에트나랑 다니면 누가 봐도 데이트라기보다는 누나랑 놀러 나온 걸로 보일 거다. 그런 시선은 별로 받고 싶지 않다.

응? 왜 내가 남의 눈에 신경 쓰고 있는 거지? 아무렇게나 보여도 상관없잖아? 음, 음음. 에라, 모르겠다. 잠이나 자자.

[메일이 도착했습니다. 멍멍.]

자리에서 일어나려는데 알림 음이 들렸다. 또 해커 놈이 보낸 메일일까? 저런 건 그냥 삭제를……. 아니지. 혹시 녀석의 꼬리를 잡을 수 있을지도 모르니 일단 읽어나 보자.

"읽어봐."

친애하는 안톤 군에게.

오늘 네 실력 잘 봤어. 제법이던데? 누군지는 모르겠지만 네 파트너가 너 정도의 실력이었다면 나와 내 친구 둘 다 해킹에 실패했겠지.

결국엔 나만 실패했지만 말이야. 아, 속상해.

실력으로 졌으니 다른 말은 하지 않을게. 일단은 상으로 내가 해킹하려고 했던 무술과 내공에 대한 자료를 첨부했어. 참고로 말해 두지만 소림사 서버를 비롯한 대부분의 문파들의 비술들은 몽땅 사기야. 우리가 가짜랑 바꿔치기 해놨거든.

왜 그랬냐고? 후후후. 방어벽을 뚫은 승자의 만족감을 위해서라고나 할까!?

믜. 그런 이유야.

참, 깜빡했네? 메일을 보낸 건 너를 만나보고 싶어져서야. 운 좋게도 생모를 가지고 있고 보육 시설에도 안 들어가고 일반 가정집에서 자란 널 말이야. 내일 갤럭시 공원에서 10시에 기다릴게.

어떻게 알아볼지는 걱정하지 마. 이쪽에서 알아서 할 테니까. 그럼 내일 보자.

보육 시설에서 내 대신 자란 아이가.

윗! 이런 메일이라니······. 어떻게 내가 지니어스 플랜에 의해 태어난 사실을 아는 걸까? 잠시 생각해 본 결과 별일도 아니라는 생각이 들었다. 나를 제외한 천재가 11명이나 있으니 그 정도 알아내는 건 일도 아니겠지. 곤란한데······.

내 대신 연방의 보육 시설에 들어간 아이한테 메일을 받을 줄이야······. 어떤 얼굴로 그 애를 보면 좋을지 모르겠다. 어떤 아이일까?

지니어스 플랜에 의해 태어나지 않았는데도 연방에 끌려가서 11명의 다른 천재들과 함께 자란 그 아이는 나에 대해서 어떻게 생각하고 있을까? 지금 나는 이렇게 편안한 생활을 즐기고 있는데 그 아이는 다른 천재 아이들에게 놀림이나 받고 자라지는 않았을런지······.

그동안 내 대신 끌려간 아이에 대한 죄책감이 없었던 것은 아니다. 단지 누군지 몰랐기 때문에 크게 가슴에 와 닿지 않았던 것뿐이다. 나도 내 존재의 의미에 대해 많은 생각을 해왔으니까. 지금 내가 사는 평범한 한 인간으로서의 자리는 이름 모를 그 아이가 가졌어야 할 자리. 나는 남의 인생을 희생시키고 나만의 안위를 위해 살고 있는 건 아닐런지… 그 아이가 행복하게 살 권리를 내가 짓밟은 거나 마찬가지다.

아무리 연방 보육 시설에서 최고의 시설과 인력으로 잘 키워준다고 해도 그것은 그들의 목적을 위한 일종의 사육이다. 평범한 가정에서 부모의 손에 의해 사랑으로 키워지는 어린이들과는 전혀 다른 것이다. 그 아이는 어떤 기분으로 지금까지 살아왔을까?

"안톤님, 이거 봐요, 이거."

복잡한 기분이 되어버린 나의 기분을 풀어주려고 그랬을까? 에트나가 방문을 벌컥 열고 들어왔다.

"기대하시라~ 짜잔! 내일 먹을 도시락이에요. 에트나가 자랑하는 궁극의 필살 도시락 통돼지 바비큐!"

"그게 어디가 도시락이야? 좀 평범한 걸로 바꾸면 안 될까?"

에트나가 가져온 것은 목에 리본을 매고 있는 통통한 돼지였다. 리본에는 『바비큐 소스가 필요없는 돼지고기 연구를 위한 실험체 45호』라고 쓰여 있었다. 연구용 돼지의 네 다리를 밧줄로 꽁꽁 묶어놓고 거기에 막대기를 꽂아서 어깨에 메고 자랑스러운 얼굴로 칭찬의 말을 기다리는 듯한 태도를 취하고 있는 에트나가 천재인 나의 두뇌로도 이해가 되지 않았다.

"무슨 말씀이세요? 모처럼 안톤님이 허락하신 데이트인데 당연히 푸짐하게 먹어야죠."

"그런 의미가 아니잖아."

"아, 알았어요. 진작 그렇게 말씀하시지."

알아들었나 보다. 당연하겠지. 내가 만든 에트나가 덜떨어질 리가 없잖아?

"좀 더 큰 놈을 원하시는군요? 미안해요. 안톤님은 아직 한창 성장기니까 클 땐 잘 먹어야 하는데… 지금 당장 가서 바꿔 올게요."

'이봐! 기다려!' 라고 말할 틈도 없이 에트나는 달려나갔다. 그녀의 어깨에 멘 막대기에 매달린 돼지가 '꽥꽥' 하고 지르는 비명 소리와 함께.

하하하! 고마워, 에트나. 기분이 좀 풀렸어. 일부러 그렇게 한 건 아니겠지만 가끔은 너의 그런 엉뚱함이 도움이 되는구나.

그래, 이건 내 문제야. 피할 수는 없어. 내일 그 아이를 만나 내가 의도한 바는 아니지만 이렇게 뒤바뀐 인생에 대해 사과라도 하자. 죄책감 가질 필요는 없어. 내가 일부러 한 일도 아니니까. 다만 그 아이가 나의 도움을 필요로 한다면 힘껏 도와줘야지.

그날 밤 나는 이런 순진한 생각들을 하면서 잠자리에 들었다. 그 아이가 보낸 무공과 내공심법들은 자동으로 컴퓨터에 저장되었지만 그런 일들까지 신경 쓰기에는 너무 피곤했다.

이 짧았던 밤에 일어난 일들이 훗날 커다란 대파국을 초래하게 될 줄 미리 알았다면 저렇게 편안히 잠들 수는 없었을 것이다.

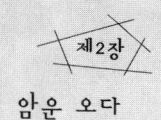

제2장

암운 오다

암 운 오 다

"안톤! 안톤! 일어나거라!"

음? 누가 내 몸을 흔들어대는 거야? 간밤에 별로 못 자서 피곤하단 말이야! 내버려 둬!

팔을 움직여 이불을 머리끝까지 뒤집어썼다. 천재에겐 휴식이 필요해.

"안톤, 오늘 데이트한다면서. 어서 일어나."

부드럽게 귓가를 울리는 다정한 목소리. 엄마구나. 그래도 나는 자야 한다. 지금 나한테 필요한 건 잠뿐이다.

"안톤, 데이트 해달라고 엄청 졸라서 간신히 허락받았다면서? 어서 일어나지 않으면 에트나 혼자 가버릴 거야."

응? 뭐라고? 누가 졸랐다고?

나는 벌떡 일어났다. 지금 나의 상식으로는 이해가 가지 않는 소리를 들은 듯한 착각이…….

"엄마, 방금 뭐라고 하셨어요?"

"어머! 그렇게 깨워도 안 일어나더니 에트나 소리가 나오니까 단번에 일어나네? 그렇게 에트나가 좋아?"

이 녀석이 대체 엄마한테 뭐라고 해놓은 거야?

"지금 에트나는 어디에 있어요?"

"응, 자기 방에 있을 거야. 옷 갈아입는다고 하던데?"

나를 '녀석, 다 컸구나. 벌써 여자를 밝히다니' 라는 시선으로 바라보는 엄마를 뒤로하고 한달음에 달려가서 에트나의 방문을 벌컥 열었다.

"에트나, 너 엄마한테 대체 뭐라고……!"

"꺄악! 치한이야!"

에트나는 속옷만 입고 있었다. 손에는 깔끔한 체크 무늬의 남색 치마를 들고 있었는데 갑자기 방문이 열려서 놀란 모양이다. 그러나 들어온 사람이 나라는 것을 알자 더 이상 떠들지는 않았다. 본능적으로 손에 든 치마로 몸을 가린 그녀의 몸을 보고 있으니 왠지 가슴이 두근거렸다.

이상하네? 분명히 내가 만들어서 에트나의 몸 정도는 다 알고 있는데 왜 얼굴이 화끈거리지?

"어머, 안톤님, 그렇게 제 몸이 보고 싶으셨어요? 응.큼.쟁.이."

"무, 무슨 소리야? 나는 단지……."

"오호!"

저리 가줘. 이쪽으로 오지 마!!

그러나 고양이처럼 요염한 눈을 반짝거리면서 에트나는 나에게 한

걸음 한 걸음 다가왔다. 손에 들고 있던 치마를 저쪽으로 던져 버리고
서…….

"단지… 뭐죠?"

"실례했습니다."

그렇게 말하고 얼른 에트나의 방에서 튀어나왔다. 뒤에서 에트나의
웃는 소리가 들려왔다.

헉헉! 뭐야, 이건? 내가 만든 안드로이드의 몸을 보고 흥분한 건가?
이 천재가?

말도 안 돼. 나는 그런 변태가 아니란 말이야.

나는 천재다. 틀림없는 천재다. 절대 변태가 아니다.

자기 혐오에 빠질까 봐 나는 그렇게 계속 속으로 외쳐 대고 있었다.
그러고 있다 보니 무엇 때문에 에트나의 방에 들어갔었는가 하는 문제
는 까먹고 말았다.

멍하게 아침을 보내고 나는 에트나의 손을 잡고 갤럭시 공원으로 가
기 위해 대문 앞에 섰다. 엄마가 따라와서 배웅해 주었다.

"에트나, 안톤을 잘 부탁한다. 아직 어리니까 미아가 되지 않도록 신
경 써야 해."

"걱정 마세요, 사모님. 저만 믿으시라니까요."

천재인 나는 미아 따위는 되지 않는다. 그러나 엄마는 막내인 나를
아직도 아이로 보고 있다. 천재라고 특별 대우 따위는 없다. 오히려 천
재는 어딘가 얼빵한 데가 있다고 굳게 믿고 있는 것 같다.

그녀는 에트나를 철석같이 믿는다. 젊었을 때의 자신을 보는 것 같
다나 어쩐다나?

인격 모델이 엄마 본인이니 당연한 일이겠지만 어쩌다 이렇게 되었는지 모르겠다.

"안톤, 손수건은 챙겼니? 오줌 마려우면 꼭 에트나 누나한테 말해야 한다. 모르는 사람이 과자 사준다고 해도 따라가지 말고. 알았지?"

누누이 말하지만 나는 천재다. 어째서 천재가 이런 대접을 받아야 한단 말인가? 엄마가 나를 걱정해 주는 것은 고맙지만 이 정도 소리까지 듣게 되면 무척 서글퍼진다.

에트나가 왜 누나냐고? 현재 지구의 기술로는 안드로이드라는 존재는 금속 몸체에 시키는 대로만 움직이는 그런 인형에 불과하다. 그 속에서 인간과 똑같은 안드로이드가 나 같은 아이한테서 만들어졌다는 소문이 나게 되면 연방 정부에서 나의 존재를 알게 될지도 모른다.

그렇게 되면 나는 연방으로 끌려가게 되겠지.

이런 이유로 에트나는 어디까지나 인간인 것으로 되어 있지 않으면 곤란하다. 그래서 해킹으로 에트나에 대한 신상명세서를 하나 새로 만들었다.

나에겐 무척 간단한 일이었다. 그 다음 문제는 어떻게 식구들에게 소개하느냐 하는 것이었다. 가정부로 두게 되면 여러 사람들을 만나게 되니까 이건 피하고 싶었다. 궁리 끝에 보모로 하면 어떨까 하는 생각이 들었다. 그래서 에트나에게 1급 보모 자격증을 즉석에서 위조한 후 엄마에게 면접을 보게 했다. 어떻게 될까 조마조마했었는데 처음 만난 둘은 바로 친해졌다. 대화 도중 야구 이야기가 나오자마자 3시간 동안 엄마와 에트나가 그 이야기를 계속하느라 떠드는 바람에 노이로제가 걸릴 정도였다. 그후 나의 보모가 된 에트나를 내 전용 메이드처럼 다룰 수 있게 되었다.

"에트나, 대체 엄마한테 뭐라고 한 거야?"

"안톤님이 저랑 놀러가고 싶다고 졸라대서 하루 바람이나 쐬고 온다고 했어요."

"내가 언제 졸랐어?"

엄마는 내가 에트나를 무척 따르는 것으로 여기고 있나 보다. 엄마야 원래 착각이 취미인 사람이니 그렇다고 치자. 하지만 자기가 데이트하자고 말해 놓고 내가 그런 것처럼 말한 이유는 대체 뭐냐고?

"어쩔 수 없었어요. 저는 일단 보모니까 '제가 놀러 가고 싶으니 아드님을 데리고 나가겠습니다' 라고 할 수는 없잖아요."

"그게 문제가 아냐. 엄마가 이걸 데이트라고 여기는 게 문제지."

"데이트 맞잖아요, 사랑하는 안톤님. 후후후."

떨어져! 달라붙지 말란 말이야!

언제부터인가 대답이 궁하거나 잘못을 저지르면 이 녀석은 나를 자기 가슴으로 안기 시작했다. 바로 지금 나를 끌어안은 것처럼.

나는 천재다. 절대 이런 어리버리한 뻔히 보이는 수작에는 넘어가지 않는다. 따질 건 확실히 따지고 넘어간다. 그렇지 않으면 에트나의 버릇은 점점 나빠질 테니까.

아무리 부드러운 감촉이 내 얼굴에 닿아도… 에헤헤헤…….

"자자, 안톤님. 어서 가요. 곧 갤럭시 공원 개장 시간인 9시예요."

잠시 멍청해진 나는 에트나의 품에 안긴 채 나도 모르는 사이에 공원까지 가게 되었다. 주위 사람들이 킥킥거리면서 웃고 있는 줄도 모르고…….

에헴, 분명히 밝혀두는데 나는 천재다. 하지만 남자이기도 하다. 이런 일이 있었다고 해서 나의 천재성을 의심하지는 말아주길 바란다.

말하고 나니 무지 창피하네? 에휴~

"손님, 죄송합니다만 애완 동물은 데리고 들어가실 수 없습니다."

전체가 돔으로 둘러싸인 거대한 타워 도시. 최첨단 놀이 기구는 물론 전 세계에 서식하고 있는 동, 식물들의 대규모 집합체이기도 한 갤럭시 공원 입구.

표를 파는 직원이 에트나가 끌고 온 도시락(?)과 요리 세트를 보고 이상한 말을 했다.

상식이 부족한 여직원이다. 누가 이렇게 살찐 돼지를 애완 동물로 키우겠냐고.

"이건 도시락인데. 상관없지 않나요?"

"그럼 더 안 됩니다. 공원 내에서 불을 피우는 행위는 금지되어 있습니다."

남자 직원이었다면 에트나한테 뿅 가서 그냥 들여보내 주었겠지만 30은 되어 보이는 여직원에겐 통하지 않았다. 직원 입장에서는 공원 내에서 고기 굽는 냄새를 풍기면 곤란하긴 하겠지. 그래도 방법이 없는 것은 아니다.

"아줌마, 이거!"

"이건 코스모스 골드 멤버스 카드!"

내가 여직원에게 내민 카드는 코스모스 그룹의 친족들만 가질 수 있는 특별 카드다. 이 카드만 있으면 일시불로 150억까지 즉시 현금 인출이 가능하고 어지간한 곳은 다 무료 통과다. 더구나 여기 갤럭시 공원은 코스모스 그룹이 소유하고 있다.

여직원의 눈이 커졌다. 아마 처음 보나 보다. 하긴 재벌들이 뭐가 아쉬워 이런 데서 골드 카드를 쓰겠는가. 집 안에다가 유원지를 차린 사람도 허다한 시대에.

"이제 들어가도 되나요, 아줌마?"

"물론이죠, 꼬마 손님. 그런데 저는 아줌마가 아니라 꽃다운 처녀예요."

권력에 굴복하지 않는 당당한 여직원이었다. 골드 카드를 보고도 슬슬 기지 않는 걸 보면 틀림없이 아르바이트로 이 일을 하고 있는 모양이다. 권고 퇴직을 두려워하지 않는 걸 보니 말이다. 그런데 이 아줌마가 말하는 꽃다운 처녀에서의 꽃은 호박꽃인가? 아직 처녀인 이유를 충분히 설명해 주고도 남는 얼굴로 꽃을 모욕하다니…….

"알았어요. 조심할게요, 아. 줌. 마."

장난기가 발동한 나는 그렇게 말해 보았다. 나는 천재이지만 아직 나이가 어려서 인간 심리에 대한 연구가 부족하기 때문에 가끔씩 상대방을 건드려 보는 것을 좋아한다. 일반 아이들이 하는 단순한 장난이 아니다. 어디까지나 천재의 인간 심리 분석의 일환이다.

"호호호, 귀여운 꼬마네?"

그렇게 말하면서 그녀는 나의 머리를 힘주어 슥슥 문질렀다. 우두두둑!

아야! 이 아줌마가 내 목뼈를 부러뜨릴 생각인가? 사람 잡겠네. 애고고!

"무슨 짓이에요?"

보고 있던 에트나가 얼른 나를 악녀의 손아귀에서 빼내 자신의 옆으로 데려왔다. 에트나 만세!

"아들이 아주 귀엽네요."

에트나가 예쁜 것에 샘이 났나 보다. 20살 표준 체형으로 만들어서 애 낳은 아줌마로 보일 리가 없다. 얼굴이 안 받쳐 주면 성격이라도 좋아야지. 쯧쯧.

"우리 남편이에요."

당당하게 여직원에게 그렇게 선언한 에트나는 쪽 소리와 함께 내 입에 자신의 입을 겹쳤다.

에트나의 입술이 내 입술에 닿는 감촉. 숨결과 숨결의 어우러짐. 그녀에게서 풍겨 나오는 향긋한 과일 냄새.

이건, 이건…….

으악! 나는 방금 나의 첫 키스를 내가 만든 안드로이드와 하고 말았다. 순식간에 일어난 일이라 저항 한번 해보지 못하고 일생일대의 큰 경험을 치르고 말았다.

당하는 순간 느낀 감정은 '여자의 입술이란 건 엄청 부드럽구나' 라는 것뿐이었다.

키스에 대한 나의 경험은 아주 없음에도 불구하고 엄청나게 충격적인 퍼스트 임펙트를 겪은 나의 머리는 뇌의 보호를 위해 자발적인 멍청 모드로 빠져들었다.

"그럼 수고하세요."

여직원 역시 다른 의미로의 멍청 모드에 빠져 들어가 버렸지만 에트나는 그녀를 상관하지 않고 나를 다시 안아 들고는 도시락(?) 세트가 든 공중 부양 바구니를 데리고 공원 안으로 들어갔다.

"에트나, 무슨 짓이야?"

공원 안에 들어간 후 10분이 지나서야 나는 가까스로 정신을 차릴 수 있었다.

"어떤 일을 말씀하시는 거죠?"

"그, 그게… 그러니까……."

얼굴이 빨개진 나는 차마 키스라는 말을 내뱉지 못했다. 나는 아직 순진하단 말이야!

"아하! 키스요?"

주인은 입에 담기도 힘든 말을 어째서 너는 그리도 쉽게 할 수 있더란 말이냐!

"그, 그래. 그거 말야."

"싫으셨나요?"

"아니, 뭐, 그렇게 싫다라기보다는… 남의 이목도 있고 그런데… 그게 저……."

아무리 천재인 나지만 당황할 때도 있다. 다른 사람들은 천재는 모든 일을 예상할 수 있기 때문에 항상 침착할 거라고 생각하나 본데 사실은 그렇지 않다. 천재도 사람인데 어찌 완벽할 수 있겠는가? 이런 상황에서 지극히 냉정한 사람이 더 이상한 거다. 뭐? 나라면 안 그런다고? 당신을 에로 마왕으로 임명합니다.

"남이 안 보는 데서는 해도 괜찮다는 말이죠?"

"응? 아니, 그게 꼭 그런 의미는……."

"안톤님, 확실히 하세요."

에트나가 팔짱을 끼고 내 쪽으로 얼굴을 들이밀었다. 대답하라는 무언의 압박.

하지만 순진무구한 나는 천재적인 두뇌를 가지고 있음에도 불구하고 어떤 식으로 말해야 할지 알 수 없었다.

에트나가 야릇한 눈으로 나를 바라보고 있는 게 어쩨 자존심 상한다. 천재 파워 풀 가동! 답을 찾아라. 그러나 내 얼굴만 빨개졌을 뿐이다.

"좋아요. 이 이야기는 집에 돌아가서 하기로 하고 우리 저거 타러 가요."

다행이다. 어찌어찌해서 이 자리는 모면했다. 안도의 한숨이 절로 나왔다. 에트나의 손길을 따라서 내가 본 것은……

헉! 저건 롤링 코스터!

롤링 코스터는 일반적은 청룡 열차와 큰 차이는 없다. 다만 청룡 열차는 궤도 위에서 빙빙 돌 뿐이지만 이 녀석은 궤도 위를 돌다가 점프를 한다. 순간 시속 500킬로미터의 속도로 돌면서 점프하는 그 순간 엄청난 공포가 몰려온다는 소리를 들은 적이 있다. 심장이 약한 노약자 10여 명이 한꺼번에 졸도했다는 뉴스도 심심찮게 본 기억이 있고. 저런 걸 타야 하나?

"설마… 안톤님, 무서우신 건 아니죠?"

믿는다는 신뢰의 눈빛. 그런 눈으로 보면 거절할 수가 없잖아!

"다, 당연하지. 나는 사나이라고! 음하하하!"

"어머, 멋쟁이! 어서 가요."

신이 나서 나를 잡아끄는 에트나.

"아니, 좀 천천히 가도……"

에트나에게 손을 잡힌 나는 별수없이 롤링 코스터의 좌석에 앉혀졌다. 옆에서 기쁜 눈을 하고 신나 하는 에트나를 보면서 타지 말자는 말은 할 수 없었다. 이래 보여도 나는 남을 배려할 줄 아는 사람이다. 상대가 미녀일 때만이라는 전제가 붙긴 하지만……

"안톤님, 기대되죠? 저, 이거 꼭 한번 타보고 싶었어요."

"으응, 자, 잘됐네. 하하! 하하하하! 하아!"

나는 호탕하게 웃어주었다. 사실 조금 떨리긴 하다. 아주 조금.

덜컹덜컹!

열차는 달리기 시작했다. 뭐야, 이건? 진동 차단 장치도 안 해놓다니… 제작자는 대체 생각이 있는 거야, 없는 거야? 구태의연한 제작자는 각성하라!!

덜컹덜컹거리며 조금씩 속도가 올라가기 시작했다. 바람이 점점 강해져서 나의 머리칼이 뒤로 쏠렸다.

뭐, 겨우 이런 건가? 이 천재님이 겨우 이 정도 공포를 느낄 리가… 우악!

'별거 아니잖아' 라는 생각도 잠시, 열차는 가속과 더불어 좌우로 급격하게 흔들리기 시작했다. 좌로 쏠리고 우로 쏠리더니 마구마구 떨어지는 몸. 크악!

쳇! 이 정도 흔들림은 이 천재님에게 아무것도…….

우아아아!! 사람 살려!! 드디어 본격적인 회전 코스로 접어들었다. 엄청난 속도와 함께 천지가 1초에 5번은 바뀌는 듯한 느낌이 들면서 아찔함이 온몸을 감쌌다. 사고는 정지되고 세상은 한 장의 백색 공간이 되어 뒤로뒤로 날아간다.

나는 천재야. 천재에게 무서운 건 아무것도 없어. 나는 눈을 꼭 감고 그렇게 되뇌이면서 어떻게 해서든 자신을 속여보려고 안간힘을 썼다.

회전 코스 다음에 기다리고 있는 것은 마의 롤링 점프. 슝 하고 몸체를 마구 돌리면서 날아가는 열차 안. 빙글빙글 도는 감각 속에서 결국 나의 연약한 인내심은 박살이 났다.

철컹철컹! 지옥이다. 이건 지옥이야. 어떻게 이딴 감각을 좋아할 수 있는 거야? 살려줘! 제발 내려줘!!

필사의 노력에도 불구하고 정직한 내 몸은 공포의 노예가 되고 말았다.

어째서 내가 이런 꼴이 되어야 하는 거냐고! 다시는 이딴 거 타나 봐라! 우아아아악!

퓨슈!

영원히 끝나지 않을 것만 같던 악몽의 순간이 끝났다. 살았다. 나는 아직 살아 있구나. 음하하하! 천재는 절대 죽지 않는 거야. 그럼, 당연하지.

"야호! 안톤님! 신나죠? 그렇죠?"

"무, 물론이지. 하하하!"

나는 억지웃음을 지어 보였다. 천재는 항상 당당한 모습을 보여야 한다.

"역시 안톤님은 용감하다니까. 우리 다시 한 번 타요. 네?"

"진짜로 저걸 또 타고 싶은 거야?"

"빨리요."

에트나의 말을 거절 못한 나는 저 망할 놈의 열차를 5번이나 더 타고 말았다. 애고, 내 팔자야.

악몽의 순간이 지나고 완전히 지쳐 버린 나는 에트나와 함께 공원 벤치에 주저앉았다. 내가 천재라고 해서 몸까지 슈퍼맨인 건 아니다.

"안톤님, 안색이 안 좋아요. 괜찮아요?"

에트나가 그렇게 물었다. 그럼 네가 보기엔 이게 괜찮은 얼굴로 보이냐?

거울을 들여다보니 얼굴이 완전히 파란색이 되어 있었다. 오옷! 이것이 과연 인간의 얼굴색이더란 말이냐?

"음료수라도 사가지고 올게요. 뭐 드실래요?"

"콜라."

"콜라는 몸에 안 좋아요. 녹차로 할게요."

"뭐, 뭐라……?"

내 대답은 다 듣지도 않고 에트나는 상점으로 달려가 버렸다. 저게 요즘 진짜 엄마같이 구네? 어젯밤에도 일부러 콜라 대신 물을 가지고 온 거였구나. 주인이 말하면 들어야지 자기 판단을 우선시하다니……. 저 녀석, 반항기인가? 아니면 나에게 특별한 감정이라도 가지고 있는 걸까?

에트나가 나에게 느끼는 감정은 애정일까, 아니면 주인에 대한 충성심? 설마 모정 같은 건 아니겠지? 아무려면 어때.

내가 천재라도 남이 나를 어떻게 보고 있는가 하는 것까지 참견할 권한은 없다. 나도 그 정도는 알고 있다. 하지만 바랄 수는 있겠지. 나는 그녀의 나에 대한 감정이 어떤 것이기를 바라는 걸까?

파란 하늘을 바라보고 있으니 기분이 평안해진다. 혼란에 빠졌던 육체도 다시 제자리로 돌아오고 있었다. 그러고 보니 뭔가 잊고 있었던 것 같은 기분이…….

그렇지. 내 대신 연방의 보육 시설에 들어간 아이랑 이 공원에서 만나기로 했었지?

시계를 바라보았다. 9시 59분 40초.

상대방은 일단 천재들 사이에서 자랐으니 약속 시간은 지킬 것이다.

천재라는 존재는 묘한 강박 관념이 있어서 일단 말한 것은 꼭 지켜야 한다고 믿는 성향이 있다. 가끔 예외도 있긴 하지만 대부분은 그렇다. 근거있는 거냐고? 내 천재성을 의심하지 말아주기 바란다. 내가 그렇다고 하면 그런 거다. 지금까지 내 생각이 틀린 적이 한 번이라도 있었던가? 앗! 앞 페이지 넘기지 마라. 쳇! 그래, 가끔 틀리기도 한다. 인정한다. 에휴~

뒤에서 발자국 소리가 들렸다. 가볍게 잔디를 밟으며 오는 걸로 봐서 에트나는 아니다. 그녀는 항상 당당한 코끼리 걸음 소리를 내니까.

드디어 왔나 보다, 나와 운명이 뒤바뀐 상대가.

어떤 아이일까 하는 궁금증이 들었지만 뒤돌아보지는 않았다. 어떤 얼굴로 상대방을 대하면 좋을지에 대한 생각 정리가 아직 끝나지 않았기 때문이다.

아무렇지도 않게 웃는 얼굴로 '여어' 하고 손이라도 흔들어줄까, 아니면 눈물을 뚝뚝 흘리면서 '미안해' 라고 해야 할까? 이것도 저것도 아니면 감정을 내보이지 않는 포커페이스를 지어 보여야 하는 걸까?

발자국 소리는 벤치에 앉아 있는 나의 뒤에서 멎었다. 누군가 나를 바라보는 느낌. 내 감각의 사각 지대에 그 아이는 서 있다.

내 어깨에 그 아이의 손의 무게가 느껴진다. 그 손은 내 어깨를 두 번 두드렸다.

그리고 귓가에 처음 만나는 그 아이의 목소리가 들렸다. 10대 여자 아이만이 가질 수 있는 쾌활하면서도 맑고 투명한 그런 음색이었다.

"안녕! 드디어 널 실물로 만나게 되었구나, 나의 형제 안톤."

그렇게 말한 여자 아이는 나의 뒤에서 허리를 숙여 자신의 얼굴을 나의 얼굴 바로 앞까지 가져왔다.

귀여운 얼굴이었다. 파란 눈에 빛나는 금발을 하고 있는 14~5세 정도 되어 보이는 여자 아이로 나보다 조금 큰 키를 하고 있었다. 하이힐을 신고 있어서 그렇게 보였는지도 모른다. 입고 있는 청치마와 하얀 블라우스가 조화를 이루어 산뜻한 이미지를 주었다. 두 갈래로 땋은 머리카락이 부드럽게 휘날리는 모습이 인상적이다. 그녀는 나에게 자신의 얼굴을 바짝 가져다 댔다. 에트나 이외에 나에게 이렇게 가까이 접근한 여자는 엄마뿐이다. 부탁인데 좀 떨어져다오. 나는 아직 여자에 대한 면역성이 없단 말이다!

"내 이름은 아이린. 잘 부탁해, 안톤. 후훗."

아이린은 내 앞으로 와서 자신의 오른손을 내밀어 악수를 청했다. 그녀의 손을 잡고 흔들어주면서 나는 더욱 당황했다. 이렇게 밝은 아이였다니, 지금까지 고민한 나는 뭐가 되는 거지?

"저기, 나를 원망하거나 하지 않는 거야?"

"내가 널? 왜?"

어리둥절한 표정으로 아이린이 되물었다.

"네가 원래 있어야 할 장소를 내가 대신 차지한 거나 다름없잖아. 그러니까……."

"그런 걸 신경 쓰고 있었니? 걱정하지 마. 나는 지금이 더 행복하니까."

아이린은 쾌활한 어조로 말했다. 지금이 행복하다고? 부모도 없이 보육 시설에 강제로 끌려 들어간 그런 삶이 행복하다고?

"정말이야?"

다그치듯 묻는 나를 보면서 아이린은 크게 고개를 끄덕였다.

"그래. 내가 알아봤는데 나의 원래 아빠는 술주정뱅이에다 아동 학대범이었다나 봐. 어느 날 술 마시고 들어와서 나를 허리띠로 마구 때리던 아빠를 보다 못한 엄마가 몰래 고아원에 나를 버렸다나? 그런 나를 너희 할아버지가 데려다가 연방에 넘겨준 거고. 너랑 바뀌지 않았으면 훨씬 더 비참하게 살았을 거야. 이런 걸 보고 전화위복이라고 하는 거겠지. 후훗."

그럴 수가! 아직도 그런 몰상식한 부모가 있었다는 말인가? 아이린의 말이 사실이라면 나는 더 이상 죄책감 따위는 가지지 않아도 되는 게 아닐까? 아니, 아무리 그래도 보육 시설에서 자란다는 건 그리 기분 좋은 일은 아닐 텐데⋯⋯.

"하지만 아무리 그렇다고 해도⋯⋯."

"그래, 내가 어느 정도 주위 환경이 변한 걸 깨닫기 시작했을 때 내 주위에는 11명의 다른 오빠들이 있었어. 그들은 곧 내가 G타입이 아닌 걸 알게 되었지. 아, G타입은 연방에서 지니어스 플랜에 의해 태어난 천재들을 부르는 말이야. 아마도 과학자들은 천재란 당연히 남자여야 한다고 생각했나 봐. 나 이외의 다른 사람들은 모두 남자였어. 너도 마찬가지로 남자이고."

아이린의 말은 모두 맞는 말이다. 과거 여자의 사회적 지위는 무척 낮았고 아무리 능력있는 여자라 해도 인정받지 못했다. 그래서 이름있는 대부분의 천재는 남자다. 현재는 인식이 많이 바뀌었다고 해도 완전히 달라진 것은 아니었다.

"너도 알다시피 천재는 자신만의 세계에 틀여박혀서 남들을 쉽게 무시하지. 그래서 따돌림당하기 쉬워. 천재들이 고독하다고 하는 건 따지고 보면 자승자박이지. 하지만 그들에게도 외로움은 존재해. 표현하는 방법을 몰라서 그렇지 사실은 누군가에게 사랑받길 원하거든. 내가 여자애여서 정말 다행이야. 오빠들과 함께 생활하면서 이런 사실을 깨달은 나는 그들이 진정 원하는 것, 뜨거운 사랑을 주기로 했어. 가능한 한 듬뿍! 처음에는 무시받았지만 결국 나만의 자리를 그들 틈에서 만들 수 있었어. 지금은 내가 무슨 말을 하든지 오빠들이 다 들어준단다. 호호호."

대단하다. 여자의 힘은 천재 파워를 초월한다는 말인가? 아이린은 다른 G타입의 형제들에게 보호를 받음으로써 자신이 보통 사람이라는 걸 숨겨왔던 것 같다.

"그들의 힘을 이용해서 날 찾은 거구나?"

"응, 그래. 한번 만나고 싶었거든, 숨겨진 G타입인 널. 그리고 꼭 내 계획에 오빠들 이외에 안톤 너도 참여시키고 싶어."

"계획이라니?"

아이린은 무슨 생각을 하고 있는 걸까? 순간적으로 좋지 않은 일일 거라는 예감이 들었다. 상대는 어린 소녀이긴 하지만 천재 11명을 자신의 말에 따르게 할 정도로 치밀한 성격이기도 하다. 보통 사람이라면 괴리감이나 모멸감에 빠졌을 그런 환경에서 이 아이는 오히려 그것을 이용하여 자신의 위치를 지킬 정도로 강하다. 그런 아이린이 천재 11명으로도 부족해서 나까지 끌어들이려는 것을 보면 평범한 계획은 아닐 것이다.

"어머, 심각한 표정도 귀엽네? 너 같은 동생 하나 있었으면 했는데."

그렇게 말하면서 아이린은 내 볼을 양쪽으로 쥐고 흔들었다.

아야야! 볼따구니 떨어지겠다! 그런데 이상하게 기분 나쁘지는 않네? 음, 어째서일까?

"내 계획은 이런 거야, 안톤."

그렇게 말하고 아이린은 자신의 계획을 설명해 주었다.

"나는 어리석은 인류에게 새로운 길을 열어주고 싶어. 그들은 신의 영역인 인간 복제까지 손대고 있어. 자기들의 방종을 그만둘 생각은 전혀 없이. 그래서 나는 그들의 잘못된 사고방식을 고쳐 주고 더 나은 삶으로 인도해 주고 싶어."

이거 뻔한 스토리 같은데? 아이린 자신의 능력은 그리 대단한 게 아니다. 그런 그녀가 야심을 가지게 된 이유는 무얼까? 그녀 자신이 감당하지 못할 정도의 힘. 천재 11명이라는 막강한 배경을 손에 넣고 자만감에 빠진 것이다. 그래, 휘둘러 보고 싶겠지. 옛날부터 분에 넘치는 힘을 얻은 대부분의 사람들이 그렇듯 아이린도 그렇게 해보고 싶은 걸 거다. 명분이야 넘칠 정도로 많은 세상이니까 아무거나 가져다 붙여도 상관없겠지. 하지만 일단은 끝까지 들어보도록 하자. 내 생각이 절대적인 것은 아니니까.

내가 그런 생각을 하고 있는 줄도 모르고 아이린은 계속 자신의 계획에 대해서 말했다.

"그래서 생각한 건 각국의 각 행성 지도자들을 우리 입맛에 맞게 바꾸는 거야. 우리의 허수아비로. 그렇게 하기 위해서 지금 인간과 똑같은 행동이 가능한 안드로이드를 개발 중이야. 앞으로 1년 안에 프로토타입이 나올 거야. 정상 궤도에 오르면 차례로 지도자들을 그들과 똑같이 생긴 안드로이드랑 바꿔치기할 거야. 그 다음엔 연방의 장성들을 바꿔 나갈 거고. 지금의 평화에 젖은 보통 사람들은 아무도 눈치 채지 못할걸? 그들은 정치라는 문제에 대해 아무런 관심도 없으니까. 자신들의 쾌락 추구에 방해만 받지 않는다면 이 사실을 알게 되더라도 아무 상관도 하지 않을 거야. 대중은 무지한 존재니까. 어때? 제법 그럴 듯한 계획이지?"

인간형 안드로이드는 내가 8살 때 이미 완성했다. 아직 모르고 있나 보군. 아무래도 아이린과 함께 있는 천재 11명보다 내 머리가 더 좋은 모양이다. 후후후, 역시 나는 우주 제일의 천재였어. 음하하하! 앗! 지금 이런 걸 생각하고 있을 때가 아니잖아?

아이린의 계획은 영화 같은 데서 흔히 봐온 이야기이다. 그러나 지금 이 소리는 허무맹랑한 소리가 아니라 실현 가능한 일이다. 1년 뒤에는 모든 권력을 아이린과 11인의 천재가 갖게 되는 것도 꿈이 아니다. 12인의 독재로 연방을 지배하겠다는 말인데 그게 인류에게 도움이 될까, 아니면 해가 될까? 아직 판단하기가 어려웠다.

독재가 다 나쁜 것은 아니다. 내가 생각하기로는 한 명의 훌륭한 절대자가 100명의 어리석은 국회의원보다 훨씬 낫다. 독재자의 지배하에서는 국론 분열이 일어나지 않는다. 즉, 국가의 힘을 하나로 모으는 것이 훨씬 용이하다. 여론대로 하면 뻔히 보이는 실패 따위도 피해갈 수 있다. 지금같이 새로운 개척지가 필요한 시기에 우선 순위가 낮은 현안들을 뒤로 미루고 우주 개발에만 전념할 수 있게 하는 강한 추진력을 가진 정치 형태는 바로 독재이다.

민주주의는 이런 것을 할 수 없다. 여야가 나뉘어서 서로 정권을 잡기 위해 싸움질하느라 정작 중요 현안은 무시되기 일쑤다. 표를 얻기 위해서 쓸데없는 공약을 남발하고 당선되면 그것을 실현하기 위해 국고를 낭비한다. 상대 후보의 비방은 극을 달리고 이들의 치고 박는 행동들은 결국 국민들로부터 외면당하며 종래에는 정치 전반에 대한 환멸을 가져오게 되는데 환멸은 정치에 대한 무관심이라는 형태로 나타나게 된다. 정치인이 무엇을 해도 상관하지 않게 되는 거다. 그렇게 되면 민주주의는 오직 정치인들에 의한 다른 의미로의 독재 체제로 변신하게 된다. 바로 지금처럼……

"그래서 그 다음에는 어떻게 하고 싶은 거야? 권력을 손에 쥔 다음에는 대체 어떻게 할 거지?"

내 말을 기다렸다는 듯 아이린은 신이 나서 떠들어댔다.

"일단은 산아 제한부터 시작할 거야. 인간들이 너무 많아. 그리고 쓸데없이 자원을 낭비하는 불필요한 인간들의 수를 차차 줄여 나갈 거야. 이건 새로운 기회야. 나와 11명의 오빠들에 의해 지배되는 새로운 세상은 정말 인간다운 소수 정예로 다시 시작하게 될 거야. 멋지지 않니? 새로운 창세기의 시작이야. 선택된 엘리트들에 의해 다시 출발하는 인류는 더욱 뛰어난 과학을 바탕으로 우주를 정복해 나갈 거야. 대혁명이라 불릴지도 몰라. 역사는 틀림없이 나와 11명의 오빠들을 영웅으로 기록해 줄 거야. 틀림없이."

아이린은 자랑스럽다는 듯이 손을 이리저리 흔들어댔다. 자신의 말에 자기가 감동한 모양이다. 그러나 나는 전혀 동의할 수 없었다.

결국 그런 거였구나. 우습다. 인간이란 건 어째서 아무리 시대가 바뀌고 세월이 흘러도 힘만 생기면 똑같은 짓을 반복하는 걸까? 아이린의 생각은 단순히 힘있는 자의 과시욕에 지나지 않는다. 아무리 사회가 타락하고 형편없더라도 개개인을 모두 벌할 수는 없다. 모든 사람들은 제각각의 가치관을 가지고 살아가고 있다. 자신의 가치관이 소중하다면 남의 가치관 역시 소중하다. 그것을 개혁이라는 이름으로 깡그리 쓸어버리겠다고? 그럴 권리는 아무에게도 없다. 힘이 곧 권리는 아니다. 아이린은 힘과 권리를 동일시하는 오류를 범하고 있다.

독재가 가지는 수많은 장점에도 불구하고 민주주의가 살아남은 이유는 공평정대하게 나라를 통치하는 것이 한 인간의 능력으로는 불가능하기 때문이다. 자기 자신의 모든 이익을 포기하고 오직 남을 위해서만 살아가는 인간은 내가 보기엔 아무도 없다. 그럴 수 있는 존재가 있다면 신일 것이다. 신은 인간을 통치하지 않는다. 따라서 인간 스스로 살아가는 방법을 찾아야 했다.

인간이 찾은 방법은 크게 두 가지로 나눌 수 있다. 독재 정치와 민주 정치.

독재는 최선이 될 수도 있지만 최악이 되는 경우가 훨씬 더 많다. 민주주의는 최선의 독재 발뒤꿈치에도 미치지 못하지만 적어도 최악의 독재보다는 낫다. 타락한 민주주의라고 해도 중간은 갈 수 있기 때문이다. 오랜 동안의 인류의 역사는 교훈을 남겼다. 최선은 바라지도 마라, 단지 파멸에 이르는 최악만은 피하라고. 그래서 민주주의는 그 많은 단점에도 불구하고 지금까지 남아 있는 것이다.

나는 순간적으로 아이린이 말하는 독재가 최선의 독재가 될 수도 있지 않을까 생각했었다. 역시 이건 아니다. 말은 12명의 지배지만 실질적으로 아이린 혼자 통치하는 것이다. 그렇게 되면 독선적인 아이린에 의해 수많은 생명들이 쓰레기라 불리며 사라져 갈 것이다.

아이린의 계획이 실현된다면 훗날 역사는 이렇게 말할 것이다.

미치광이 마녀 아이린과 그녀가 이끄는 악마 11인에 의한 대 암흑기였다고.

"어때? 멋지지? 안드로이드 개발에 현재는 1년이 걸리지만 네가 참여한다면 3개월은 줄일 수 있을 거야. 네가 그동안 구입한 재료들을 볼 때 너 역시 안드로이드 개발에 흥미가 있는 게 확실해. 맞지?"

당연히 나는 이미 개발을 끝마쳤다. 그리고 오늘같이 데이트까지 나왔다. 이런 소리까지 해줄 필요는 없겠지만.

"응, 뭐, 초보적인 사이버 개 정도는 만들어보고 있어."

내가 구입하는 물건들까지 체크하고 있는데 그런 건 모른다고 잡아떼면 의심할 것이다. 그래서 나는 그렇게 둘러댔다.

"역시 내 생각대로야. 자, 안톤. 이게 내 계획이야. 너도 G타입이야. 당연히 우리와 뜻을 함께해 주는 거겠지? 우리 13명이서 협력하기만 하면 인류는 어리석은 과거와 결별하고 희망찬 미래를 향해 도약하게 될 거야."

우리라고? 우리가 아니잖아? 이건 단지 너의 욕망을 위한 짓일 뿐이야. 어떤 미사어구를 동원한다고 해도 이게 사실이야. 나는 너에게 이용당하고 싶지 않아.

그렇다고 진심을 말할 수는 없다. 연방의 연구소에서 격리되어 있어야 할 아이린이 여기에 있다. 이것은 그녀와 다른 천재들이 제법 큰 영향력을 가지고 있다는 말이 된다. 아직 정부 요인까지는 아니더라도 분명 연방에 어느 정도의 압력을 행사할 수 있을 거다. 그렇다면 그녀가 마음만 먹는다면 나의 신변 구속 정도는 간단하다는 이야기다.

이 자리는 일단 피하는 게 좋겠다. 내겐 시간이 필요해.

"한 달만 생각할 시간을 주지 않겠어?"

"어째서 그런 말을 하는 거야? 이런 숭고한 사명 앞에서 그렇게 주저할 이유가 없잖아?"

숭고하다고? 뭐가 숭고하다는 말이냐?

자기 뜻을 모두 받아주는 다른 천재 오빠들 틈에서 자라서일까? 그녀는 자기가 원하는 건 모두 이룰 수 있다고 믿고 있는 것 같다. 다른 사람의 사정 따위는 고려하지 않는 그런 독불장군 타입이다. 이런 타입과는 이성적인 대화가 통하지 않겠지. 그냥 둘러대는 게 낫겠다.

"그동안 얼굴도 못 본 다른 형제들한테 빈손으로 가면 미안하잖아. 그러니까 형제들에게 줄 작은 선물이라도 만들 시간이 필요하다는 거야."

"흐음……."

아이린의 표정이 묘하게 변했다. 겨우 이런 걸로 속이려고 한 게 실수인 걸까?

"호호호! 그래, 안톤. 잘 생각했어. 크로노스의 일원이 된 걸 환영해."

"크로노스?"

"우리 조직 명이야. 그냥 아이린과 11인, 아니, 너까지 12인이 되는구나. 아이린과 12인의 우주 용사. 이런 이름은 이상하잖아."

"그, 그렇구나. 하하하!"

다행히 속여넘긴 모양이다. 살았다.

"좋아, 안톤. 딱 한 달만 시간을 줄 테니 실망시키지 않을 만한 선물로 준비해 줘."

"물론이야. 기대해도 좋아."

천재인 내가 해낸 거짓말인데 효과 만점인 게 당연하지. 음하하하!

태양계 전체의 통치라는 꿈을 꾸는 악당이라도 아직은 어린 소녀에 불과하다. 이 천재님의 뛰어난 속임수를 알아차리기엔 백만 년은 빠르다고.

그건 그렇고, 에트나가 왜 아직까지 오지 않는 걸까? 그녀의 속도라면 진작 돌아왔을 텐데.

내가 에트나가 달려간 방향으로 시선을 주고 있는 것을 보고 아이린은 겸연쩍은 웃음을 지어 보였다.

"안톤 너, 너희 집 보모 누나 좋아하는 거 맞지?"

"응?"

에트나에 대해서 크로노스는 얼마나 알고 있는 걸까? 아이린이 이런 식으로 말하는 걸로 봐서 아직까지는 관심 밖의 인물일 것이다. 에트나가 안드로이드인 줄 알게 된다면 놀라서 까무러치겠지? 그런데 좋아한다는 소리는 왜 나와?

"오늘도 같이 놀러 왔잖아. 오빠들과 같이 지내면서 느낀 건데 천재들은 자기 맘에 안 드는 사람은 무시하는 경향이 있더라? 그런데 오늘 네가 그녀를 위해서 타기 싫은 것도 억지로 타고 남들 눈앞에서 당당하게 키스도 하는 걸로 봐서 틀림없다고 생각해. 맞지? 그렇지?"

"설마 너?"

아이린은 공원 입구에서부터 나를 지켜본 게 틀림없다. 불길한 예감이 든다. 에트나와 뽀뽀하는 장면을 보인 게 창피한 거냐고? 이 천재님이 걱정하는 건 그 딴 게 아니다. 내가 걱정하는 것은…….

"그녀가 늦게 온다고 걱정하지 마. 조사해 봤는데 네가 따르는 사람은 너희 가족과 그 보모 이외엔 없더라고. 그래서……."

"내가 너희 계획을 듣고도 따르지 않을 경우를 대비해서 에트나를 인질로 하겠다는 거야?"

역시 내 예감은 들어맞았다. 이게 네가 말하는 숭고냐? 목적을 위해 수단을 가리지 않겠다는 거냐고?

"인질이라니, 안톤? 말이 너무 심해. 단지 안전 장치 정도로 해석해 줘. 네가 우리 계획에 반대할지도 모르잖아. 너도 천재인데 당연히 이 정도 조심은 해야지. 안 그러면 우리가 위험하게 될 수도 있으니까."

"에트나는 지금 어디에 있어?"

"내 경호원이 데리고 있을 거야. 너를 만나러 오면서 그렇게 하라고 말해 놨으니까."

아무렇지도 않은 얼굴로 아이린은 그렇게 말했다. 자기 이상에 빠져서 납치나 협박을 한다는 것에 대해 아무런 거부감이 없는 모양이다. 오히려 이 정도는 당연하다는 듯한 태도다. 더러운 기분이다. 네가 원하는 세상을 만들기 위해서 수단이나 방법 따위는 아무래도 좋단 말이냐? 남의 소중한 것들을 네 맘대로 해도 괜찮다는 거냐? 너희들의 이상 따위는 아무래도 상관없어. 하지만 나를 구속하려고 하지 말란 말이야!

나는 에트나가 음료수를 사기 위해 간 가게 쪽으로 달리기 시작했다.

안 돼! 절대 안 돼! 에트나, 기다려! 내가 간다! 제발…….

있는 힘을 다해 달려가는 나의 뒤로 아이린이 뒤따라오며 소리쳤다.

"안톤, 기다려! 어디 가는 거야?"

나는 그녀를 무시했다. 걱정스런 마음에 달려가던 나는 에트나가 걸어오는 것을 보게 되었다. 그녀는 한 손엔 음료수 봉지를, 다른 한 손엔 검은 양복을 입은 30대 남자의 다리를 잡고 있었다. 땅바닥에 질질 끌려오는 남자는 안경을 쓰고 있었는데 안경 알은 박살이 나 있었다. 자세히 보니 그것은 아마도 선글라스인 모양이다. 남아 있는 파편의 색은 검은색. 장님이 아니라면 대낮에 검은 안경을 쓰고 다니는 바보는 없겠지.

"아, 안톤님, 늦어서 미안해요. 치한이 덮치는 바람에…….""

나는 그녀를 끌어안았다. 키가 작았기 때문에 나의 머리는 그녀의 허리보다 약간 위, 가슴보다 조금 아래에 머물렀다. 다행이다. 다행이야. 무사했구나.

"안톤님, 웬일이세요? 이런 대담한 짓을 하시다니… 호호호!"

"아무 말도 하지 마."

나는 그렇게 얼마간 에트나를 안은 채 그녀의 몸에서 나는 향기를 맡고 있었다. 에트나는 그런 나의 머리를 손으로 부드럽게 쓰다듬어 주었다.

지금까지 나는 에트나를 그저 나의 발명품 정도로만 여기고 있는 줄 알았다. 그런데 아니었다. 어느 틈엔가 그녀는 나에게 소중한 존재가 되어 있었다. 다만 그것을 눈치 채지 못했을 뿐이다. 사랑이냐고? 글 쎄, 거기까지는 모르겠다. 무엇보다도 나는 그런 생각을 하기에는 아 직 어리다. 다만 에트나를 잃고 싶지 않다는 생각이 들었을 뿐이다. 언 제까지나 내 곁에 있어줘, 에트나.

"어떻게 이런 일이……."

잊고 있었다, 나를 따라오는 아이린을.

"내공 1갑자의 무당파 1대 제자를 17살짜리 여자 보모가 이겼다고? 그런 건 불가능해! 절대 있을 수 없는 일이야! 대체 네 정체가 뭐야?!"

쓰러져 있는 자신의 경호원을 살펴보던 아이린이 일어나 소리를 질 렀다.

"안톤님, 저 여자는?"

곤란하게 되었다. 여기서 아이린이 에트나의 정체를 알기라도 한다 면 끝장이다.

"안톤님, 제가 자리를 비운 그 잠깐 사이에 헌팅을 했단 말이에요? 제가 있는데 어떻게 그러실 수 있어요?"

어이! 지금 그런 소리 할 때가 아니잖아?

에트나가 내 어깨를 양손으로 잡고 흔들어대는 대로 나의 연약한 몸은 사시나무처럼 진동했다.

"안톤, 너… 설마……?"

큰일이다. 어떻게 해야 하지? 이런 경우엔 어떻게 해야 하냐고?

"그럴 리 없겠지. 11명의 오빠들도 아직 못한 일을 어린 네가 혼자서 해낼 리가 없잖아. 대답해, 안톤!"

"당신이 무슨 소리를 하는지는 몰라도 안톤님은 내 거예요. 포기하세요."

그렇게 말하면서 에트나는 자신의 뒤로 나를 숨겼다. 나는 이 사태를 어떻게 해결해야 할지 고민에 빠져 있었다. 아이린이 알고 말았다. 다만 그것을 인정하기 어려운 것뿐이다. 이제는 다 틀렸다.

"에트나, 지금 당장 나를 안아줘! 어서!

에트나는 의아한 눈으로 나를 바라보았다. 그러나 일일이 설명하고 있을 시간이 없다. 한 달의 여유만 있었더라면 좋았을 텐데… 이젠 그런 건 바랄 수 없다. 나는 더 이상 지구, 아니, 태양계 내에서는 있을 수 없게 되었다.

"빨리해. 나를 안고 집으로 가야 해. 지금은 나를 믿고 그렇게 해줘. 어서!"

뭔가 이상하다는 것을 눈치 챈 에트나는 두말없이 나를 안아 들고 달려갔다.

"안톤, 기다려!"

뒤에서 아이린이 부르는 소리가 들려왔다. 하지만 그런 건 중요한 게 아니다. 크로노스에게 협조하지 않겠다고 결정한 이상 모든 것을 버려야 한다. 집도, 가족도, 엄마도 모두 다.

떠나야 해, 그들의 손이 닿지 않는 곳으로.

잠시 아이린을 인질로 삼아볼 생각도 해봤지만 곧 부질없는 짓이라는 것을 깨달았다. 상대가 너무 많다. 이런 짓을 하면 11명의 천재 전원을 한꺼번에 상대해야 하는 거다. 너무 불리해.

나는 에트나의 품 안에서 그것을 깨닫고 있었다. 눈앞이 침침하다. 나는 지금 울고 있는 건가? 그럴 리 없어. 나는 천재야. 천재는 절대 울지 않아. 그런 일반인들이나 하는 짓을 내가 하고 있을 리 없잖아? 이런 거 말고라도 내가 할 일이 얼마나 많은데 눈물 따위나 흘리고 있을 것 같아? 이건 단지 눈에 먼지가 들어간 것뿐이야. 그런 거야. 이 천재님은 슬픔이란 감정 따윈 모른다고.

"안톤님, 대체 무슨 일이죠?"

집에 도착해서 나를 내려놓은 에트나가 물었다. 눈이 빨개진 나를 보면서 걱정스러운 얼굴을 하고 있었다. 미안, 지금은 한시가 급해.

"나중에 설명해 줄게. 이러고 있을 때가 아니야."

집으로 들어간 나는 곧바로 내 방으로 들어갔다. 언젠가는 떠나야 할 것을 알고 있었다. 영원한 비밀이란 없다. 언젠가는 들키기 마련이다. 가능하다면 좀 더 평온한 보통 사람의 삶을 살고 싶었다. 만들어진 인간으로 태어난 나에게 이런 욕심은 과분한 것인지도 모른다. 하지만 나는 그냥 평범하게 살고 싶었다.

그러나 이젠 떠날 때가 되었다. 나는 누구에게도 이용당하고 싶지 않다. 나는 과학에 의해 태어난 인간, 만들어진 인간이다. 하지만 적어도 지금 내가 느끼는 감정까지 만들어진 것은 아니다. 이것은 나의 것. 10년 동안 가족의 사랑을 받으며 자란 내가 가꾼 나의 감정. 그것을 더럽히고 싶지 않다.

"안톤, 왜 이렇게 일찍 들어왔니? 데이트가 재미없었니?"

너무 일찍 집에 들어온 내가 걱정된 엄마가 내 방문을 열고 들어와 그렇게 물었다. 미안해요, 엄마. 저는 더 이상 이곳에 있을 수 없어요. 지금 이 순간이 제가 엄마와 함께 있는 마지막 시간이에요.

"왜 아무 말도 하지 않니? 무슨 일 있었어?"

나에게 따뜻한 말은 하지 말아요. 그럼 더 견디기 힘드니까. 아무 말도 하지 말아줘요. 그냥 당신의 얼굴을 보게 해줘요. 그냥 그렇게······.

"안톤, 우는 거니? 무슨 일이 있었구나? 엄마한테 말해 봐. 엄마가 도와줄게. 자, 착한 우리 안톤, 어서 말해 보렴."

나는 뭔가 말을 하려고 했다. 입은 벌렸지만 아무런 말도 할 수 없었다. 엄마의 모습이 흐릿하게 보인다. 나는 팔을 들어 옷소매로 눈가에 흐르는 액체를 훔쳐 냈다. 방해하지 마. 내가 보는 엄마의 마지막 얼굴을 가리지 말란 말이야.

그때였다. 요란한 헬기 소리가 들려왔다. 한 대, 아니, 세 대는 되는 소리. 우연히 우리 집 위를 지나가는 걸까? 그럴 리 없다. 이렇게 빨리 올 줄이야. 아직 안드로이드의 개발이 끝나지 않았다고 해도 이미 상당 부분의 권력을 장악했으리라는 것은 짐작하고 있었지만 설마 이렇게 신속할 줄이야. 무서운 놈들······.

"중앙 컴퓨터."

더 이상 머뭇거릴 시간이 없다. 저것은 테러 진압용 기갑 부대 SAT가 주로 이용하는 레드 타이거 헬기의 프로펠러 소리다. 일반 경찰과 달리 민간인에 대한 살상도 일정 부분 허락받고 있다. 그들은 헬기에서 바로 주요 지점으로 침투, 적을 섬멸하는 것을 목적으로 조직된 부대로 잔인하기로 악명 높다. 들려오는 소리로 거리를 판단해 볼 때 나

에게 남은 시간은 잘해야 2분 정도. 그사이에 해야 할 일이 있다

"모든 자료의 전송을 명한다. 타깃은 TRY—37—9."

[망막 인식 확인 중. 확인. 성문 체크 중. 완료. 명령을 실행합니다. 전송 예상 시간은 10초입니다. 10, 9, 8, 7, 6, 5, 4, 3, 2, 1. 모든 자료의 전송이 완료되었습니다.]

"중앙 컴퓨터, 미안하다. 3분 후 자체 소멸을 명한다."

[자체 소멸 명령 수신. 방식을 골라주십시오.]

"소멸 패턴 E1."

[소멸 패턴 E1. 실행합니다. 카운트 시작. 경고. 현 지점에서 10미터 내에 폭발이 발생합니다. 범위 내에 계신 분들은 서둘러 대피해 주시기 바랍니다. 다시 말씀드립니다. 범위 내에 계신 분들은 서둘러 대피해 주십시오.]

나는 엄마를 내 방 밖으로 밀어냈다. 그리고 내 방문에 삼중 내화 셔터를 내려 완전 봉쇄시켰다. 이걸로 에트나에 대한 기록과 나의 모든 연구 자료는 아무도 볼 수 없다.

"안톤님!"

"안톤!"

에트나와 엄마는 나의 설명을 기다리고 있었다.

"이별이에요, 엄마. 그동안 고마웠어요."

"안톤, 무슨 말을 하는 거니?"

시간이 없다. 레드 타이거와 집까지의 거리는 1킬로미터도 남지 않았다.

"메일 드릴게요. 에트나, 엄마를 기절시켜."

퍽!

에트나는 망설이면서도 엄마의 목에 일격을 가했다. 엄마는 그대로 쓰러졌다.

그들이 노리는 것은 나와 에트나, 그리고 나의 연구 자료이다. 다른 사람들의 생사는 상관하지 않을 것이다. 그래도 설마 기절한 사람에게 까지 총을 겨누지는 않을 거다. 내가 없으면 이용 가치가 없는 엄마는 안전하겠지.

순진하게도 나는 그렇게 생각했다.

아직까지도 욕망에 눈이 먼 인간들이 어느 정도까지 타락할 수 있는 가를 모두 알기에는 나는 너무 어렸다.

에트나를 데리고 주차장으로 달려갔다. 주차장에는 이런 경우를 대비해서 만들어놓은 나의 전용 만능 자동차 이스케이퍼가 있다. 이 시대의 모든 자동차들은 자력의 힘으로 움직인다. 철 등의 자성체와 자석 사이나 자석의 양극(N극)과 음극(S극) 사이에는 흡인력이 작용하고 동일한 극 사이에는 반발력이 작용한다. 자기 부상의 원리는 이 자석의 성질로 차체를 뜨게 하여 리니어 모터 등의 추진력으로 차체를 움직여 달리게 하는 방식이다. 떠서 가기 때문에 과거에는 생각도 못했던 속력으로 달릴 수 있지만 자력선이 깔려 있는 도로가 아니면 움직일 수 없다는 단점도 있다. 포장도로가 깔릴 때 1순위로 자력선이 먼저 깔리기 때문에 보통 사람들은 이 방식으로도 불편이 없겠지만 도망가는 데 이딴 식으로 정해진 길만 달려서는 곤란하다. 그래서 만든 것이 바로 이스케이퍼.

자기 부상 방식과 더불어 자체 동력원으로도 달릴 수 있으며 30미터 가까이 점프도 가능하다. 비행은 못하냐고? 물론 할 수 있다. 이 천재가 누군데 그 정도도 못하겠는가. 설계대로 되었으면 당연히 날 수 있다. 하지만 문제는 아직 미완성이라는 것이었다. 리니어 모터와 태양열 변환 엔진을 동시에 달다 보니 처음 계획보다 너무 무거워져서 속도가 나질 않았다. 그래서 일단 비행 파츠는 떼어놓고 경량화를 하기 위한 연구 중이었는데 이런 사태가 발생한 것이다. 재수없게!

"와! 우리 이거 타고 가는 거예요?"

심각한 사태임에도 불구하고 에트나는 눈을 반짝이며 좋아하고 있었다. 분위기 파악 못하는 건 엄마하고 똑같다니까. 엄마… 제길, 더 이상 생각하지 말자.

에트나가 맘에 들어하는 것도 무리는 아니다. 유선형의 잘빠진 차체에 올려진 두 개의 원통이 잘 조화를 이룬 쌍발 엔진의 모습은 마치 제트기를 연상시키는 듯한 시원함을 가지고 있다. 차 색깔이 빨간색인 것은 내 취향이다. 왜 그 딴 취향을 가지고 있냐고? 튀고 싶어서 그렇게 했다. 스포츠카 하면 빨간색이 당연하지.

주차장의 문을 활짝 열고 이스케이퍼 옆에 주차되어 있는 다른 자동차들의 네비게이터에 각각 다른 방향의 목적지를 지정해 주었다. 이것은 시간 벌기다. 헬기는 달랑 세 대. 지금 출발하는 차들의 숫자는 열두 대. 혼란스러울걸?

슈우우욱!

열두 대의 자기 부상 자동차들은 저마다의 목적지를 향하여 출발하기 시작했다. 헬기의 프로펠러 소리는 바로 머리 위에서 들려오고 있다.

"이스케이퍼, 시동 걸어! 급하다!"

위잉 하는 소리와 함께 이스케이퍼에 달린 인공 지능이 움직이기 시작했다. 운전석 옆에 직사각형 모양으로 된 물체에 붙은 렌즈가 나를 향했다. 이 녀석이 이스케이퍼의 핵심 두뇌 컴퓨터다.

[오! 이거 안톤님 아니십니까? 오랜만이군요.]

그렇게 잠시 나를 보던 녀석의 렌즈가 앞쪽으로 휙 돌아갔다.

[태양이군. 아직도 태양이 존재하고 있었나?]

딱!

나는 녀석의 판넬을 한 대 내려쳤다. 이 자식이 급한데 무슨 헛소리를 하는 거야?

[왜 때리십니까?]

나는 녀석의 항의를 무시하고 탑승했다. 4인용으로 만들긴 했지만 뒤쪽 좌석은 개발을 위해 온통 뜯어놨기 때문에 지저분하다. 별수없이 에트나는 내 옆에 태웠다.

"우와! 멋지다! 안톤님, 이거 정말 달릴 수 있는 거예요?"

천재를 의심해도 유분수지 자동차가 달리지 못하면 그게 차냐?

[오, 레이디, 반갑습니다. 이스케이퍼라고 합니다. 오늘도 최신형 만능 카인 저를 이용해 주셔서 감사합니다.]

픽!

[아야! 왜 때리십니까?]

"처음 타는 건데 뭐가 오늘도냐? 더구나 최신형은 무슨 얼어 죽을 놈의 최신형. 내가 5살 때 만들다 처박아둔 구닥다리 주제에. 어서 가자."

신경 회로도 안 집어넣어 놨는데 아프긴 뭐가 아파? 이 녀석의 인격 성향은 대체 어떤 싸가지를 참조했었는지 기억도 안 나지만 나중에 시간나면 전체적으로 뜯어 고쳐야겠다. 지금은 그럴 틈이 없으니 넘어가

자. 이스케이퍼는 계속 툴툴거렸지만 주인의 명령은 절대적이다. 1단계 모드로 이스케이퍼의 조종석에 자기 부상 모드 램프에 불이 들어왔다.

[엔진 시동. 출력 안정. 모든 계기 이상없습니다. 목적지는 어디십니까?]

"태백산에 위치한 내 비밀 기지. 출발해."

이스케이퍼는 달리기 시작했다. 주차장을 빠져나와 정문을 향해 돌진해 나가다 보니 SAT 병사들이 줄을 타고 차례차례 내려오는 모습이 보였다. 일부의 병사들만 내려놓은 헬기들은 미끼로 보낸 다른 공중부양 차들의 뒤를 쫓아 이동했다. 다행이다. 소총만 가진 병사들 가지고는 이 몸을 어떻게 할 수 없을 테니까.

타타타탕!

총소리가 울린다. 생포하라는 명령을 받아서인지 전면 강화 유리에 맞는 총탄은 별로 없었다. 주로 이스케이퍼의 몸체를 노리고 사격이 가해졌다. 이 시대에 무슨 소총이냐고? 바쁜 와중에도 잠시 설명해 주겠다. 나는 친절로 똘똘 뭉친 사람이니까.

2050년, 전쟁 욕에 미친 미국이라는 나라가 벌인 지구 통합 전쟁 이후로 지상전을 벌일 만한 상황은 거의 사라졌다. 덕분에 대부분의 군비는 우주 무기 개발에 투자되었고 지상 전용 무기들은 찬밥 신세가 되었다. 그렇다고 해도 완전히 제자리인 건 아니다. 지금 저들이 사용하는 M—37 소총의 경우만 봐도 크게 발전한 것이다. 탄창 하나에 1천 발이 장전 가능하고 장갑탄을 사용할 경우에는 80미리미터 철판을 관통할 정도로 대단한 파괴력을 가진다. 탄알이 일단 목표의 내부에 들어가는 순간 수류탄 정도의 폭발력을 가지고 있다. 이것은 뇌관에 설치된 작은 마이크로 칩에 의해 제어되는 것으로 탄두에 충격이 가해진 후 0.1초 후에 폭발하도록 세팅하는 것으로써 실현 가능해진 기술이다. 목표를 뚫지 못하면 탄알은 목표물 표면에서 회전하다가 폭발한다. 덕분에 지금 이스케이퍼에는 그런 총탄들의 비를 맞으며 불덩이가 되어 달리고 있다. 충격 제어 장치를 달았음에도 불구하고 제법 진동이 심했다.

비켜라, 비켜!

간도 크게 이스케이퍼의 바로 앞에서 총질을 하던 병사가 서둘러 몸을 피했다. 녀석이 쏜 총탄이 강화 유리에 정면으로 맞았지만 당연히 끄떡없다.

[안톤님, 어디서 정부 고관의 딸이라도 건드리고 도망가는 겁니까? 왜 이렇게 병사들이 많죠?]

"닥치고 속도나 올려!"

내 나이 10살이라 건드리고 싶어도 못 건드린다. 대체 이스케이퍼의 성격 패턴에 참조된 남자는 어떤 녀석이었기에 녀석이 이런 상식 밖의 소리를 하는 걸까?

시속 400킬로미터를 넘어 달리는 이스케이퍼의 속도를 병사들의 잰걸음으로 따라올 수 있을 리 만무하다. 하지만 곧 군용 페트카나 비행정이 달라붙겠지.

군용 페트카야 이쪽 속도로 제친다고 쳐도 비행정은 아무래도 껄끄럽다.

"우와 신난다! 안톤님, 우리 한번만 더 집 앞으로 지나가요!"

차창 밖을 바라보던 에트나가 탄성을 질렀다. 재미도 있겠다. 이게 다 네가 안드로이드인 게 들통나서 이렇게 된 거야, 이 웬수야.

에트나의 요청을 무시하고 이스케이퍼는 계속 속도를 올렸다. 뒤에서 빨간 등을 단 땅딸막한 군용 페트카가 따라오기 시작했다. 무전으로 연락받고 미리 대기하고 있었던 모양이다.

—거기 빨간 미등록 차량! 정차하시오! 명령에 불응하면 안전을 보장할 수 없습니다!

페트카 확성기의 경고음이 온 동네를 울렸다.

너희들 무기 가지고는 내 안전에 아무런 영향도 못 준다, 이 바보들아!

이스케이퍼의 속도계는 지금 시속 600킬로미터를 넘어서고 있다. 내 기억이 맞는다면 현재까지 개발된 가장 빠른 자기 부상 차라고 하더라도 시속 500킬로미터를 넘지는 못한다.

예상대로 큰 소리로 떠들면서 따라오던 빨간 불이 더 이상 보이지 않게 되었다. 문제는 지금부터인데… 군용 비행정은 불순 분자들의 아지트를 한 방에 날리기 위해 개발된 네이팜 탄을 가지고 있다. 이스케이퍼의 장갑까지 녹이지는 못하지만 안에 타고 있는 우리들을 통구이로 만드는 데는 아무 지장 없는 무기다. 과연 피할 수 있을까? 이런 상황까지 고려해서 붙여둔 회로가 있긴 하지만 가능하면 쓰고 싶지 않았다. 그 이유는……

[비행 물체 5기 접근. 군용 비행정 R—5입니다.]

골치 아프군. 나를 잡기 위해 최신 비행정까지 발진할 정도라니 대체 나한테 뒤집어씌운 죄목이 뭐야?

대기권 중에서 마하 8이라는 속도를 가진 R—5를 따돌릴 수는 없다.

아무리 이스케이퍼가 빠르다고 해도 그것은 지상에서의 이야기다. 하늘에서 날아다니는 R—5가 보기에는 기어다니는 걸로만 보이겠지. 이럴 줄 알았으면 미리 개조해 두는 건데……

[안톤님, 도로에서 자력이 약해지고 있습니다. 모드 2로 변환하겠습니다.]

"그렇게 해."

이것은 예상된 일이다. 아마도 정부에서 자력선을 차단한 것 같다. 자력이 끊기면 자기 부상 자동차는 달릴 수 없다. 훗! 하지만 이스케이퍼에게는 상관없는 일이다.

모드 2로 전환한 이스케이퍼의 차체 옆에서 작은 날개가 튀어나왔다. 이것은 태양열을 동력으로 하기 위해서 달아놓은 일종의 충전기다.

슈웅 하는 소리와 함께 하이퍼 엔진이 불을 뿜기 시작했다. 진동없는 자기 부상 모드에서 자체 엔진 모드로 전환하니 차체의 떨림이 심했다. 이런 진동에는 익숙지 않아서 멀미가 나올 지경이다. 나의 위는 섬세하다구.

R—5는 나에 대한 처리에 대해서 아직 명령을 받지 못했는지 공중에서 계속 선회 비행 중이었다. 저놈들이 공격을 가해와도 곤란하지만 그렇다고 계속 따라와도 곤란하다. 비밀 기지가 들통나면 곤란한데……

[R—5에서 미사일로 추정되는 열원 반응.]

제길! 나를 죽이기로 결정했냐, 크로노스? 이렇게 죽을 수야 없지.

R—5가 주력 무기로 사용하는 공대지 미사일 네이팜은 열 추적 기능과 동시에 지정된 타깃의 모양을 기억하여 추적하는 기능을 가지고

있다. 네이팜에 장치된 컴퓨터는 회피하는 목표의 형상을 좌표로 인식하여 자동으로 방향을 바꾼다. 어중간한 회피로는 피할 수 없다.

이것만은 쓰고 싶지 않았는데 별수없다.

"이스케이퍼, 카오스 카트리지 삽입. 난이도 최고로 세팅한다."

[명령 수신 완료. 카오스 카트리지 삽입. 변형을 시작합니다.]

이스케이퍼의 차체는 변신을 시작했다. 앞에 튀어나온 보닛이 두 개로 나누어져 옆면으로 이동했다. 뒷부분 범퍼는 차체 위로 이동되었다. 그리고 차 아래쪽에서 분비되는 고무 물질이 차 전체를 뒤덮었다. 잠시 후 이스케이퍼는 둥그런 공 모양이 되었다. 다만 하이퍼 엔진의 배기구만이 밖을 향해 약간 튀어나와 있었다. 이스케이퍼의 차 내에 있는 나와 에트나도 차 내부의 밸브에서 뿜어져 나오는 노란 막에 뒤덮여 갔다. 막이 신체를 다 뒤덮고 나자 우리 둘은 호흡을 위해 코만 내민 우스꽝스러운 모습으로 변했다.

[우하하하! 드디어 기다리던 나의 시간이 돌아왔습니다. 자, 여러분, 단단히 즐겨주십시오. 아하하하!]

어휴! 이런 꼴은 정말 싫다. 이건 마치 아메바 인간 같잖아. 그리고 저 듣기 싫은 소리. 미치겠네.

슈아아악!

네이팜 탄이 다가온다. 이스케이퍼 안의 나와 에트나는 단지 모니터를 향해서 밖의 상황을 짐작할 수밖에 없었다. 모니터의 특성상 일정한 목표에 고정되어 비추기 때문에 미사일이 날아오는 장면이 정면으로 보였다. 한 방만 맞아도 그냥 죽게 되는 상황에서 이런 걸 보고 있으니 기분 좋을 리가 없다.

우리의 기분과는 상관없이 신이 난 이스케이퍼는 요란한 웃음소리를 내며 한껏 속도를 높였다. 하이퍼 엔진의 출력 음이 커지는 가운데 공 모양이 된 차체는 통통 튀며 굴러갔다. 상하로의 고공 점프를 동반하면서.

카오스 카트리지는 이런 물건이다. 아무리 정교한 유도 방식이라고 하더라도 미사일인 이상 진행 방향의 변경에는 한계가 있다. 이런 점에 착안해서 만든 것이 카오스 카트리지이다. 고탄력의 고무로 차체를 감싸고 하이퍼 엔진의 추진 방향을 카오스 이론의 불확실성 원리에 따라 마구잡이로 바꾼다. 여기에 더해 고탄성 고무의 탄력이 더해져 차체는 엄청나게 빠른 속도로 튀어 다닐 수 있다. 상하, 좌우 어느 방향으로든 움직이게 되는 것이다. 미사일이 목표를 포착하고 명중 예상 궤도를 계산할 때 이쪽은 그 계산을 능가하는 움직임으로 도망 다닌다. 이것을 가능하게 하기 위해 만들어진 것이 바로 카오스 카트리지이다.

말은 이렇게 하지만 타고 있는 사람 입장에서는 전혀 즐겁지 않은 물건이다. 공 모양의 차체 속에 갇힌 채 데굴데굴 굴러다니는 것도 모자라 위 아래로 튀어 다니는 데 배겨날 재간이 없다. 지난번에 탄 롤링코스터 따위는 여기에 비하면 애들 장난이다. 더구나 어째서인지 모르겠지만 이 모드로 변형만 하면 이스케이퍼의 인격 컴퓨터가 발광을 하는데 아주 피곤하다.

몸을 둘러싼 막은 뭐냐고? 좋은 질문이다. 별로 안 궁금하다고? 그래도 들어라.

사람의 귓속에 있는 반고리관은 관성을 이용해서 회전을 느낀다. 동그란 고리처럼 생긴 반고리관 안에 림프액이 채워져 있고 그 안에는 감각모가 있는데 회전을 하면 림프액 역시 돌게 되고 관성에 의해 감각모가 눕게 된다. 이러한 작용으로 인간은 어지러움을 느끼게 되는데 이것을 조금이라도 막기 위해 개발한 물질이 바로 나와 에트나를 둘러싼 노란 젤리다.

이것은 인간의 공간 지각 능력을 마비시키는 작용을 하는데 이렇게라도 하지 않으면 보통 인간은 1분을 견디지 못하고 사망하게 된다. 그렇다고는 해도 막 안에 갇혀 있는 기분이 좋을 리는 없다. 기회가 되면 미녀 형상의 젤리로 바꿔야 할 모양이다. 가능할지는 모르겠지만.

쾅! 쾅!

날아온 네이팜 탄이 이스케이퍼의 급격한 운동에 따라오지 못하고 도로에 구멍만 만들어내고 있다. 그러나 아직 안심할 수는 없다. 불확실성의 원리에 의해 움직이고 있다는 것은 재수없으면 미사일이 날아오는 방향으로도 움직일 수 있다는 이야기다. 이건 완전히 도박이다.

다행스럽게도 5분간에 걸친 네이팜 미사일의 요격을 모두 피할 수 있었다. R—5가 신형 비행정이라고는 하지만 대 테러 진압용의 소형이다. 한 번에 적재 가능한 네이팜의 양은 그리 많지 않다. 이걸로 일단 한시름은 났다고 생각한 것도 잠시였다. R—5가 저공 비행으로 날아오더니 기체 상단부에 장착된 발칸 포를 연사하기 시작했다.

타타타타타타!

분당 3,700발의 발칸 포 사격이 시작되자 이스케이퍼의 뛰어난 기동에도 불구하고 전혀 손상이 없을 수는 없었다. 병사들이 가지고 있는 소총과는 전혀 화력이 다른 무기다. 한 발씩 명중할 때마다 차체는 요란하게 진동하며 굴러다녔다. 아직까지는 보호 장갑을 뚫고 들어오지 못하고 있지만 제대로 집중 사격을 받으면 끝장이다. 쾅쾅 하면서 이스케이프의 몸체를 두들기는 발칸 소리에 나는 공포감을 느끼고 있었다.

콰콰쾅!

발칸 포가 정통으로 이스케이퍼의 몸체에 연속적으로 명중했다. 튼튼한 이스케이퍼의 보호 장갑도 더는 버티지 못하고 구멍이 뚫리기 시작했다.

[출력 50% 저하. 안전 장치 기능 손실. 조향 회로 30% 손상. 이대로는 위험합니다.]

제길! 여기까지인가? 이대로는 더 버틸 수 없어.

이스케이퍼를 둘러싼 고탄성의 고무는 탄력이 뛰어난 만큼 열에 약하다. 이스케이퍼는 화염에 휩싸이기 시작했다. 경고등이 깜빡이면서 쉴 사이 없이 위험 신호를 토해냈다. 이제는 언제 폭발하더라도 이상한 일이 아니다. 할 수 없이 나는 이스케이퍼를 버리기로 결정했다. 목적지까지는 얼마 남지 않았다. 30분 정도만 걸어가면 도착할 수 있을 것이다.

그러나 우리를 죽이라는 명령을 받은 것으로 보이는 R―5로부터 무사히 빠져나갈 수 있을까? 별로 자신이 없다. 하지만 이스케이퍼 안에서 젤리에 둘러싸인 채로 얌전히 죽어줄 수는 없는 노릇이다. 이런 상태로 죽으면 쪽팔린다. 일단은 나가자.

"이스케이퍼, 사용자 긴급 탈출 회로 CX―9 준비."

[명령 수신. CX―9 스텐바이. 여러분께 행운이 있기를. 아하하하하!]

"미안해, 이스케이퍼. 뒤를 부탁한다."

산모퉁이를 돌아 잠깐 동안 R―5의 모습이 보이지 않게 될 때를 기다려 버튼을 눌렀다.

푸슝!

이스케이퍼의 상판 문이 열리고 나와 에트나는 노란 젤리 막과 충격 완충제의 이중 막에 둘러싸인 채 좌석과 함께 10미터 높이로 튕겨져 나왔다. 관성의 힘에 의해 앞쪽으로 날아가던 우리들은 맞은편에 있는 나무에 부딪치고서야 간신히 멈출 수 있었다.

이스케이퍼가 잘만 해준다면 아직은 희망이 있어.

나는 그렇게 생각하면서 몸을 둘러싼 막을 떼어냈다. 에트나도 그렇게 하고 있었다. 이스케이퍼가 적을 기만할 수 있는 시간은 잘해야 5분 정도일까? 그사이에 비밀 기지로 가야 한다. 이스케이퍼에게 진심으로 미안함을 느낀다. 성격은 특이해도 나쁜 녀석은 아니었는데… 내가 오늘 죽지 않는다면 언젠가 꼭 다시 만들어줄게. 성격은 좀 뜯어고치더라도 원래의 네 모습으로 부활시켜 주겠어. 그때까지 안녕이다, 이스케이퍼.

성격을 뜯어고치면 더 이상 원래의 이스케이퍼가 아니라는 문제에 대해서는 신경 쓰고 있지 않았다. 지금은 여기를 빠져나가는 게 급하니까 그런 자잘한 일 따위가 알게 뭐야.

"안톤님, 우리는 어디로 가는 거죠?"

검게 그을린 얼굴의 에트나가 아직도 군데군데 묻어 있는 노란 젤리 파편을 털어내면서 그렇게 물었다. 나는 잠시 그 질문에 대답하지 않고 이제는 축구공만하게 보이는 불덩어리 이스케이퍼와 그 뒤를 따라가며 계속 사격을 가하는 R—5 편대를 보고 있었다. 속도가 떨어진 이스케이퍼는 이제는 완전히 고정 타깃이 되어 있었다. 쏘는 대로 얻어맞고 있던 이스케이퍼는 잠깐 동안 더 굴러가다가 곧 대폭발을 일으키며 산산이 부서졌다. 그것을 확인하고도 R—5 편대는 물러가지 않고 계속 상공을 배회하고 있었다.

미안해, 이스케이퍼. 미안하다.

내가 어릴 적에 만든 추억의 작품 이스케이퍼는 그렇게 사라졌다. 자신이 만능형 최신 메카라고 자부하고 있던 건방진, 그래도 미워할 수 없었던 녀석. 이제는 고철 조각으로 변하고 말았다. 내게 힘이 있었더라면 널 이렇게 만들지는 않았을 텐데 모두 내 잘못이야.

"안톤님, 정신 차리세요, 안톤님!"

잠시 멍하게 이스케이퍼의 최후를 바라보던 나는 에트나가 부르는 소리에 정신을 차렸다.

이러고 있을 때가 아니다. 이스케이퍼의 희생을 헛되게 할 수는 없지.

"가자, 에트나. 서둘러야 해."

분하다. 억울하다. 내가 너희들에게 무슨 짓을 했다고 이렇게까지 나를 몰아세우는 거야?

에트나와 함께 산길을 따라 올라가면서 내 마음속에는 크로노스에 대한 분노가 치밀어 오르고 있었다.

"안톤님, 비밀 기지에 가면 안전한 건가요?"

"아니, 그렇지는 않을 거야."

크로노스에게 주목받기 시작한 이상 비밀 기지가 탄로나는 것은 시간문제다. 비밀 기지라고 해봐야 옛날의 낡은 방공호다. 핵전쟁이 일어나기 일보 직전까지 갔던 서기 2097년에 만들어진 대피소인데 위기가 지나간 후 그냥 방치되어 있던 것을 내가 약간 손봐서 비밀 기지로 이용하고 있는 것뿐이다. 그린벨트에 묶인 채 그냥 방치되어 있던 이 땅을 해킹을 통해 다른 사람 명의로 구입한 나는 이곳에서 대부분의 발명을 해왔다.

아무리 내가 천재라고 해도 변변한 시설 하나 없이 뭔가를 창조해 낸다는 것은 불가능하다. 그렇다고 해도 첨단 설비들을 나 같은 꼬마가 사들인다는 건 다른 사람들의 이목을 끌기에 충분하다. 주목받고 싶지 않았던 나는 다른 방법을 모색하는 수밖에 없었다.

그래서 찾아낸 방법은 코스모스제약의 연구 기자재의 일부를 빼돌려 내 것으로 한다는 것이었다. 어렵지는 않았다. 어차피 현대의 물류 이동은 전산에 의해 이루어지기 때문에 코스모스제약에서 새 기계를 주문할 때 거기에 추가로 한 대를 덧붙인다. 대금은 해킹으로 벌어둔 재산으로 제대로 치러준다. 코스모스제약 연구소로 들어간 추가 기계는 내가 약점을 쥐고 협박하고 있는 연구소장이 살짝 뒷구멍으로 빼주었다. 이런 식으로 나는 비밀 기지를 계속 업그레이드해 왔다. 무슨 약점이냐고? 꼭 알고 싶다고? 비밀인데… 음, 그럼 다른 사람에게는 입조심해 주길 바란다.

연구소장 아이시타인 박사에게는 딸이 하나 있었는데 이 딸이 원조교제를 하고 있었다. 이 시대에도 이 문제는 해결되지 않았다. 오히려 늘어나는 자식들의 숫자에 반비례해서 용돈은 계속 줄어들었기 때문에 청춘 사업에 필요한 자금을 마련하기 위해 많은 청소년들이 직업 전선에 뛰어들었다. 여자 쪽은 손쉬운 원조 교제가 압도적으로 인기있었고, 남자 쪽은 불쌍하게도 몸으로 때우는 아르바이트를 주로 했다. 아아! 남자로 태어난 게 무슨 죄라고. 흠흠.

논점이 약간 빗나갔다. 여하간 아이시타인 박사의 딸 퀼리는 원조교제로 용돈 벌이를 하던 중 아이시타인 박사의 돈을 노리던 불량배들에 의해 납치를 당하는 불상사를 겪게 되었다. 연봉은 제법 많이 받지만 그 대부분을 개인 연구비에 다시 투자하던 아이시타인 박사에게는 불량배들이 요구하는 거액의 몸값을 낼 돈이 없었다. 그래서 그는 회사의 비밀 연구 자료를 라이벌 회사에게 넘겨주고 그 대가로 받은 돈으로 몸값을 지불하고 딸을 구하게 되었다.

코스모스제약에서 뭔가 공짜로 건질 만한 게 없을까 하고 항상 눈독을 들이고 있던 나는 우연히 이 사실을 알게 되었다. 천재 주제에 남의 연구를 훔치는 게 무슨 자랑이냐고? 훔치는 게 아니다. 개량 발전을 위해서 참조하는 것뿐이다. 둘러치나 메치나 똑같은 거라고? 거참, 딴죽 걸기 좋아하는 독자일세. 내가 그렇다고 하면 그렇구나 하고 그냥 넘어가 주길 바란다. 심오한 나의 사상을 모두 설명하기에는 지면이 모자란다.

이렇게 해서 약점을 잡은 나는 아이시타인 박사에게 슬쩍 내가 그의 비리를 알고 있다는 사실을 흘렸는데 처음에는 반신반의하던 아이시타인 박사도 결국에는 믿게 되었다. 그의 자발적인 협조로 나는 비밀 기지를 완성하게 되었고 차례로 발명에 성공하게 되었다. 자발적이 아니라고? 흠흠, 그 문제는 잠시 삼천포에 가져다 놓기로 하자.

"그럼 어째서 비밀 기지로 가는 거죠?"
"기다리고 있거든, 그녀가."
말을 마친 나는 더 이상의 설명을 거부한 채 비밀 기지를 향해 발길을 옮겼다.

에트나와 나는 산길을 따라 올라갔다. 산림 보호 지역으로 지정된 이곳은 등산객의 출입 역시 통제하고 있었기 때문에 다른 사람은 볼 수 없었다. 마음은 급했지만 몸이 따라주지 않는 내가 힘들게 산을 타고 있는 것을 보다 못한 에트나가 나를 자신의 어깨에 올려주었다.

"안톤님은 방향만 알려주시면 돼요. 얌전히 있으세요."

"……."

사내대장부가 여자 어깨 위에 올라타고 있으려니 어쩐지 창피했지만 지금은 그런 걸 가릴 때가 아니다. 나는 그녀의 말대로 내가 방향을 제시하자 1만 마력의 힘을 가진 에트나는 가볍게 산을 뛰어올라 갔다. 이제까지 보던 평소의 눈 높이와 달라서일까? 신선한 느낌이었다. 언제까지라도 이렇게 있고 싶을 정도로.

목적지인 비밀 기지에 거의 다 왔다고 생각하고 있던 나는 갑자기 에트나가 주저앉는 바람에 그녀의 위에서 떨어질 뻔했다.

"왜 그래, 에트나?"

"쉿!"

에트나는 그녀의 오른 손가락을 자신의 입에 가져가며 그렇게 말했다. 그녀의 시력은 일반인보다 20배 이상 우수하다. 그녀가 이렇게 행동하는 것을 보면 뭔가 있는 모양이다.

"뭐가 보여?"

"군인이에요. 벙커 입구에 20명, 아니, 21명."

벌써 여기까지 알아냈구나. 하긴 찾으려고 마음만 먹으면 어려운 일은 아니겠지. 하지만 이 정도로 신속하게 움직일 줄이야……. 이 사태를 어떻게 하지?

나는 잠시 고민에 빠졌다. 이쪽은 비무장이다. 에트나의 신체가 튼튼하다고는 해도 M—37소총의 집중 사격을 받게 되면 견디지 못할 것이다. 그렇게 되면 에트나도 이스케이퍼와 같은 꼴이 되겠지. 그렇게는 할 수 없다.

생각에 잠긴 나의 손을 갑자기 에트나가 잡았다.

"이쪽으로 와요. 들켰나 봐요."

그렇게 말한 에트나는 나를 자신의 등에 업고는 반대쪽으로 소리나지 않도록 조심하면서, 그렇지만 빠른 속도로 달려갔다.

들켰다고? 어째서? 인간이 그렇게 먼 곳까지 볼 수는 없을 텐데? 아차!

잊고 있었다, 병사들의 헬멧에 달린 열 감지 스코프의 존재를.

그들은 덩치 큰 열원을 발견하고 조사하기 위해 이쪽으로 오는 것이다.

에트나가 나를 업은 채로 도망치는 뒤로 총성이 울려왔다.

평! 평!

작열식 탄약이다. 목표에 맞으면 폭발한다. 저 정도 화력을 가지고 총알이라고 부르는 건 사기다. 총알만한 수류탄을 자동으로 놓고 연사하는 거나 다름없다. 흙먼지가 튀어오르고 아름드리 나무들이 장난감처럼 부서진다. 주변은 순식간에 아수라장이 되어갔다.

쾅!

에트나의 앞쪽에서 폭발이 일었다. 폭발에 휘말린 나와 에트나는 바닥을 굴렀다. 에트나의 등에 업혀 있던 나는 상처를 입지 않았지만 에트나는 그렇지 않았다. 나는 당황했다. 이대로 에트나를 버리고 도망가야 할 것인가, 아니면 저들의 손에 넘어가 그들의 꼭두각시가 될 것인가? 나는 결단을 내릴 수 없었다.

뒤에서 풀숲을 헤치고 다가오는 발자국 소리가 들린다. 어느 틈엔가 포위된 모양이다. 녹색과 검정색이 배합된 군복을 입고 눈에는 열 감지 스코프를 달고 있는 병사들의 모습이 하나둘 보인다. 그들이 들고 있는 M—37 소총의 총구는 나를 겨누고 있었다.

"항복합니다."

나는 두 손을 머리 위로 올렸다. 병사들은 내 옆으로 다가와 나의 몸을 수색하기 시작했다. 그들은 아무런 말도 하지 않고 충실하게 명령을 수행했다. 쓰러진 에트나에게로 가더니 그녀의 손목과 발에 처음 보는 형태의 수갑을 채웠다. 일반 수갑과 달리 네모난 판 모양에 손을 넣는 두 개의 구멍이 뚫려 있는 모양이었다. 그녀의 팔을 네모 판에 집어넣고 걸림쇠를 걸자 철컹 하는 소리와 함께 스파크가 일었다. 3명의 병사가 에트나를 들것에 실어 나르기 시작했다.

"그만둬! 에트나를 건드리지 마! 너희들이 원하는 건 나잖아!"

내가 그렇게 말했지만 그들은 들은 척도 하지 않았다. 나는 앞뒤, 좌우에 군인들로 둘러싸인 채 나의 비밀 기지, 아니, 이제는 놈들이 차지해 버린 벙커로 끌려갔다. 에트나 역시 그들에게 들려서 내 뒤를 따라왔다.

벙커 안으로 들어가자 군인들이 이끄는 대로 끌려간 곳은 전에 내가 휴게소로 쓰던 곳이었다. 벽면에 헤엄치는 금붕어들과 수초로 제법 분위기를 낸 그런 곳이다. 그 앞의 책상에는 안경을 쓴 30대 남자가 앉아 있었다. 처음 보는 사람이었는데 나를 끌고 간 병사들이 경례를 하는 것으로 보아 지휘자인 모양이었다. 병사들은 에트나를 바닥에 내려놓았다. 남자는 잠시 서류를 바라보면서 곁눈질로 그들을 보고 고개를 끄덕였다.

"수고했어. 자네들은 그만 물러가도 좋네."

나를 끌고 왔던 병사들이 다시 경례를 하고 밖으로 나갔다. 방 안에는 묶여 있는 에트나와 나, 그 남자만이 남았다. 나를 신경 쓰지 않고 서류를 보고 있던 사내는 빠른 속도로 그것을 다 읽더니 이윽고 책상 위에 던졌다. 그리고 자리에서 일어나 나에게 다가왔다.

"바로 본론으로 들어가도록 하지, 안톤. 지금부터 묻는 대로 대답해 주기 바라네. 안 그러면 재미없을 테니까."

다짜고짜 자기소개도 없이 이 무슨 무례인가? 아무리 악당이라고 해도 '나는 이러이러한 사람인데 이러한 이유로 이런 짓을 이렇게 이런 방식으로 하고 있다'라는 설명 정도는 해야 하지 않겠는가? 가정교육에 문제가 있는 게 틀림없어.

"먼저 자기 이름부터 밝히는 게 예의가 아닐까요?"

"곧 죽을 사람에게 가르쳐 줄 이름 따위는 없네."

재미없는 얼굴을 한 사내는 재미없는 소릴 했다.

"저 역시 제가 죽은 다음에도 살아 있을 사람에게 남기고 싶은 대답 따위는 없군요."

역시 나는 위험 분자로 찍힌 모양이다. 뭐, 내가 깔끔하게 자료를 몽땅 날리고 왔으니 그렇게 보이기도 하겠지. 에트나만 조사하면 그들이 원하는 정보도 얻을 수 있을 테고……. 나의 목숨 따위에는 관심도 없다 이거로군? 그래도 거래할 만한 물건이 전혀 없는 건 아니지.

"나이에 비해 제법 당당하군. 좋아, 그럼 묻고 싶은 것을 서로에게 하나씩 물어보고 각자 거짓없이 답해 주는 건 어때? 얼마 남지 않은 목숨인데 왜 죽는지 정도는 알고 가야 염라대왕 앞에서 좀 덜 창피하지 않겠나?"

자신만만한걸? 이 정도 거래에는 응해도 상관없겠지. 어차피 최종적으로 물어볼 것은 그것일 테니까. 기회는 한 번뿐이다.

"거래 성립. 제가 먼저 물어보죠. 당신의 정체에 대해서 알려주세요."

"이거 불공평한걸? 먼저 선수를 치겠다니⋯⋯."

"죽이겠다고 협박하는 사람에게 그런 소리 들을 이유는 없군요."

안경 쓴 남자는 잠시 나를 바라보았다. 그러더니 갑자기 웃기 시작했다.

"재미있어, 아주 재미있어. 간만에 진지하게 놀 수 있겠군. 자, 그럼 답변을 하도록 하지. 나의 이름은 베르키엘. 나이로 치면 7번째가 되겠군. 자네와 같은 G타입이야. 자네 기지의 위치를 알아낸 나는 자네를 죽이기 위해 여기에 왔어. 즉, 자네에게는 저승 사자가 되는 셈이지. 이걸로 자네의 질문에 대답이 되었겠지? 그럼 이번에는 내가 묻지. 안드로이드를 만들기 위해서는 DNA 안의 누클레오타이드의 새로운 배열이 필요해. 이미 완성에 성공한 자네도 알겠지만 이런 배열에 대한 연구는 상당히 까다롭지. 무엇보다도 핵산을 이어 붙이는 방법의 수는 전 우주의 전자와 양자의 총 수보다 많을 테니까. 하지만 몇 가지의 조건을 붙여서 경우의 수를 최대한 줄여 나가면서 연구를 계속하면 그렇게 어려운 일은 아니야. 문제는⋯⋯."

"누클레오타이드의 고정에 실패했다는 말이군요. 처음에는 의도한 대로 이어나갈 수 있었겠지만 결국 원점으로의 회귀가 일어났겠죠. 이 현상에 대한 해결법을 알고 싶은 건가요?"

"그래, 자네 역시 나처럼 성실하게 답해 주길 바라네."

이것은 처음 안드로이드의 이론 설립에 들어갔을 때 천재인 나로서도 여러 번이나 실패를 겪은 다음에야 간신히 알아낸 것이다. 이런 식의 답변 주고받기는 이쪽의 엄청난 손해다. 최종 판돈이 내 머리만 아니었다면 절대 이런 거래 따위에는 응하지 않았을 것이다. 그러나 지금은 어쩔 수 없는 일이지. 믿지면 죽으니까.

"이중 나선 모양의 DNA는 누클레오타이드가 순서대로 연결되어 그것이 생명의 말이 되죠. 복제를 시작할 때 이 이중 나선은 특별한 단백질의 도움을 받아 분리되고 저마다의 끈으로 자신과 같은 복제를 해요. 여기까지는 뭐, 잘 아시겠지만 꼬임을 푸는 작업에 사용되는 폴리마라제 효소가 사용되죠. 그런데 인위적인 배열을 하다 보면 이 효소의 작용을 무시하게 되기 쉽죠. 그래서 실패하게 됩니다. 실수 부분이 생기면 자동 복원을 담당한 효소가 시간을 두고 분비된다는 걸 깨닫는 일은 쉽지 않지요. 아마도 저나 당신이나 연구의 실패 원인은 이것일 겁니다. 문제는 이 자동 복원을 담당하는 효소를 제거하면 안드로이드의 신체에 심각한 부작용이 생깁니다. 그렇다고 내버려 두면 원래대로 돌아와 의도한 대로의 작품이 나올 수가 없죠. 이것을 해결하기 위해 저는 기계와 단백질의 결합 구조를 생각했습니다. 일정한 간격으로 분비되는 고정체를 투여하여 누클레오타이드의 고정을 유도하는 것이죠. 이건 자동 복원 효소의 작용 시간에 대한 데이터만 수집하면 그렇게 어렵지는 않은 작업일 겁니다. 이 정도만 설명드려도 나머지는 다 하실 수 있겠죠?"

아깝다. 별 내용은 아니지만 간단한 힌트를 가지고 하는 연구와 무대뽀로 시작하는 연구는 그 난이도가 확연히 다르다. 안드로이드를 단순히 생체 조직만 가지고 주물럭거리고 있던 사람에게 기계와의 결합이라는 간단한 생각으로의 전환은 그리 쉬운 게 아니다. 이걸로 안드로이드 개발의 큰 틀은 잡히겠지. 아마 베르키엘은 조만간 그만의 안드로이드 개발에 성공하게 될 것이다. 크로노스의 계획에 동조하는 꼴이 되고 말았지만 일단은 내 목숨이 더 중요하다. 무책임하다고? 주인공으로서의 자각이 부족하다고? 어쩔 수 없는 선택이다. 어차피 대단한 비밀도 아니고 그들도 조만간 알게 될 일이다. 변명일지도 모르지만 나는 그렇게 생각하고 있었다.

"그래, 그런 거였군. 고정관념에 젖어 그 생각을 못했어. 나도 제법 발상 전환에 능한 줄 알았는데 이런 함정이 있었군."

착각은 자유니까 맘대로 하슈.

"자, 그럼 다음 질문입니다. 당신들의 능력으로 보면 아이린의 야망이 별로 새롭지도 않고 오히려 인류에게 해악이 된다는 사실을 잘 알고 있을 겁니다. 어째서 그런 어린 계집애의 말에 따르는 거죠?"

분명 이상했다. 아이린의 생각은 일반인들이 흔히 할 수 있는 평범한 야심에 불과하다. 천재적인 두뇌의 크로노스 멤버들이 이 사실을 모를 리 없다. 아이린의 투정을 받아준다고만 생각하기에는 분명 무리가 있다.

"흠, 별로 밝히고 싶진 않지만 일단은 거래이니 어쩔 수 없군. 우리는 제조된 순서에 따라 보육 시설에서 자랐지. 자네도 잘 알겠지만 천재라는 존재들이 한곳에 모이면 서로에게 경계하게 되지. 자부심이 강한 만큼 호승심이라는 게 생기기 쉬워. 우리 11명은 그렇게 서로에 대한 견제와 경쟁이라는 오직 두 가지의 감정만 가지고 살아왔어. 그러던 중에 아이린이라는 보통 여자애가 우리와 합류하게 되었지. 그녀의 존재에 대한 가치라는 점에서 보면 각자가 달랐겠지만 은연중에 한 가지의 생각을 하게 되었다네. 이 철모르는 여자애를 자신만의 것으로 해보고 싶다고. 이상하다고 여기겠지만 그때까지만 해도 우리는 우리들 이외의 다른 사람들과 말을 할 기회가 거의 없었네. 대부분의 지식은 책이나 컴퓨터를 통해서 습득해 왔으니까. 그러다가 이제 보통의 여자애란 존재가 우리 사이에 끼어들게 된 거야. 이 여자애의 사랑을 독차지하면 다른 형제들이 자신을 조금은 다른 시선으로 보지 않을까 하는, 지금 생각하면 웃기는 감정이 생겨난 거지. 다들 이런 내색은 하지 않았지만 어느 틈엔가 이런 기류가 생겨났다네. 다른 형제보다 특별해 보이고 싶다는 그런 기류. 뭐, 아이린은 지가 잘나서 우리가 오냐오냐 해주는 줄 알겠지만 실은 이런 유치한 이유라네. 남에겐 알리고 싶진 않지만 곧 죽을 자네에겐 해도 상관없겠지.”

사내는 손을 휘휘 내저었다.

그렇게 쉽게 죽지는 않을 거야. 왜냐면 나는 당신이 최종적으로 묻게 될 질문을 알고 있으니까. 하지만 아이린에 대한 G타입들의 생각이 겨우 그런 거라니 실망이다. 단순한 바보들이잖아? 나 역시 이런 녀석들과 비슷한 유전자를 가졌다니 무척 자존심 상한다.

“자, 그럼 내가 질문할 차례로군. 컴퓨터를 자폭시키긴 했지만 천재인 자네가 그동안의 연구 결과들을 백업 하나 없이 그냥 날렸을 리가 없지. 분명히 어딘가로 전송했을 거야. 거기가 어딘가?”

슬슬 마지막 질문에 다가가는구나. 여기서 저 녀석이 내가 잔꾀를 부리고 있다는 것을 눈치 채게 하면 곤란하지.

“바로 여기입니다. 자세한 위치는 그쪽에서 잘 찾아보면 알 겁니다. 아마도요.”

베르키엘은 잠시 나를 미심쩍다는 눈으로 쳐다보았다.

“흥! 자네가 오기 전에 모두 조사를 마쳤어. 그런 방대한 양의 자료가 들어갈 만한 저장 장치는 발견하지 못했네. 거짓말 하지 말고 바른대로 말하는 게 신상에 좋을 거야.”

“죽인다면서요? 그새 마음이 변하셨나요?”

곧 죽을 목숨이라고 말해 놓고는 이제 와서 신상은 왜 들먹여? 이 천 재님을 바보 취급하는 거야, 뭐야?

"뭔가 바라는 게 있군. 어지간하면 마지막 소원을 들어주는 셈 치고 들어줄 테니 말이나 해봐."

오옷! 역시 눈치 하난 빠르구만. 여기까진 예상대로 미끼를 물었는 데 슬슬 낚아 올리지 않으면 미끼만 따먹히겠지?

"별건 아니고 내가 만들다가 만 연구물을 마지막으로 에트나에게 보 여주고 싶군요. 전에 이 애한테 꼭 보여주겠다고 약속했거든요."

"미완성의 연구물이라고?"

슬슬 정신이 든 에트나는 눈을 뜨고 있었지만 스스로 몸을 움직이지 는 못하고 있었다. 잠시 자신의 이름이 나오자 움찔했을 뿐이다. 나는 그런 그녀에게 달려가 보고 싶었지만 여기서 그렇게 할 순 없는 노릇 이다. 지금이 생과 사의 중요한 고비이니까.

"네. 제가 심혈을 기울여 만들던 물건인데… 이제는 영영 미완성으 로 남게 될 테니 안타깝군요. 완성만 되면 엄청난 녀석이 될 텐 데……."

여기까지 듣고 난 베르키엘의 눈동자에 흥미롭다는 빛이 돌았다. 자 기보다 어린 나이에 안드로이드의 개발을 완료한 명석한 나의 심혈을 기울인 작품. 호기심 강한 천재에게는 강한 유혹일 것이다. 그렇다고 방심하면 안 된다. 알고 싶다는 욕구가 이성을 이기고 있을 때 재빨리 몰아치지 않으면 실패할 거다.

"거짓말 하지 마라. 그런 물건이 발견되었다는 보고는 받지 못했어. 무슨 수작을 부리려고 하는 거지?"

"속고만 살았나요? 어린아이인 제가 무슨 힘으로 당신을 속일 수 있겠어요? 못 믿겠으면 관둬요.”

관두면 곤란하지. 어서 반응을 보여라. 마음속으로는 그렇게 조바심을 내고 있었지만 나는 겉으로는 아주 태연하게 행동했다.

“음, 하긴 내가 있는데 별일이야 없겠지. 좋아, 안내해라.”

걸렸다. 나는 쾌재를 불렀다. 천재들의 단점 중의 하나는 자신의 능력을 맹신하는 경향이 있다는 거다. 은연중에 다른 사람을 무시하는 성향은 가끔 치명적인 단점이 된다. 다행히 나는 이런 성격이 아니다. 뭐? 나도 마찬가지라고? 무슨 소리. 나는 업신여김이라는 단어를 모르는 사람이다. 미인에게만이라는 수식어가 가끔 달라붙기는 해도. 흠흠.

나는 그의 허락이 떨어지자 에트나의 옆으로 가서 그녀를 부축했다.

“안톤님, 미안해요.”

그녀의 눈에서는 눈물이 흐르고 있었다. 울지 마, 에트나. 다 잘될 거야. 나만 믿어.

그렇게 말해 주고 싶었지만 베르키엘이 뻔히 보고 있는데 이런 소리를 할 수 있을 리 만무하다. 그녀의 팔에 채워진 수갑은 아마도 그녀의 파워를 떨어뜨리는 역할을 하는 것으로 보인다. 풀어달라고 해도 풀어줄 리 없겠지.

“한 가지 알려주지. 그 생체 수갑은 강제로 젖산을 계속 투여하는 물건이야. 그녀의 도움 따위를 바라고 한 거짓말이었다면 부질없는 짓이야.”

L—젖산은 해당 과정의 최종 산물로서 조해성이 강한 주상 결정으로 근육이나 동물의 조직 속에 존재하는 물질이다. 사람의 혈액 속에는 100미리리터당 2~20미리그램이 존재하는데 심한 운동에 의해서

증가한다. 이것을 강제로 근육에 투여하게 함으로써 에트나가 움직이지 못하게 한 모양이다. 수갑만 벗겨내고 쉬기만 하면 젖산은 자연적으로 분해될 테니 당장 해롭지는 않을 것이다. 그러나 한계치를 초과하면 물론 위험하겠지. 에트나를 위해서라도 서둘러 계획을 마무리 지어야겠다.

"그럼 이쪽으로 오시죠."

내가 에트나를 내 작은 어깨에 팔을 두르게 하고 힘들게 끌고 가는 것을 베르키엘은 잠자코 바라보고 있었다. 느리지만 천천히 걷는 나의 뒤로 그 역시 서서히 따라오기 시작했다.

"여깁니다."

지하로 통하는 엘리베이터를 타고 내려온 나는 그에게 그렇게 말했다. 잠시 주위를 둘러보던 베르키엘은 뭐가 있냐고 묻는 듯한 얼굴로 나를 쳐다보았다. 그의 눈에는 단지 금속으로 된 벽면으로만 보였을 테니 당연하다.

"뭐가 있다는 거지?"

"그렇게 서둘지 마세요."

그렇게 말한 나는 벽면에 나의 손을 대었다. 금속판 위로 좌우로 넓게 생긴 눈이 두 개 생겨났다. 이어서 빨간색으로 입 모양의 그림이 그려지더니 곧 이어 움직이기 시작했다. 드드드 하는 소리와 함께 벽은 위로 올라갔다. 벽이 사라진 뒤로 넓은 새로운 동굴이 나타났지만 그냥 안으로 들어갈 수는 없다. 벽이 사라진 빈자리에는 노란색의 레이저 빔이 출입을 막고 있었기 때문이다.

[형상 체크. 안톤 브라이언님임을 확인했습니다. 다른 분들은 들어

가실 수 없습니다. 허가가 필요합니다.]

얼굴 모양의 그림이 그렇게 말했다.

"내가 허락한다, 나의 이름으로."

[명령권자 안톤 브라이언의 승인 인정. 안톤님을 제외한 두 분께서는 센서에 오른손을 대주십시오.]

기계음이 끝나고 벽면에서 지름 20센티 정도 크기의 정사각형체가 튀어나왔다. 빨간색으로 손 모양의 그림이 그려지고 곧 이어 불이 들어와 점멸하기 시작했다.

"먼저 하시죠."

나는 베르키엘에게 그렇게 말했다. '웃기는 소리 하지 마'라는 뜻이 담긴 눈빛을 나에게 보낸 그는 이렇게 말했다.

"나보다 자네 안드로이드에게 먼저 기회를 주는 게 좋겠네."

"의심이 많으시군요. 그렇다면 할 수 없지요. 에트나, 어서 해봐."

에트나가 힘겹게 손을 들어 올리는 것을 내가 도와주었다. 그녀의 손이 닿자 센서의 불빛은 파란색으로 변했다.

[에트나 2세 승인 완료. 허가 코드 파랑. 들어가서도 좋습니다.]

그리고 노란색의 레이저가 사라졌다. 베르키엘이 들어가려고 하자 다시 레이저가 발사되며 그의 출입을 막았다.

[승인이 되지 않으신 분은 들어가실 수 없습니다.]

기계음이 그렇게 말하자 베르키엘은 센서 쪽으로 오른손을 가슴 높이로 올린 채 그쪽으로 발걸음을 옮겼다.

이때다!

주먹으로 베르키엘의 엉덩이를 쳤다. 기분 같아서는 얼굴에 한 방 먹이고 싶었지만 키 차이로 인해 불가능하다. 물론 똥침이라는 고대 무술을 사용할 수도 있었지만 남자를 상대로 시전하고 싶진 않았다. 청결하지 못한 손은 만병의 원인이 된다는 사실을 뻔히 알면서 어찌 그런 짓을 하겠는가.

"뭐야?"

황당한 표정으로 베르키엘이 내 쪽으로 몸을 돌렸다. 아이인 내 주먹은 그에게는 아무것도 아니었을 것이다. 어른인 그가 어린애 펀치 한 방에 대뜸 바닥에 드러누워 줄 정도로 친절한 인간이라고 착각한 것도 아니다.

그저 주의를 돌릴 일순간의 틈이 필요했을 뿐이다. 고맙게도 베르키엘은 내가 왜 통하지도 않는 주먹질을 했는가 하는 의혹이 들었는지 순간적으로 멈칫 했다.

"이러려고."

나는 씩 웃어주고는 재빨리 레이저 장벽을 향해 몸을 날렸다.

내 몸에 닿기 직전 빔은 잠시 사라졌다가 통과하고 난 후 다시 작동하여 따라오려는 베르키엘을 막았다.

"승인 취소. 출입문 긴급 폐쇄."

[명령 실행합니다.]

"너 이 녀석, 나를 속였구나!!"

"바보!"

그렇게 한마디해 준 나는 발을 동동 구르고 있는 베르키엘의 모습이 금속 문이 내려오면서 점점 사라져 가는 것을 바라보았다. 일단은 안심이다. 잠시간이지만 시간을 벌었군. 하지만 그뿐, 저 녀석은 금방 따라올 것이다. 서둘러 그녀에게로 가야 해.

에트나의 수갑을 풀어보려고 했지만 아무런 연장도 없이 해체 가능한 물건이 아니었다.

특수한 전자 키를 사용해서 잠가둔 모양인데 단순한 손 기술만으로 풀 수 있는 간단한 녀석이 아니다. 이거 곤란한데……

"안톤님……."

"너 지금 너를 버리고 가라고 말하려고 그랬지? 대답은 NO야."

"……."

점점 무거워지는 것처럼 느껴지는 에트나의 몸을 간신히 질질 끌며 앞으로 앞으로 한 걸음씩 나아갔다. 땀이 쏟아지고 다리가 떨려왔다. 진즉 무술이라도 배워두는 건데 후회 막급이다.

뒤쪽에서 요란한 폭발음이 들려오기 시작한다. 녀석들이 모든 화기를 동원해서 출구를 만들고 있는 모양이다. 하지만 이제 목적지에 다 왔다. 더 이상 우리를 괴롭힐 수는 없을 것이다.

마지막 계단을 간신히 올라갔다. 드디어 도착이다. 여기다. 그녀가 잠들어 있는 곳.

내 앞에는 하나의 커다란 관이 있다. 아랫부분은 은색의 금속으로 되어 있지만 그것을 덮고 있는 윗부분은 투명한 소재로 되어 있다. 그리고 그 안에는 눈을 감고 너풀거리는 하얀 투피스를 입은 25～6세로 보이는 금발의 여자가 누워 있다.

내가 그녀를 발견한 것은 이곳에 나만의 연구 공간을 갖기 시작한 지 1년이 막 지났을 무렵의 일이다. 이때는 내가 에트나 1세 때문에 엄청난 쇼크를 먹은 지 얼마 안 되었을 때이기도 하다. 여하간 그해 여름 나는 실의에 빠져 있었고 그것을 잊기 위해 연구에 미쳐 있었다. 이때 내가 연구하던 것은 우주 여행에 대한 이론적 문제와 여기에 수반되는 여러 가지 난관들에 대한 극복이었다. 지금 생각하면 웃기는 일이었지만 실제로 그 순간의 나는 창피해서 도저히 지구에 있을 수 없다는 생각으로 가득 차 있었다.

우주 여행의 편이성을 고려한 여러 가지 물건들을 발명해 나갔지만 정작 중요한 우주선의 개발만큼은 쉽지 않았다. 이론의 수립도 물론 어려운 일이었지만 가설계를 마친 후 시험 조립에 들어가 보려고 하니 도저히 필요한 작업 공간을 확보할 수 없다는 사실을 알게 되었다. 내가 설계한 우주선의 전장은 572미터. 나름대로 쾌적하게 만들어보려고 이러저러한 편의 시설과 혹시라도 만날지 모를 외계인과의 전투를 대비한 특수 무기들을 주렁주렁 달다 보니 이 정도 크기가 아니면 곤란했다.

하지만 이 정도 사이즈의 덩치 큰 녀석을 만들어내려면 이보다 큰 전용 도크가 필요하다. 비밀 기지가 크다고는 하지만 설계한 우주선의 크기를 고려한다면 어림도 없다. 그럼 산 위에서 작업을 해볼까? 이런 짓 하고 있으면 연방에 바로 소문난다. 결국 기술은 있어도 이룰 수 없는 꿈이었다. 우주선이라는 존재는 '만들어내기엔 너무 큰 당신'이었다.

하지만 포기를 몰랐던 어린 시절의 나는 지하를 더 파 내려가서 작업 공간을 확보하면 가능하지 않을까 하는 생각으로 지하에 대한 지면 조사에 착수했다. 조사 중 아래로 3킬로미터 지점에 커다란 뭔가가 있음을 발견했다. 무려 600미터에 달하는 커다란 바위로 추정되는 존재의 등장에 나는 실의에 빠졌다. 화약을 사용하면 너무 요란하기 때문에 곤란하다.

하지만 화약을 쓰지 않고 저만한 크기의 돌덩어리를 어떻게 치운단 말인가? 일단 바위의 성분 조사를 해보자. 석회석 따위라면 지하 수로를 이용해서 어떻게 해볼 수도 있지 않을까 하는 생각으로 바위의 성분 분석에 들어갔다. 나의 첨단 지질 분석 프로그램이 내놓은 결과를 보고 나는 놀라지 않을 수 없었다. 바위가 아니었다. 그렇다고 금속도 아니었다. 강도 측정 결과로만 보면 이것은 다이아몬드 이상의 강도를 가진 암석이다.

그런데 묻혀 있는 이 녀석의 대강의 모습을 전면으로 그려보니 우습게도 배 모양이 된다. 마치 트로이의 목마에서 나오는 것과 비슷한 형태의 말이 목을 뒤로 젖히고 앉아 있는 모양이다. 2/3 정도의 위치에 일정한 높이로 솟아 있는 부분을 브리지라고 한다면 딱 들어맞는다.

맨 뒷부분에는 엔진 분사구로 보이는 둥그렇게 튀어나온 모양까지 있다. 누군가 다이아몬드로 목마 모양의 배를 만들어서 지하 3킬로미터 지점에 묻어놨다? 말도 안 되는 소리. 대체 이건 뭐지?

결국 호기심을 이기지 못한 나는 열심히 발굴에 나섰다. 발굴이라고는 해도 일단은 목마의 몸체를 보기 위해 바짝 달라붙어서 작은 구멍을 옆으로 뚫은 것에 불과했다. 한 달여 만에 간신히 내 눈으로 직접 녀석을 볼 수 있었다. 물론 녀석의 극히 일부분에 불과했지만 말이다.

몸체를 만져 보았는데 마치 동물을 쓰다듬는 듯 부드럽다. 이게 금속이란 말인가? 세밀한 조사를 위해 샘플을 채취하기로 했다. 그러나 아무리 해도 흠집 하나 낼 수 없었다. 내가 알고 있는 모든 지식을 총동원해 보았지만 모두 무의미했다. 다른 방법이 필요하다.

다시 조사에 들어간 나는 아무리 단단한 놈이라고 해도 어딘가 반드시 약한 부분이 있을 거라는 가설을 세웠다. 선체 전부가 이런 무식한 금속은 아닐 것이다. 그렇게 생각하고 이번에는 배 후미로 파 들어갔다. 엔진 출력부로 보이는 실루엣 부분으로 접근해서 그쪽을 뜯어내려는 생각이었다. 아무래도 이런 배기구 부분은 이음새라도 있을 테고 이쪽으로 살살 파고들면 껍질을 벗겨낼 수 있으리라 믿었다.

그러나 그곳에서 발견한 것은 처음부터 하나였던 것 같은 매끈한 목마의 곡선이었다. 대체 어떤 식의 추진 방식이기에 이렇게 깔끔하단 말인가?

아무 소득 없이 철수한 나는 포기하지 않고 이 지역의 전설과 민담에 대한 자료 수집에 나섰다. 대부분 쓸데없는 것들이었지만 몇 가지를 추려내고 그나마 쓸 만한 놈을 하나 골랐다.

내용은 다음과 같다.

태초에 태양신 아폴론이 있었고 그를 모시는 자 중에 태양이 든 바구니를 들고 다니는 빛의 무녀 이슈타르가 있었다. 이슈타르는 아폴론의 명령으로 인간들에게 태양 빛을 내려주기 위해 태양이 든 바구니를 들고 매일 천계를 하루에 한 번씩 왕복했다. 어둠의 신의 아들 베헤모스는 이슈타르의 미모에 반하여 어느 날 그녀를 덮치기로 결심하게 된다. 갑자기 나타난 베헤모스에 놀란 이슈타르는 태양이 든 바구니를 떨어뜨리게 되고 지상으로 떨어진 태양의 열기에 의해 세상은 타 들어가기 시작했다. 베헤모스를 붙잡은 아폴론 신은 베헤모스에게 벌을 내려 하얀 백마로 만든다. 그리고 지상에 떨어진 태양을 직접 먹어서 없애라는 벌을 그에게 내린다. 베헤모스는 태양을 다 먹어치웠지만 그 열기로 인해 정신을 잃고 깊은 잠에 빠져들었다.

뭔가 나사 하나가 빠진 듯한 이야기인데… 여기서 뭔가 부족한 것은 이슈타르에 대한 벌이다. 이럴 경우 이슈타르도 큰 벌을 받았을 텐데 거기에 대한 언급은 없군. 이런 전설은 들어봐도 아무런 감흥도 오지 않지만 그나마 신이 나와서 어쩌고 하는 스케일 큰 녀석은 이것뿐이었다. 이것을 정설로 하고 추론해 보면 과거에 무언가 커다란 대재앙이 있었고 그 재앙의 원인은 이곳에 잠들어 있다는 정도의 이야기가 된다. 이 목마 녀석을 베헤모스라고 하면 그럭저럭 무리는 없어 보인다. 그럼 이슈타르라는 존재는 어떻게 되었을까? 아마도 베헤모스랑 같이 잠에 빠지지 않았을까? 막연한 만화 같은 이야기를 가지고 이런 가설을 세운 어린 나는 베헤모스라고 명명한 목마에 대한 세밀한 스캔 작업에 들어갔다. 그리고 브리지로 여겨지는 장소 근방에 네모난 물체가 베헤모스와는 별도로 존재하고 있다는 사실을 알게 되고 서둘러 발굴에 나섰다.

그것이 지금 바로 내 눈앞에 있는 그녀다. 편의상 이슈타르라고 부르고 있지만 진짜 이름은 아직 모른다. 왜 지금까지 그녀를 안 깨웠냐고? 그녀의 유리 관에 붙어 있는 고대어의 내용 때문이다.

새로운 계약을 하려는 자, 빛에 몸을 맡기고 그대 심장의 피를 사방에 뿌려라.

이딴 소리가 써 있으니 무서워서 뭘 해볼 수 있겠는가? 막연하게 베헤모스의 잠을 깨우는 열쇠가 이슈타르가 아닐까 하는 생각이 들었다. 하지만 목숨을 걸고 시험해 보고 싶지는 않았다. 나는 합리적인 사람이기 때문이다. 겁쟁이라 그런 거라고? 쯧, 원래 천재는 쓸데없는 데 목숨 걸지 않는 거다. 시비 걸지 말아주기 바란다.

그러나 지금은 시험해 볼 수밖에 없다. 설마 석판에 쓰여진 그대로 깨어나자마자 '심장 좀 꺼내주실래요?' 따위의 소리는 하지 않겠지.

나는 일단 가칭 이슈타르로 명명한 그녀에게 다가갔다. 관 뚜껑은 의외로 쉽게 열 수 있었다. 자, 그럼 깨워야 하는데 어떻게 깨운다?

잠시 생각에 잠긴 나는 간단한 방법으로 시험해 보기로 했다. 어깨를 잡고 흔든다는 고전적인 방법이다. 그녀의 부드러운 어깨를 잡고 사정없이 흔들어보았다. 그녀의 머리가 관 바닥에 닿으면서 쿵쿵 소리가 났음에도 불구하고 미동도 하지 않았다. 하긴 이런 걸로 일어났다면 그동안 수없이 있었을 지진에 벌써 일어났겠다.

그럼 다음 방법으로 전기적인 쇼크를 이용해 보기로 했다. 시계에서 선을 끄집어내어 그녀의 관자놀이에 대고 가볍게 충격을 가해보았다. 이 시계는 특수한 것으로 원자력을 동력으로 하는 녀석이다. 왜 이런 걸 쓰냐고? 취미다. 소형 핵 발전소를 만들기 위한 계획의 일환으로 시도해 본 녀석인데 나름대로 괜찮은 성능을 보이길래 그냥 손목에 차고 있다.

하지만 전기의 힘으로도 그녀는 일어나지 않았다. 그럼 어쩐다?

음, 잠에 빠진 여인을 깨우는 데 많이 쓰이는 방법. 책에서 읽은 걸 실험해 보자.

『잠자는 숲 속의 미녀』를 보면 분명 공주를 깨우는 방법은……?

웃! 키스인가? 이런 짓을 해야 하나? 일단 이건 나중에 생각해 보자.

백설 공주를 깨운 방법이 좋겠다. 뭐? 그것도 키스라고? 이런, 백설 공주의 원본을 못 봤나 보군. 원래 원작의 백설 공주는 이런 거다. 중간은 다들 아실 테니 생략하고 핵심만 보자.

백설 공주는 새엄마의 사과를 냉큼 베어 물고는 잘 씹지 않고 꿀꺽 삼키는 바람에 목에 그 조각이 걸리게 된다. 음식은 잘 씹어 먹는 습관을 갖도록 하자. 여하간 이런 이유로 호흡 곤란의 사태를 맞이하게 된 그녀는 잠에 빠진다. 한편 시체와의 변태적인 행위(?)를 즐기는 이웃 나라 왕자가 죽은 듯이 잠자는 아름다운 공주의 이야기를 듣고 잠자는 백설 공주를 찾아간다. 왕자는 살아 있는 여자에겐 흥미가 없었다. 시체와의 응응응(?)을 좋아하는 변태였기 때문이다.

그러나 아무리 싱싱한 시체를 구한다고 해도 종래에는 썩어버리게 마련이다. 따라서 한창 젊은 왕자의 젊은 혈기를 충족시키기 위해 매일 새로운 시체를 구해야 했을 거다.

그러나 백성들의 이목도 있고 체면 문제도 있고 해서 몰래몰래 해야 했다. 여간 어려운 문제가 아니었을 거다. 그런 그에게 죽은 듯이 잠자는 시체와 마찬가지이지만 썩지 않는 백설 공주라는 여인은 매력적이지 않을 수 없다. 이 여자만 갖게 되면 더 이상 시체 수집상 노릇을 할 필요가 없다. 그래서 그는 난장이들을 찾아가 반 강제로 백설 공주가 잠자는 유리 관을 강탈해서 가져오게 한다. 그도 왕자인데 설마 자기가 짊어지고 오겠는가? 당연히 시종들을 시켜서 가져오게 했다.

관을 운반하던 시종들 중 한 명이 발을 헛딛는 바람에 백설 공주의 목을 막고 있던 사과 조각이 튀어나와 그녀는 잠에서 깨어나게 된다. 왕자로서는 무척 아쉬운 일이었겠지만 부녀자 납치의 비난을 받지 않기 위해 어쩔 수 없이 그녀와 결혼을 하고 의도했던 바를 하나도 이루지 못한 채 함께 살게 된다는 아주 비극적인 스토리다.

여하간 이런 거다. 즉, 아직까지 이슈타르가 잠들어 있는 관을 흔들어 그녀에게 충격을 가하면 혹시 그녀의 목에 걸린 사과 조각이—수박 조각이라고 해도 별 상관은 없다—튀어나오면서 눈을 뜨게 될지도 모른다고 생각했다.

즉시 실행에 옮겼다. 그녀가 잠들어 있는 관을 있는 힘을 다해 밀어보았다. 헉헉! 뭐가 이리 무거워? 관은 전혀 움직이지 않았다. 이 방법은 틀렸다.

그럼 다른 방법을 시도해 보자. 무협지에 흔히 나오는 스토리인데 잠자는 여인의 옷을 벗기고 뜨거운 체온으로 사랑을 퍼부으면 여자가 살아난다. 음, 이거 멋진걸? 그럼 당장 실행에 옮겨볼까나? 순간 나는 하나의 사실을 깨닫게 되었다. 이건 틀렸다. 내 신체 구조상 아직 이런 건 불가능하다. 아직도 10살이라는 소년의 육체는 꿈 많은 나의 바람을 전혀 고려해 주지 않았다. 더군다나 심의에 걸리면 무척 곤란하다. 그러니까 이건 절대 불가.

별수없이 키스밖에 없네?

어쩔 수 없는 사태에 빠진 나는 숨을 죽인 채 이슈타르의 입에 나의 입술을 조심스럽게 가져갔다. 그러나 막상 가져다 대려고 하고 있던 나의 눈에 에트나가 들어왔다. 벽 옆에 기대놓은 그녀는 나를 무서운 눈으로 째려보고 있었다.

어흠! 이 방법도 곤란하네?

"에트나, 잠깐 저쪽 좀 봐줄래?"

"싫어욧!"

에트나의 절대적인 협조(?)에 힘입어 그녀의 눈을 헝겊 조각으로 친친 동여매는 데 성공한 나는 원래의 키스 신 포즈로 돌아왔다. 두근두근 가슴이 요동 쳤다. 지난번에 경험한 퍼스트 키스는 에트나에게 당한 것으로 나의 의지에 의한 것이 아니다. 더군다나 순식간에 일어난 일이라 정신없는 사이에 휙 지나가서 별다른 감상이 남아 있지 않다. 하지만 이번은 다르다. 천천히 즐겨야지. 음하하하!

애고, 이러면 안 되지. 앞의 말은 못 들은 걸로 해주기 바란다. 나는 절대 이슈타르와의 키스를 즐기려는 게 아니다. 나와 에트나의 생명을 구하기 위한 어쩔 수 없는 선택일 뿐이다. 숭고한 나의 사명감을 오해하는 사태가 일어나지 않았으면 한다. 어흠.

"안톤님, 이거 당장 풀지 못해요! 나 말고 다른 여자한테 손대면 그냥 안 둘 거예욧!"

망설이던 나는 에트나의 열렬한 응원(?) 소리를 듣고 마음을 굳혔다. 신중하게 이슈타르의 얼굴을 향하여 허리를 숙였다. 키가 작아서 별로 숙인 티도 나지 않았지만 원래 키스란 이렇게 하는 게 낭만적이라고 어디선가 읽은 기억이 났다.

오랜 시간 동안 잠만 자고 있어서 딱딱하지 않을까 하는 우려와는 달리 이슈타르의 입술은 부드러웠다. 마음속으로는 천재인 나에게 이 정도는 아무것도 아니다, 경험의 일환일 뿐이다라고 자신을 속이면서 입을 맞추고는 있었지만 역시 아직 나는 어렸다. 쿵쾅거리는 심장의 울림 때문에 얼굴이 빨갛게 달아오르는 것을 느낄 수 있었다.

그런데 이거 곤란한걸.

문제가 생겼다. 성인들이 주로 하는 키스라는 행위는 어느 정도의 시간이 지난 후에 입을 떼어야 하는 것일까?『잠자는 숲 속의 미녀』라는 책의 내용을 꼼꼼히 되짚어보았지만 '왕자는 잠자는 미녀에게 몇 초간 키스를 행하였습니다' 라는 문구는 본 기억이 나지 않았다. 좀 자세히 적어놓을 것이지. 쯧, 이러니까 동화는 현실감이 결여되었다는 비판을 받는 거다.

여하간 이런 이유로 나는 이슈타르와 계속 입을 마주한 채 마우스 투 마우스의 포즈를 취하고 있다. 순진한 나의 심장 박동 수가 점점 올라가고 끓어오르는 젊은 피의 역류로 인한 신체의 악영향을 고려하여 그만두기로 결정했을 때였다. 그동안 미동도 없던 이슈타르의 눈이 번쩍 떠졌다. 그녀의 눈은 파란색이었다. 티없이 맑은 눈이었다. 그녀의 눈동자에 비친 내 얼굴을 보고 있으려니 묘한 기분이 들었다. 그때까지 입을 맞추고 있던 나는 몰려오는 수줍음에 얼른 몸을 일으켰다.

"미, 미안. 정신이 들어?"

나는 그렇게 물어보았다. '내 키스 실력 어때?' 따위의 말은 하지 않았다. 이런 순간에 이딴 소리 하는 사람은 뭔가 정신이 이상한 사람일 것이다.

상체를 일으킨 이슈타르는 초점없는 눈을 하고 나를 바라보았다. 그녀는 이제 완전히 일어나 누워 있던 유리 관 위에 서 있다.

"당신은 새로운 계약자?"

"응? 아, 뭐, 그런 걸로 해야겠지. 잘 부탁해."

내가 그렇게 말하자 이슈타르의 파란 눈이 빨간색으로 변하기 시작했다. 뭐, 뭐지? 인간의 홍채 색깔 변화에 대한 이론에 대해서는 들어본 적이 없다. 내가 그녀의 눈 색깔이 변한 것에 놀라고 있을 때 이슈타르가 오른손을 들어 올렸다. 쫙 펼쳐진 그녀의 손이 빛을 내기 시작했다. 그리고 잠깐 동안에 야구공만하게 된 그 빛을 꽉 움켜쥐나 싶더니 그것은 하나의 빛으로 된 막대기로 변했다. 위~ 잉 하는 고주파음이 들려온다. 대체 저건 뭐지? 설마 말로만 듣던 광선검인 걸까? 그럴 리가 없어. 광선검은 절대로 실현 불가능한 거야. 나의 상식으로는 이해가 되지 않는 현상을 직접 본 나는 혼란에 빠졌다.

뭐? 광선검이 왜 불가능하냐고? 바쁜 와중에도 불구하고 간단히 설명해 주겠다. 빛의 기본 속성은 직진성이다. 어떤 빛도 직선으로 나가며 자기 혼자 멈추지 않는다. 더군다나 빛의 입자적 형태인 광자는 서로 아무런 영향력이 없는 입자 그룹인 보존(boson)에 속한다. 광선검이 레이저와 같은 빛으로 된 것이라면 저렇게 1미터 30센티 정도의 길이로 고정될 수 없다. 믿지 못하겠으면 회중 전등이라도 들고 밤하늘에 비춰보도록 해라. 회중 전등 빛의 길이를 1미터 30센티에 고정시킬 수 있다면 광선검의 존재를 인정하겠다.

뭐? 할 수 있다고? 푸르스름한 빛을 내는 광선검이 집 천장에 몇 개나 붙어 있다고? 그거 가지고 칼 싸움 할 생각은 집어치우기 바란다. 형광등 깨질 때 튀는 유리 조각을 맞으면 무지 아프다. 다른 구상으로 플라스마를 이용한 광선검을 생각해 보자. 플라스마를 내버려 두면 빛과 같이 쭉 나가 버릴 테니 자기장을 이용하여 전기장 속에 가둬보자.

여기에도 문제가 있다. 자기장은 거리에 따라 약해지니까 광선검 날을 길게 유지한다는 건 무척 어렵다. 칼날 모양이 된다는 것은 꿈도 꿀 수 없다. 이런 과학적 한계를 무시하고 만들 수 있다고 치자. 플라스마 제너레이터, 전기장을 만들기 위한 발전기, 과열을 막기 위한 냉각 장치를 모두 붙여야 한다. 이렇게 하려면 적어도 5층 빌딩 크기는 되어야 하겠다.

이런 무식한 짓을 하기보다는 차라리 레일 건 따위를 쓰자. 현재 연방의 전함에도 종종 이용되고 있는 무기다. 기차 레일 모양의 구리선을 나란히 붙이고 전류를 흘려주면 레일 주위에 자기장이 형성되는데 이것은 레일 사이에 존재하는 전자를 수직 방향으로 가속시킨다. 종종 들어보았을 것이다. 로렌츠의 힘이라고. 이것을 이용하여 충분히 전자가 엄청난 속도로 방출되면서 목표를 박살 내는 무기다. 이 녀석이 무슨 광선검이냐고? 그러니까 전자가 방출되는 순간, 즉 레일 건에서 빛이 나오는 짧은 순간 레일 건을 레일 블레이드라고 부를 수도 있지 않겠는가?

광선검으로 대결하고 싶은 상대를 정해서 레일 건에서 빛이 나오는 순간 서로 부딪쳐 보자. 단, 당신의 몸이 움직이는 속도 역시 빛의 속도가 나와야 한다. 가능하다고 치고 한번 시도해 보자. 멋지지 않은가? 스타워즈의 제다이가 부럽지 않다. 문제는 광선의 투과성인데 빛끼리 서로 부딪쳐 봤자 영화에서처럼 멋진 스파크 따위는 없이 그냥 통과한다. 이걸로 칼부림하면 둘 다 죽기 십상이다. 광선검이라고 부르기 심히 쪽팔린다.

나라면 좀 더 실현 가능한 방법을 제시하겠다. 이것은 현재의 과학력으로도 어느 정도 재현이 가능하다. 나는 이것을 기관총 블레이드라고 이름 지었다. 원리는 아주 간단하다. 다만 총의 성능은 좀 좋아야하겠다. 총을 쏴본 사람은 알겠지만 총알이 나가는 속도는 엄청 빠르기 때문에 인간의 눈으로는 볼 수 없다. 따라서 기관총 블레이드의 뚜렷한 검날을 보기 위해서 총의 연사 속도는 초당 30만 발 정도로 설정하자. 조금 무리일지도 모르겠지만 세세한 건 집어치우도록 하자. 엄청난 탄알 낭비 때문에 지구를 몇 바퀴 돌 만한 양의 총알이 필요하다는 것도 상관하지 말자.

자! 당신은 기관총 블레이드를 들었다. 방아쇠를 당겨봐라. 멋지지 않은가? 총탄으로 구성된 검은 길이가 기관총의 최대 사거리인 3킬로미터에 이르는 엄청난 녀석이다. 휘둘러 봐라. 베어지지 않는 물질은 존재하지 않는다. 같은 무기를 든 사람끼리 부딪쳐 봐라. 엄청난 소리와 함께 검날이 부딪치는 효과도 볼 수 있다. 다만 문제가 있는데 엄청난 연사 속도로 인한 고열의 발생이다. 이것을 해결하지 않으면 기관총은 그냥 녹아버린다.

그러니까 지구상에 존재하는 바다의 면적만큼 액체 질소를 몽땅 채우고 끊임없이 냉각시켜 주자. 그래도 무리겠지만 역시 신경 쓰지 말자. 모든 게 해결된 것 같지? 아직 하나 남았다. 바로 당신의 팔이다. 당신이 기관총 블레이드를 연사한 순간 엄청난 반탄력으로 당신의 팔은 기관총 블레이드와 함께 지구 밖으로 날아가고 있을 것이다. 뭐, 팔힘이 약하다면 팔은 무사하겠지만 이 경우에는 기관총이 당신의 가슴을 뚫고 뒤로 날아갔을 것이다. 따라서 이런 생각도 전혀 실현 불가능하다.

헉헉! 잠깐 설명하겠다고 했는데 너무 길었다. 여하간 이런 이유로 나는 광선검의 존재 가능성 자체를 인정하지 않는다. 그런데 지금 내 눈앞에서 현실로 일어나고 있다. 현실과 과학의 심각한 대립 사태에 대해서 어떻게 받아들여야 할지 고민이다. 더구나 아무런 기계 없이 맨손으로 광선검을 만들어내고 있다. 무척 재수없게도 그 검날은 나를 향하고 있다. 흐미!!

"이봐, 그거 저리로 치워주면 안 될까?"

당연히 나의 의견은 무시되었고 이슈타르는 그 빛의 검을 나에게 휘둘렀다. 나는 열심히 피해 다녔지만 10살의 육체로 계속 피하기에는 무리가 있었다. 위잉 하는 소리와 함께 머리를 향해 날아오는 빛을 도저히 막을 수 없게 된 나는 얼떨결에 왼팔로 막았다.

지잉 하는 소리와 함께 뭔가가 날아갔다. 내 왼팔이다. 너무나 놀랐기 때문에 아픔을 느끼지도 못했다. 계속해서 나를 노리는 그녀의 빛의 검 앞에 나는 너무나 무력했다.

"그만둬요!"

눈을 가린 채 있는 에트나가 뭔가 이상하다는 것을 느끼고 그렇게 외쳤지만 이슈타르는 그 말에 아무런 반응도 보이지 않았다. 붉게 물든 눈은 계속해서 나의 머리를 바라보고 있었다. 다음엔 확실하게 날려주겠다는 듯이…….

이슈타르는 내 앞으로 다가오고 있다. 잘린 팔을 오른손으로 감아쥔 채 극심한 통증으로 정신이 아득해지는 속에서도 나는 뭔가 방법이 있지 않을까 하는 희망을 버리지 않았다.

문득 비석에 새겨진 문구가 떠올랐다.

새로운 계약을 하려는 자, 빛에 몸을 맡기고 그대의 심장의 피를 사방에 뿌려라.

이 말의 의미는 뭔가? '계약을 맺고 싶으면 죽어라' 라는 말은 아닐 것이다. 여기서 말하는 빛은 아마도 이슈타르의 광선검을 말하는 것이리라. 그런데 심장에 저걸 맞으면 무지 아플 것 같은데……. 그러나 어차피 이대로 가만히 있는다면 내 목이 날아가게 된다. 심장에 맞고 죽으나 머리가 날아가 죽으나 마찬가지다.

'이판사판이다.'

이슈타르의 광선검의 빛이 내 목 쪽으로 다가온다. 이제 더 이상의 선택은 없다. 나는 남은 힘을 다해 그녀의 광선 검날에 내 심장이 있는 왼쪽 가슴을 관통시켰다.

아무런 소리 없이, 아무런 저항도 없이 그녀의 광선 검날은 내 가슴을 뚫고 등 뒤로 나왔다.

예상이 빗나간 건가? 이럴 수가… 이대로 죽는 거구나. 이제는 더 이상 버틸 기력이 없다. 나는 더 이상 나의 의식을 유지시킬 힘이 없었다. 이슈타르의 광선검이 갑자기 사라졌다. 왜 그녀는 검을 거둔 걸까? 해답을 찾기 전에 나의 몸은 땅바닥으로 쓰러졌다.

제3장

소울테이커 기동

소 울 테 이 커
기 동

'일어나요!'

누군가 나를 부르고 있다. 나는 눈을 뜨려고 했지만 그럴 필요가 없었다. 내 육체를 느낄 수 없다. 손도 없고 팔도 없다. 붕 떠 있는 듯한 느낌이 든다. 이게 말로만 듣던 사후의 세계로 가는 의식인 걸까? 눈을 통하지 않고 사물을 볼 수 있고, 귀를 통하지 않고 말을 듣는다는 건 정말 묘한 기분이었다.

'저를 부탁해요, 나의 마스터.'

'누구지? 모습을 드러내!'

나의 마음뿐인 외침에 이슈타르의 모습이 보이기 시작한다. 그녀는 내가 깨웠을 때의 모습과는 조금 달라져 있었다. 그녀의 하얀색 옷은 하늘색으로 변해서 펄럭이고 있었다. 그리고 그녀의 붉게 물들었던 눈은 원래의 파란색으로 되돌아가 있었다.

'계약은 이루어졌습니다. 이제부터 당신은 저의 마스터입니다.'

광선검으로 사람의 심장을 찌르는 게 계약이라고? 그런 식이라면 누가 네 주인이 될 수 있겠어? 죽여놓고 조롱까지 하는 거야?

'당신은 죽지 않았습니다.'

무슨 소리. 심장을 정통으로 찔렀는데 어떻게 안 죽어? 바로 즉사야. 이건 의학을 모르는 사람들도 다 아는 상식이라고.

'저는 이 배 '소울테이커'와 생명을 함께합니다. 그리고 마스터와도 한몸입니다.'

한몸이라니? 어떤 의미에서? 무척 요상하게 들리는군. 배와 생명을 함께한다는 건 그녀가 목마를 부르는 이름 '소울테이커'라는 우주선의 핵심 컴퓨터라는 말일까? 그럼 어째서 나와 한몸이 되는 걸까?

'저는 물질이면서 물질이 아닙니다. 저는 존재하면서 존재하지 않습니다. 그리고 당신이면서 당신이 아닙니다.'

점점 천재님의 사고에 한계 지점이 가까워오는구나. 죽어서 두뇌 회전력이 떨어진 걸까? 전혀 알아들을 수가 없는걸?

'새로운 계약이 성립하기 위해 요구되는 것은 마스터로 선택된 자의 육체. 바쳐진 낡은 마스터의 육체 대신 새로운 껍질을 가지게 될 것입니다. 그리고 저 역시 다른 모습이 되겠지요.'

잠깐! 무슨 소리야? 내가 죽지 않았다는 게 정말인 거야? 너는 어떤 모습으로 변하게 되는 거야?

'네, 당신은 곧 깨어날 겁니다. 그리고 저를 만나게 될 겁니다. 지금의 제 모습이 아닌 지금부터 당신과 함께 성장해 나갈 저의 모습을.'

성장이라고? 무슨 성장? 기다려!

'눈을 뜨세요, 나의 마스터.'

마지막으로 그렇게 말한 그녀는 사라졌다. 눈을 뜨라고? 육체가 있어야 눈을 뜨든지 말든지 할 거 아냐?

그러나 곧 그녀가 하고 있는 말의 의미를 알게 되었다.

뭔가 뺨에 닿는 감촉이 느껴진다. 그리고 무언가 잡아당기는 느낌. 진공청소기가 먼지를 집어삼키는 그런 느낌이다. 나의 의식은 무언가에 빨려 들어간다. 나는 어디로 가고 있는 거지? 나를 끌어당기는 알 수 없는 힘. 그사이에도 느껴지는 차가운 것이, 뺨에 닿는 부드러운 느낌이 기분 좋다. 뭔가 알 수 없는 기분… 복잡하다.

"안톤님!"

번쩍! 그것은 순간이었다. 몸의 오감이 순간적으로 제자리를 찾았다. 마치 긴 잠을 자다가 누군가에 의해서 깨어난 것처럼……

나를 부르는 소리에 눈을 뜨자 에트나의 모습이 보인다. 아마 그녀의 무릎을 베고 누워 있었나 보다. 왠지 마음이 편안하다. 아무런 생각도 하고 싶지 않다.

'그냥 이대로 누워 있고 싶은걸?'

그러나 그것은 불가능했다.

"저 말고 다른 여자한테 키스를 하다니… 어쩜 이러실 수 있어욧!'

어떻게 알고 있는 거지? 분명히 눈을 가렸는데…….

그녀가 내 가슴을 가볍게 투닥거렸다. 나는 그것을 피하려고 양손으로 그녀의 손을 잡았다.

'양손이라고?'

분명히 왼손은 잘려 나갔을 텐데?

그랬다. 없어야 할 왼손이 제대로 붙어 있었다. 이것은 대체……? 그러고 보니 이상하게 몸이 가볍다. 시력도 좋아진 모양이다. 주변이

전보다 더 선명하게 보였다. 나한테 무슨 일이 일어난 걸까? 나는 잠시 생각에 잠겼다. 에트나의 팔이 자유롭게 움직이네? 어떻게?

"수갑은 어떻게 된 거야?"

"홀쩍! 안톤님이 새로 거두신 여자가 풀어줬어요. 빛나는 형광등으로."

새로 거둬? 형광등? 이슈타르가 광선검으로 풀어준 모양이다. 그런데 새로 거뒀다는 말은 대체……?

"그 녀석은 어디로 갔어?"

"정말이었군요. 안톤님한테 육체를 허락했다고 하더니 정말이었어요. 어떻게 그 짧은 시간 동안 그런 파렴치한 짓을……."

무슨 김밥 옆구리 터지는 소리야? 사람을 뭘로 보고. 잠시 생각해 보니 그녀가 한 말의 의미를 알 수 있었다. 내가 죽어 있을 때 그녀는 이렇게 말했었다.

"새로운 계약이 성립하기 위해 요구되는 것은 마스터로 선택된 자의 육체. 바쳐진 낡은 마스터의 육체 대신 새로운 껍질을 가지게 될 것입니다. 그리고 저 역시 다른 모습이 되겠지요."

'새로운 껍질? 이슈타르가 나에게 새로운 육체를 준 것일까? 그런데 말 좀 가려서 하면 어디가 덧나나? 오해하기 딱 알맞은 말을 해놓다니… 에휴~'

이슈타르에게는 인간의 육체를 재구성하는 능력까지 있는 걸까? 그런 능력을 갖는 존재가 과연 있을 수 있을까? 하지만 잘려 나간 나의 왼팔은 분명히 제대로 붙어 있다. 이슈타르의 말은 진실이다. 그러나 왼팔의 복원만으로 새로운 껍질 운운하기는 뭔가 이상하다. 그럼 정말로 왼팔만이 아닌 나의 몸 전체가 재구성된 걸까?

나는 나의 과학적 상식으로는 절대 이해 불가능한 현실을 맞이하여 이것을 꿈으로 봐야 할지 인정할 수밖에 없는 진실인지 구별할 수가 없었다.

"딴청 하지 마세요. 어쩔 거예요? 그 여자는 대체 어쩔 거냐고요?"

잠시 생각을 정리하려던 나의 계획과는 무관한 에트나의 필살 멱살 잡고 흔들기에 내 머리가 덜렁거린다.

'이번엔 정말 죽을지도……'

그때였다. 목마의 매끈한 선체 옆면의 3미터 크기의 표면 일부가 금이 가나 싶더니 좌우로 갈라졌다. 드드득 하는 소리를 내면서. 마치 계란이 깨지는 모양을 보는 것 같았다. 그리고 깨어진 틈으로 사다리 모양의 물건이 나와 에트나 앞으로 뻗어왔다. 들어오라는 걸까?

'좋아, 가보자. 가서 만나볼 수밖에.'

나와 에트나는 하얀 목마 '소울테이커'의 내부로 들어가기 위한 첫발을 내디뎠다.

계단을 밟는 감촉이 금속의 그것과는 달랐다. 단단한 돌을 밟는 느낌이었다. 안으로 들어간 나와 에트나는 우주선치고는 매우 넓은 복도를 따라 걸었다. 엄청나게 넓어서 큰 길로만 따라가고 있었다. 그러다 보니 세 개의 갈림길이 나왔다.

"안톤님, 어디로 가야 하죠?"

묻는다고 내가 알 리 없잖아? 그러나 어째서인지 왼쪽 길로 가야 한다는 생각이 들었다. 그냥 찍은 거냐고? 아니다. 이건 자연스럽게 그쪽으로 가는 게 당연하다는 그런 생각이 든 것이다. 왜일까? 이곳은 분명 처음인데 어째서 내부 구조를 알 수 있는 거지? 나는 내가 소울테이커의 복잡한 길을 모두 알고 있다는 사실을 깨닫고 당혹감에 빠졌다.

나는 유전 공학에 의해 태어난 인간이다. 비록 엄마가 있긴 하지만 그것만은 부정할 수 없다. 나를 인간으로 정의해도 괜찮은 것일까 하는 생각도 종종 해왔다. 그러나 이런 문제를 가지고 아무리 고민한다 해도 해답이 나오는 것은 아니니 깊게 생각하지 말자고 언제나 얼버무려 왔다.

그러나 지금 또 하나의 혼란이 찾아왔다. 신의 피조물이 만든 생명체라는 진실에 더하여 정체 불명의 여자에게 다시 재구성된 육체를 갖게 된 것이다. 나는 이제 어떤 이름으로 정의되는 생명체란 말인가?

답을 해줄 수 있는 존재는 내가 이슈타르라고 칭하고 있는 그 하얀 옷의 여자뿐이다. 나는 달리기 시작했다.

'제대로 된 설명을 해주지 않으면 가만두지 않겠어!'

뭐라고 이름 지어야 할지 알 수 없는 감정이다. 정체성의 혼란 속에 점점 인간이라는 존재에서 멀어져 가는 나의 모습, 그리고 이렇게 만든 이슈타르에 대해서 알 수 없는 분노의 감정이 솟구쳐 오른다. 몇 가지 불행한 사건을 겪은 나는 무력한 존재일지 몰라도 누군가의 장난감은 아니다. 어째서 내가 바라지도 않는 일들이 이렇게 계속 일어난단 말인가?

엘리베이터에 도착하자마자 최상층 버튼을 눌렀다. 내 얼굴이 굳어 있는 것을 보며 에트나는 조심스러워졌다. 그녀 역시 혼란스럽겠지. 하지만 그녀의 기분을 헤아려 줄 만한 마음의 여력이 나에겐 남아 있지 않다.

지잉!

자동문이 양 옆으로 열렸다. 나와 에트나는 안으로 들어갔다. 나의 새로 구성된 육체가 가진 정보에 따르면 이곳이 브리지다. 여기서 소울테이커 대부분의 조종이 행해진다. 이슈타르도 분명 여기에 있을 거다. 그렇게 생각하고 나는 서둘러 브리지 내부를 둘러보았다.

상당히 넓은 공간에 5개 정도의 좌석이 놓여 있고 복잡해 보이는 조종 장치들이 벽면에 빼곡하게 자리 잡고 있었지만 큰 키의 이슈타르는 보이지 않는다. 그럴 리가…….

"어디에 있어? 당장 나와!"

그러나 이슈타르는 나타나지 않았다. 대신 저쪽에서 어린 여자 아이의 울음소리가 들려왔다.

여자 아이라고? 미아인가? 무슨 소리야? 이런 곳에서 그럴 리가 없잖아?

나와 에트나는 소리가 나는 쪽으로 다가갔다.

벽의 구석에 5살 정도 되어 보이는 하얀 레이스의 옷을 입은 여자 아이였다. 그녀는 쭈그리고 앉은 채로 울고 있었다.

"넌 대체 누구지?"

"으앙! 마스터 오빠가 화났어! 이슈텔은 잘못한 거 없는데 괜히 나만 미워해! 으아앙!"

뭐냐, 이 전개는?

"자자, 이슈텔이라고 했지? 여기서 뭐 하고 있는 거니? 집은 어디야?"

"홀쩍! 여기가 내 집이야."

에트나의 질문에 이슈텔이라는 여자 아이는 그렇게 말했다. 그녀의 눈동자 색은 파란색이었다. 나에게 광선검을 휘두른 이슈타르와 같은 색깔이다. 설마……?

"그리고 저를 만나게 될 겁니다. 지금의 제 모습이 아닌 지금부터 당신과 함께 성장해 나갈 저의 모습을……."

그 말이 이런 의미였나? 이슈타르가 변한 모습이 이슈텔이라는 이 꼬맹이란 말인가? 그러니까 '저를 부탁해요, 나의 마스터'라고 한 건 아이로 변한 자신을 키워달라는 소리였나? 그럼 앞으로 이 소설의 제목이 바뀌는 건 아닐까? '천재 안톤의 육아 일기'라는 걸로? 곤란한데…….

"혹시 네가 이슈타르니?"

믿기지 않았지만 꼬맹이에게 그렇게 물어보았다.

"아니, 그건 나의 미래의 이름 중 하나야. 지금의 나는 이슈텔이야."

골치가 아파온다. 무슨 소릴 하는지 파악이 되지 않는다.

"네가 할 수 있는 일은 뭔데?"

"소울테이커의 제어 및 관리가 내 일이야, 마스터 오빠."

아무래도 이슈타르가 변한 모습이 이 아이가 맞는 모양이다. 그러니까 이슈텔이라는 이 아이가 성장하면 이슈타르가 된다는 말인가? 아니지… 나는 좀 전에 이슈타르를 만났어. 이건 모순이잖아.

"침입자 접근 중. 명령을 기다립니다."

내가 그녀에게 좀 더 질문을 하려고 할 때 이슈텔이 조금 전과는 달리 감정없는 딱딱한 어조로 말했다. 그리고는 모니터로 밖의 상황을 보여주었다. 베르키엘과 그의 부하인 군인들의 모습이 보인다. 군인 중 몇몇은 휴대용 스팅즈 미사일을 들고 있었다.

'벌써 왔나? 저따위 무기로는 소울테이커를 부술 수 없겠지만 일단 여기를 피하는 게 좋겠다.'

상황에 대한 보고는 벌써 했을 테니 조만간 연방의 전함이 나타날 것이다. 연방 전함의 주포인 메가입자포는 상당한 파괴력을 가지고 있다. 한 방이면 이런 산 따위를 날려 버리는 건 일도 아니다. 재수없으면 이곳에 이대로 생매장될지도 모른다.

"이슈텔, 소울테이커는 발진 가능해?"

"응, 마스터 오빠. 언제라도 말만 해."

이슈텔의 정체 파악은 나중에 하기로 하자. 그런데 이거 어떻게 움직이는 걸까?

쓸데없는 걱정이었다. 필요한 정보가 요구되자 재구성된 나의 뇌에서는 바로 해당 정보가 쏟아져 나왔다. 마치 본능적으로 알고 있다고나 할까? 그런 느낌이다. 본능적으로 조종법을 알고 있는 인간을 뭐라고 정의할 수 있을까? 짐승? 아니면 로봇? 뭐? 금붕어라고? 이 심각한 장면에서 무슨 뚱딴지 같은 소리야?

"코스모 엔진 시동. 중력 제어 장치 작동."

"엔진 시동 모드로 들어갑니다. 토사로 막혀 이대로는 상승 불가능합니다."

쿠쿠쿵 하는 소리와 함께 지하 전체가 울리기 시작한다. 오랫동안의 잠에서 깨어난 소울테이커는 자신의 부활을 기뻐하는 듯 요란하게 흔들렸다.

"바스터 포 준비. 에너지 충전."

"바스터 란처 기동. 에너지 주입을 시작합니다. 광자 써클 회전 개시. 차징 완료. 세부 컨트롤은 자동으로 행해집니다. 발사 명령을 내려주십시오."

내 눈에는 산속 지하 깊이 묻힌 소울테이커의 모습과 더불어 하나의 조준 원이 생겨났다. 조준 원과 조준 선이 하나로 정렬되고 아래쪽에 표시되는 에너지 주입 게이지를 통해 발사 스텐바이 모드로 들어가는 것을 알 수 있었다. 이것은 전에는 없던 나의 육체의 새로운 기능이다. 소울테이커는 이런 식으로 신체 개조가 되지 않은 사람은 조종이 불가능한 배였던 것이다. 이런 배를 움직일 수 있는 몸이 된 것을 기뻐해야 하는 것일까?

"발사!"

나의 말은 소울테이커의 의지가 되어 빛을 뿜어냈다. 전면부에 모인 입자들은 별 모양을 그리면서 맹렬하게 회전을 시작하더니 숨겨둔 힘을 유감없이 쏟아내었다. 직경 1킬로미터의 바스터 빔은 대지를 뚫고 지상으로 힘차게 뻗어나갔다.

"소울테이커. 전진. 속도 20 우주 노트."

"명령 실행. 계기 안정. 침로 확보. 소울테이커 발진합니다."

소울테이커는 바스터 포가 만들어놓은 구멍을 따라 산허리를 뚫고 밤하늘로 날아올랐다. 나의 아지트에 남아 있던 군인과 베르키엘의 생사 따위의 문제는 내가 알 바 아니다.

소울테이커가 날아오른 지 얼마 지나지 않아 아지트는 요란한 산사태와 함께 완전히 묻혔다. 이제는 두 번 다시 갈 수 없는 그런 곳이 되어버렸다. 아까워라. 저기에 쏟아 부은 돈이 얼만데…….

'그건 그렇고, 이제 어떻게 해야 할까?'

일단 탈출에는 성공했지만 무얼 어떻게 해야 할지 감이 오지 않았다. 잠깐 사이에 집도, 가족도, 연구소도 잃어버렸다. 남은 건 내가 만든 에트나와 정체를 알 수 없는 이슈텔이라는 아이뿐이다. 덤으로 소울테이커라는 우주선도 생기기는 했지만……

"마스터 오빠, 어디로 가?"

이슈텔이 동그란 눈으로 나를 바라보며 그렇게 말했다.

뭐, 어떻게 되겠지. 내 천재적인 두뇌가 있는데 별일이야 있으려고.

일단은 외부로 송신한 나의 연구 자료의 회수가 우선이다. 만약의 경우를 대비한 백업 장소로 내가 선택한 곳은 지구 궤도를 돌고 있는 인공위성이다. 특정한 코드를 이용하여 태양계 어디에서라도 다시 재전송받을 수 있다. 문제는 소울테이커의 시스템이 과연 지구의 그것과 호환성이 있느냐는 것이었다. 소울테이커의 기능은 저절로 알게 되었지만 원리까지 파악하고 있는 것은 아니었기에 중요한 문제였다. 소울테이커의 판넬을 들추고 내부 구조를 살펴보았다. 역시 전혀 모르겠다. 조금씩 분해해서 연구하지 않는 이상 이 우주선에 대해서 파악하기란 쉽지 않을 모양이다.

"이슈텔, 지구의 2진 코드를 소울테이커에 저장할 수 있을까?"

"글쎄… 잠시만 기다려 봐, 마스터 오빠."

이슈텔의 몸이 빛나더니 갑자기 사라졌다. 뭐냐, 이건? 결과를 놓고 볼 때 이 현상은 케케묵은 시절부터 현세에 이르기까지 지속적으로 공상 과학 세계를 진동하는 수많은 대포 소리 중의 왕대포 소리 공간 이동인 것 같다. 하지만 그럴 리 없겠지. 과학적으로 절대 불가능해.

모두들 다 알고 있겠지만 공간 이동의 원리는 아주 간단하다. 더 플라이 같은 영화를 봐도 나오지만 이것을 가능하게 하기 위해서는 목표물의 분석이 필요하다. 분석이 끝나면 목표물을 원자 크기까지 잘게 분해하여 비물질화한 후 이것의 이동을 원하는 지점으로 보낸다. 목적지에서는 분석된 데이터에 따라 자잘한 원자들을 결합시켜 다시 원래의 인간을 만들어낸다. 말은 아주 쉽다.

여기서 문제는 인간은 10의 28승 개의 원자로 구성되어 있는데 이것을 모두 정보량으로 변형해야 한다. 60킬로그램 기준의 성인 남자를 순수 에너지로 바꿀 때 발생하는 에너지는 1메가톤급 수소 폭탄 1,000개와 맞먹는다.

이 정도까지 오면 더 이상 공간 이동이 아니다. 인간 폭탄이다. 한 명의 인간이 공간 이동으로 뿅 하고 사라진 순간 그가 사라진 자리에서는 핵폭탄이 폭발하는 대참사가 일어나는 것이다.

인간을 비물질화하는 방법 역시 힘들다. 인간의 몸을 구성하는 원자들은 서로 간에 강한 결합력으로 붙어 있는데 이것을 잘라내야 한다. 이것을 가능하기 위해서는 1조 도 정도의 열량 에너지가 필요한데 태양의 내부 온도가 1,500만~2,000만 도인 걸 감안한다면 엄청난 에너지가 아닐 수 없다.

공간 이동이라는 기술은 불가능의 문제를 떠나서 너무나 큰 에너지 낭비다. 인간으로서는 이런 에너지를 만들 수도 없을 뿐만 아니라 저장할 수조차 없다.

뭐라고? 공간 이동을 쉽게 하는 사람이 있다고? 거짓말 하지 마라. 그런 사람은 존재할 수 없다. 뭐? 텔레포트 스펠? 그게 뭔가? 마법이라고?

무슨 말인지 잘 모르겠다. 뭐? 10서클에 이른 마법사는 텔레포트 스펠을 써서 아무 때나 지구상 어디라도 갈 수 있다고? 대체 마법이란 어떤 기계 장치인가? 기계가 아니라고? 몸뚱이 하나만 가지고 공간 이동을 한다고? 믿을 수 없다. 그건 말도 안 되는 소리다. 정말이라고? 음,

그게 정말이라면 그 마법사라는 사람은 꼭 생포해야 한다. 그는 어쩌면 에너지 고갈의 위기를 극복할 귀중한 자원일지도 모른다.

쓸데없이 텔레포트 스펠을 쓰려고 하면 대가리를 한 대 쳐서 기절시켜라. 공간 이동을 가능케 할 정도의 엄청난 에너지를 낭비하면 안 된다. 이것은 새로운 에너지원이다. 마법사라는 사람을 생포해서 그의 생체 조직을 바탕으로 '마법사 제너레이터'라는 신발전소를 건립하는 거다. 텔레포트가 가능할 정도의 에너지를 가지고 있는 사람 하나만 있으면 지구, 아니, 태양계 전체에 핵 발전소 따위는 더 이상 필요없다. 더구나 밥만 먹이면 언제까지라도 이용 가능하다는 건 정말 매력적이다.

환경 오염이란 문제도 전혀 없다. 밥을 많이 먹이면 방귀를 좀 뀔지는 모르지만 그 정도는 애교로 봐주도록 하자. 이것은 정말 혁명이다. 마법사라는 사람을 포획하면 인류는 에너지 자원의 부족이라는 고민에서 해방될 수 있다. 인류의 오랜 숙원인 무한 에너지도 꿈이 아니다.

혹시 아는 마법사가 있으면 바로 제보해 주기 바란다. 내가 즉시 달려가서 전기 뱀장어를 능가하는 그 사람의 생체 발전 시스템에 대해 정밀한 해부를 통해 분석해 보도록 하겠다. 이것은 인류의 공영 발전을 위한 시대의 대세이니 마법사를 찾는 데 협조해 주길 바라 마지않는 바이다.

"대강 지구의 기술을 살펴봤는데 변환 프로그램을 하나 짜면 가능할 거 같아. 잠깐만 기다려 봐."

다시 빛과 함께 나타난 이슈텔이 말했다. 역시 공간 이동? 아니겠지… 이건 거울의 굴절률을 이용한 단순한 속임수다. 천재 과학자인 내 생각이니 틀림없다. 결론 끝.

그건 그렇고 변환 프로그램이라……. 말은 쉽지만 이걸 짜려면 타깃과 목표물의 구조를 모두 알고 있어야 한다. 나는 아직 소울테이커의 정보 처리 방식에 대해서 아는 바가 없다. 곤란한데…….

그러나 이슈텔은 별 걱정이 없나 보다. 그녀가 손을 펼치자 컴퓨터 키보드같이 생긴 수많은 빛의 판들이 생겨나기 시작했다. 약 50개 정도가 되자 이슈텔은 눈을 감았다. 타타타닥 하는 소리가 나면서 판들에 붙어 있는 커서가 딸각거린다. 저것은 프로그래밍인가? 나라도 저런 건 불가능해. 더구나 키보드를 만들어내다니…….

"완성. 마스터 오빠, 나 잘했지?"

뭐가 끝났는지는 몰라도 이슈텔은 키보드들을 돌려보내고 내 앞에서 깝죽거리고 있었다.

"그, 그래? 그럼 TRY—37—9와 연결해 줄래?"

"검색. 추적. 발견. 연결. 연결 완료. 원시적 수준의 보안 장치 발견. 통과. 자료를 가져옵니다. 자료 코드 변형. 변형 완료. 저장 중. 저장 완료."

뭐라고? 원시적 수준의 보안 장치라고? 내가 얼마나 고심해서 만든 방어벽인데 원시적이라고? 그리고 침입도 아니고 그냥 통과했다고?

자존심 무너지네.

"마스터 오빠, 끝났어. 다 가져왔으니 살펴봐."

"으, 응."

정신적인 충격을 받아 몽롱한 가운데 자료를 살펴보았다. 빠짐없이 다 와 있었다. 이걸로 일단 자존심은 꽉 상했지만 연구 자료는 챙겨가게 되었다. 연구 자료 외에 지금까지 내가 수집한 인류의 역사, 상식,

문학, 정치 등에 대한 자료가 빽빽하게 실려 있다. 뭐라고? 야한 사진은 없냐고? 하하하, 나를 어떻게 보고. 흠흠, 당연히 있다. 그건 극비 삽화라는 폴더에 숨겨서… 억! 어디 갔어? 내가 그동안 열심히 모아놓은 5,000기가바이트에 달하는 방대한 내 보물이 안 보이네? 으악!

"이슈텔, 저기… 자료 전송은 다 끝난 거야?"

"응."

"혹시 뭔가 빼먹은 건 없어?"

"빠진 자료가 있어? 어떤 자료인데?"

윽! 그렇게 물어보면 뭐라고 말해야 하나? 그러니까 음… 최초의 낙원이라 불리우는 에덴에서의 여자들의 삶에 대한 연구를 위한 자료가 안 보인다고 하면 이해하지 못할 것 같고, 자세히 설명하기는 좀 거시기 하고… 고민되네…….

그때 소울테이커 내부를 돌아다니던 에트나가 들어왔다.

"안톤님, 이 배 무지 크네요. 실내 수영장까지 있어요."

"응, 그래?"

나는 에트나의 말을 건성으로 넘겼다. 지금은 그런 게 중요한 게 아니라고.

"어떤 거냐면 말이지? 일종의 사진이라고나 할까? 뭐, 그런 건데…….."

"아, 그거? 잘못 가져온 건 줄 알고 지웠는데 마스터 오빠가 모은 거였어?"

"응, 남자의 로망이라고나 할까? 뭐, 그런 거야. 다시 복구해 주라."

그러나 눈치 빠른 에트나가 그 소리를 듣고 재빨리 나에게 다가왔다.

"안톤님! 또 이상한 사진 모았군요? 누구이 말했죠? 야한 건 안 돼요!"

"하, 하지만……."

째려보는 에트나 때문에 결국 지금은 포기하기로 했다. 뭐, 맘만 먹으면 언제라도 다시 모을 수 있긴 하다. 문제는 사진에 나오는 피사체의 질을 판별하기 위해 선별을 다시 해야 한다는 건데… 아, 끔찍해라. 모아보신 분은 다 아시겠지만 사람마다 다 취향이 다르기 때문에 선별 작업은 본인이 해야 한다. 1,000장 중 1장 정도 건지면 성공일 정도로 엄격한 심사가 필요하기 때문에 5,000기가라는 방대한 양을 모으기 위해 내가 얼마나 많은 노력을 했는지 다들 아시리라 믿는다. 이렇게 중요한 자료이긴 하지만 목숨이 더 소중하니까 어쩔 수 없다. 언제부터 내가 이렇게 잡혀 살았을까? 에효~

"6시 방향에서 접근하는 질량 반응. 이쪽을 향하고 있습니다."

"모니터로 비춰줘."

전방 모니터를 바라보니 지구 연방의 순양함이다. 지구 경찰 조직 정도가 아니라 연방 우주군까지 크로노스의 손아귀에 있는 건가?

"데이터 분석. 적전함의 제원 및 무기 체계에 대한 상세한 정보를 원한다."

"찾고 있습니다. 나왔습니다. 우주력 198년에 개발된 타이탄 급 7번 함 율리시스입니다. 길이 230미터. 무기 메가입자포 2문. 레일 건 5문. 타이거 우주 수폭 미사일 25기 적제. 최대 속도 12우주 노트."

그동안 모아놓은 방대한 나의 전함에 대한 데이터베이스를 참조하여 이슈텔이 그렇게 말했다.

골치 아프네. 아직 소울테이커의 무기 체계에 대한 확실한 개념이 없는데 전투를 벌일 수 있을까? 율리시스라면 우주 해적을 상대로 엄청난 전과를 올려서 유명한 함선이다. 그 인기에 힘입어 꾸준한 개량을 거쳐 왔기 때문에 오래된 배라고 해서 만만하게 볼 수는 없다.

"통신 들어옵니다."

"연결해."

잠시 싸울지 도망갈지 망설이던 나는 율리시스에서 온 통신 내용을 듣고 결정하기로 했다. 곧 이어 3차원 스크린에 지구 모양의 심벌 3개가 달려 있는 모자를 쓴 사람이 나타났다. 저것은 연방 우주군의 대령을 표시하는 마크다. 정해진 것은 아니지만 대령이 함장이 되는 것이 연방 우주군의 관례다.

사내는 50대 정도는 되어 보이는 얼굴인데 네모난 콧수염이 인중에 딱 붙어 있는 모양이 히틀러와 많이 닮아 보였다. 찰리 채플린과 닮았다고 해도 별 상관은 없다. 사실 나는 그 둘의 얼굴을 구별할 수 없다. 그놈이 그놈 같다. 그 당시의 역사 자료가 흑백이라 그런 건지도 모른다. 뭐, 남자의 얼굴 따위야 아무려면 어때?

—여기는 연방 우주군 제7함대 소속 율리시스 호. 함장 직을 맡고 있는 찰리 브라운 대령이다.

찰리 브라운? 왠지 강아지를 키우고 있는 사람 같다는 생각이 드는 이유가 뭘까?

—즉시 투항할 것을 명한다. 불응 시에는 격침시키겠다.

간단명료해서 좋네. 그러고 싶은 마음은 전혀 없지만 일단은 정보 수집이 중요하다.

"이유를 물어봐도 되겠습니까?"

—안톤 브라이언, 마약 판매, 유부녀 강간 5회, 살인 3회, 절도 7회,

연방의 신형함 탈취. 이런 파렴치한 짓을 하고도 그런 말이 나오는 건 가?

뭐냐, 저 요상한 죄목들은? 살인이나 절도는 뒤집어씌웠다고 해도 강간은 왜 나오냐고? 누명을 씌우려면 좀 멋있는 걸로 해줄 것이지. 쩝, 스타일 구겨진다.

"저기, 아저씨, 다른 건 몰라도 이 몸으로 강간은 좀… 무리가 아닐 까요?"

―부인하지 마라. 요즘 애들은 발육이 좋으니 가능할 거다. 나를 속이려고 해도 소용없다.

이거 곤란하네. 저 브라운 함장은 아무래도 어릴 적에 무척 조숙했나 보다. 자기 경험에 의거해서 나도 가능할 거라고 확신하는 모양인데 나는 정말로 불가능하다니깐.

"뭐라고 하셔도 이쪽도 사정이라는 게 있으니까요. 투항은 못하겠네요."

―좋다. 나도 너 같은 흉악범이 순순히 항복하리라곤 생각지 않는다. 율리시스 함의 힘을 보여주마.

"열심히 하세요. 이슈텔, 통신 종료."

팟 하고 채플린, 아니, 찰리 브라운 함장의 영상은 사라졌다. 흉악범이라는 소리까지 들었으니 그에 걸맞는 행동을 해야겠지. 도망은 관두자. 소울테이커의 성능 실험을 위해 한판 뛰어주지. 나는 율리시스와 대결해 보기로 했다. 어차피 언젠가는 싸워야 한다. 태양계 내에 숨든지 태양계 외로 나가든지 연방의 전함과의 전투는 피할 수 없다. 그렇다면 1 : 1인 이 상황에서 대처 방법을 터득해 두는 것도 좋겠지.

"에트나, 방어 장비 쪽 제어를 맡아라. 이슈텔, 소울테이커 공격 시스템 발동."

"전투를 위한 보조 전원 작동. 에우로파. 이시스. 토올. 봉인 해제. 사이 실드 제너레이터 가동 준비. 시스템 체크. 올 그린. 언제라도 좋습니다."

저쪽에서 걸어온 싸움이다. 최대한 정중하게 받아주지 않으면 안 되겠지.

"적함에게 락온되었습니다. 율리시스 사일로에서 미사일로 예상되는 고주파 감지."

처음에는 미사일인가? 이 시대의 미사일은 20세기 것과는 조금 다르다. 20세기의 전쟁은 지면에서 발사하는 식이었지만 우주에서는 이렇게는 안 된다. 미사일이 앞으로 나아가기 위해서 뒤로 뿜어내는 힘은 고스란히 우주선의 몫이다. 충격 흡수를 위해 소중한 에너지를 낭비한다는 것은 바보 같은 짓이다. 이 해결책으로 나온 것은 전함의 사일로에서 엘리베이터를 이용한 강제 사출. 중력이 없기 때문에 일단 엘리베이터에서 튕겨 나온 미사일은 계속 같은 방향으로 나아간다. 이 것을 원격으로 점화시켜 목표물로 날려 보내는 식이다. 정밀하게 제어되는 유도 방식이기 때문에 무척 까다로운 상대다.

빔 병기는 빠르기는 하지만 상대 전함의 주포가 향하는 방향을 파악할 수만 있다면 어느 정도의 회피가 가능하다. 하지만 미사일만큼은 이쪽에서 대응 사격으로 격추하는 수밖엔 없다.

"대 미사일 방어 태세. 에트나, 방해 전파 발신기 가동."

"저기, 그거 어디에 붙어 있는 거죠?"

윽! 에트나한테 방어 무기를 맡으라고는 했지만 그녀가 사용법을 모른다는 것을 깜빡했다. 천재의 머리 속에는 들은 게 많기 때문에 이런 일이 종종 있을 수도 있긴 하다.

"이슈텔, 간단한 매뉴얼이라도 하나 프린트해서 에트나한테 주도록 해."

"알았어, 마스터 오빠."

나는 상황에 따른 배의 조향을 위해 바쁘고 이슈텔은 나의 명령을 수행하기 위해 바쁘다. 이 배는 2명이 완벽하게 움직이기에는 너무 크다. 별수없이 에트나의 힘이 필요하다. 뭐, 옛날 애니메이션을 보니까 '암으로 다이' 라는 인간―이름으로 봐서 아마 폐암이나 간암으로 죽은 사람인 모양이다―도 잠깐 설명서 보고 RX―78 홍담―홍삼이 아닌 게 다행이다. 옛날 애니메이션 감독들의 이름 짓는 센스는 무척 특이하다―을 몰았다더라. 에트나의 두뇌도 좋은 편이니까 잘해내겠지.

이슈텔한테 매뉴얼을 받아 쥔 에트나가 그것을 읽고 있는 것을 보면서 나는 다시 전투 모드로 돌아왔다.

"타이거 미사일 총 5기. 가속을 시작합니다. 이쪽을 향하고 있습니다."

"에트나, 하이퍼 발칸으로 미사일 요격."

"넵."

"소울테이커 22우주 노트로 속도 상승. 회피 기동에 들어간다."

"1, 2번 엔진 출력 상승. 자동 회피 모드로 전환합니다."

투투투투 하는 발사음을 기대했지만 우주 공간에서는 공기가 없기 때문에 아무런 소리도 없이 에트나가 발사하는 발칸의 빛만 보였다.

"상황 보고."

"1번, 2번 미사일 격추. 3, 4, 5번 침로 변경없이 접근 계속합니다."

미사일의 속도가 빠르다 보니 간단히 요격하기는 어렵다. 이런 식으로 도망 다니면서 조금이라도 더 시간을 벌어야 한다. 지그재그로 움직이면서 미사일을 교란시키기 위한 기동을 하고 있는 소울테이커를 율리시스 함의 주포인 메가입자포가 노린다. 소울테이커의 브리지 옆을 지나가는 빔의 궤적이 선명하게 보였다.

'이거 장난이 아닌데?

메가입자포의 파괴력은 확산형이 아닌 압축형이다. 광범위한 타격을 주지는 못하지만 맞은 부위는 확실하게 박살 내준다. 그렇게 들었다. 소울테이커의 장갑이 어느 정도의 성능인지는 몰라도 시험 삼아 맞아줄 생각은 없다.

"적전함의 이동 예상 코스를 아이 모니터에 출력."

"계산 중. 결과 출력합니다."

아이 모니터는 내 눈에 직접 출력되는 정보다. 밖의 상황은 내부 모니터로 알 수 있지만 세밀한 상황은 이런 식으로 파악하는 것이 효과적이다.

출력된 정보를 통해 대강의 이동 패턴을 파악하고 나니 메가입자포를 피하는 것은 어렵지 않았다. 문제는 소울테이커의 꼬리를 따라오는 타이거 미사일이다. 수소 폭탄을 소형화시킨 녀석이라 맞으면 꽤 아플 것이다.

"기만체 A—1부터 A—5까지 사출."

"압축 수소 주입. 기만체 발사합니다."

기만체는 원래 약간의 금속이 포함된 고무 풍선 같은 녀석이다. 일단 밖으로 나가면 주입되는 기체의 압력에 의해 전함만한 크기로 커진다. 근래의 미사일은 목표물의 형태를 좌표로 파악하여 추격하는 방식이니까 효과가 있을 것이다.

"3번 미사일 기만체를 따라갑니다. 4, 5번은 변함없이 본 함을 따라옵니다."

"제길! 에트나, 잘 좀 맞춰봐."

"첨 해보는 거라 잘 안 돼요. 정신 헷갈리니까 떠들지 말아욧!"

"네."

에트나한테 혼났다. 그녀도 매뉴얼을 보면서 조작하려니 쉽지 않은 모양이다. 집중하고 있을 때 말 걸면 혼나는 게 당연하지. 아니지… 내가 함장인데 왜 그런 소릴 들어야 하는 거야? '이걸 그냥 확' 이라고 생각은 했지만 언제부터인가 에트나한테 주도권을 빼앗기기 시작한 나는 아무런 소리도 못했다. 남자는 연약한 동물이라고. 흑흑!

"4, 5번 미사일 본 함에 근접합니다. 거리 500킬로미터. 30초 후에 명중합니다."

"방향 전환해서 바스터 란쳐로 요격에 성공할 가능성은?"

"없습니다. 지금 준비하면 제 시간에 맞출 수 없습니다."

곤란한데… 주포인 바스터 란쳐의 위력은 믿을 만하지만 필요한 에너지 충전에 제법 시간이 많이 걸리는 단점이 있다. 상대방이 칼 들고 따라오는데 총 손질한다고 기름 칠이나 하고 있을 수는 없다.

"쏘울베리어 후방 방어로 전개."

"쏘울베리어 일부 방어 모드로 전개 시작합니다."

나는 실드 따위는 믿지 않는다. 아직 소울테이커의 베리어의 원리를 파악하지는 못했기 때문에 이런 것을 믿고 돌진한다는 것은 무모한 일이다. 더구나 베리어라는 게 있다고 해도 과연 미사일에도 효과가 있을까? 빔 무기라면 베리어를 이루는 소립자를 최대한 회전시키는 것으로 그 에너지를 상쇄할 수 있을지도 모른다. 하지만 미사일은 조금 다르다. 적의 미사일이 아주 느린 마하 8.5정도로 돌진한다고 치자. 미사일마다 성능과 위력이 다른데 이것을 몸으로 때운다는 식은 조금 무리다. 따라서 미사일이 베리어를 뚫고 우주선 본체에 명중하기 전에 녹여야 한다. 그런데 만약 베리어가 100만 도의 고열을 내고 두께가 1미터라고 한다면 마하 8.5로 돌진하는 미사일이 이것을 통과하는 데 걸리는 시간은 0.0003458초가 걸린다. 이 짧은 시간 동안 100만 도의 열을 내는 베리어가 미사일을 녹일 수 있는 양은 1밀리미터 정도에 불과하다. 이 정도 녹여서는 미사일의 성능에 아무런 영향도 주지 않는다. 사포로 미사일 표면 좀 문지른다고 폭발하는 건 아니지 않은가?

'그래도 없는 것보다는 낫겠지.'

이런 생각으로 쳐 놨을 뿐이다.

"5번 미사일 요격 성공. 4번 미사일 1킬로미터 후방까지 접근."

"소울테이커 최대 속도로 수직 상승."

제길! 믿을 건 베리어뿐인가? 소울테이커가 방향을 바꿨지만 미사일을 따돌리지는 못했다.

쾅!

극심한 충격이 함을 뒤흔든다. 더구나 율리시스 함의 메가입자포 포문이 이쪽을 향하고 있다. 이대로 공격 한번 못해보고 끝나는 건가? 그럴 수는 없지.

"이슈텔, 피해 보고."

"쏘울베리어 출력 5% 저하. 그 외 모든 계기 올 그린. 다른 이상 발견되지 않습니다."

정말이냐? 물리학적으로는 전혀 이해할 수 없지만 소울테이커의 베리어는 미사일 정도로는 끄떡없는 모양이다. 음하하하! 역시 천재님의 앞길을 막을 것은 아무것도 없군.

"좋았어. 반격이다. 쏘울베리어 전방에 전개. 율리시스 함을 향해 돌진한다."

"쏘울베리어 후방에서 전방으로 모드 변경. 주 엔진 출력 20% 상승."

미사일에 맞고도 멀쩡한 소울테이커를 향해 메가입자포가 연사되었지만 쏘울베리어는 그것을 가볍게 튕겨내었다. 미사일은 폭발이 있지만 빔 무기는 고열로 상대를 녹이는 방식이기 때문에 충격은 적었다.

"에우로파, 이시스, 토울 모두 에너지 주입. 충전이 끝나는 대로 무차별 포격 개시."

"자동 타깃 모드 작동. 사격에 들어갑니다."

"에트나, 발칸으로 혹시 있을지 모를 적의 미사일 발사를 막아라. 사일로를 노려서 집중 공격."

"롸저."

이미 일방적인 싸움이다. 상대는 이쪽을 어떻게 해볼 수 없지만 이쪽에서는 얼마든지 가능하다. 쏘울베리어가 이 정도로 유용한 줄 알았다면 진작 끝났을 전투다. 차례로 불을 뿜는 소울테이커의 빔 병기들에 율리시스 함은 천천히 녹아내리고 있다. 소울테이커의 성능이 맘에 든다. 이 정도 능력의 배라면 연방의 전함들이 몽땅 달려나와도 무섭지 않을 것이다.

"통신 들어옵니다. 율리시스 함의 찰리 브라운 함장입니다."

"연결해."

곧 브라운 함장의 모습이 나타났다. 그의 뒤로 분주하게 왔다 갔다 하는 사람들도 보였다. 소화기나 방화 모포 등을 들고 다니는 것으로 보아 불을 끄느라 바쁜 모양이다. 브라운 함장은 이마에서 흘리는 땀을 닦으며 말했다.

—자네가 훔친 전함이 이 정도일 줄은 몰랐군. 어서 끝장을 내게나. 나는 연방의 군인으로서 명예롭게 죽겠네. 나의 배 율리시스와 함께. 음악 틀어.

뭐냐? 웬 애국가? 연방의 애국가 '별들의 고향 지구'의 딱딱한 멜로디가 스피커에서 흘러나왔다. 웃기는 사람이군.

브라운 함장이 경례를 하고 있는 동안 뒤에 선 다른 사람들이 한숨을 푹푹 쉬고 있는 게 보였다. 아무래도 이 사람은 전투 중에 전사하기를 바라는 모양이다. 아마 어디서 빚이라도 몽땅 지고 있는 건 아닐까? 요즘 카드 빚을 못 갚아서 파산하는 사람이 많다던데. 아니면 보험금을 노린 의도적인 자살을 하고 싶은 건지도 모른다. 아무래도 그냥 가는 게 좋겠다. 함장은 몰라도 다른 사람들의 생각은 다른 것 같다.

생명은 소중한 것이고 어쩌고 하는 윤리관에는 별로 관심이 없다. 어차피 인간은 자신이 살기 위해 다른 동물들을 죽인다. 그러면서 인간들 사이의 살인은 무슨 커다란 죄나 되는 듯이 터부시한다. 사적 원한이나 금품을 얻기 위해 행해진 살인에는 도덕이라는 잣대를 들이대지만 큰 집단의 분쟁이 되면 정의라는 이름으로 정당화한다. 나는 이런 것들이 싫다. 하지만 별 의미도 없는 살인은 즐기지 않는다. 찜찜하니까. 단지 그런 이유다.

"그냥 가렵니다. 이쪽에서 연방에 구조 신호를 보내도록 하죠. 그럼 안녕."

브라운 함장이 당황한 얼굴로 뭐라고 말하려고 했지만 얼른 통신을 끊었다. 그는 죄가 없다. 모든 것은 크로노스가 행한 것이다. 브라운 함장은 단지 명령에 충실했을 뿐이다. 그런 상대에게 화풀이할 생각은 없다. 내버려 두자.

"이슈텔, 이 공역에서 벗어난다. 엔진 전속. 명왕성으로 향한다."

"속도 35우주 노트. 코스는 명왕성. 실행합니다."

소울테이커는 반파된 율리시스 호를 뒤로하고 명왕성을 향해 기수를 돌렸다. 이제는 차분히 생각해 봐야겠다. 연방은 500척의 전함으로 구성된 우주 함대를 보유하고 있다. 초기에는 해적 소탕을 위한 치안 유지군 수준이었지만 몇몇 유인 행성에서의 반란이 있은 후 비약적으로 성장했다.

사회가 복잡해지면서 개인이 추구하는 가치관은 다양해졌고 이와 비례적으로 연방의 노선에 반기를 드는 세력도 늘어났다. 대부분의 사회가 그렇지만 권력의 정당성이 의심받는 정치 체제 하에서의 군대는 체제 유지를 위해 존재하는 경우가 많다.

연방도 그런 경우다. 쓸데없이 많은 연방 우주군으로 인해 적어도 무력 반란이 일어날 가능성만큼은 확실하게 줄였다. 하지만 군대는 결국 순수한 소비 집단. 전쟁이 없는 한 군대라는 존재는 자원을 낭비하는 존재에 불과하다. 군비의 증가는 잉여 자원을 소진하고 이로 인해 잉여 자원이 부족해진 국가는 예상치 못한 재난이 발생했을 때 쓸 재원이 없기 때문에 혼란을 극복하지 못하고 망하는 경우가 많다. 지구 연방은 지금 파멸의 길을 걷고 있는 것인지도 모른다. 그러나 내가 신경 쓸 일은 아니다. 나에게 그런 일들을 걱정해야 할 의무 따위는 없다.

"마스터 오빠, 배고파."

잠시 연방에 대한 생각을 하고 있던 나는 바지를 당기는 손길에 정신이 들었다. 그러고 보니 하루 종일 아무것도 먹지 못했다.

"안톤님, 저도 배고파요."

에트나도 그렇게 말했다. 자, 그럼 뭘 먹을까? 소울테이커의 내부에는 오랜 우주 여행 동안 자체적으로 식량을 자족하기 위한 인공 식량 배양소가 있다. 뭐, 본 적은 없지만 새로 재구성된 나의 두뇌는 그렇게 말하고 있다. 일단 거기로 가보자.

"자, 다들 밥이나 먹으러 가자."

브리지 아래에 위치한 인공 식량 배양소를 찾아 내려간 우리들은 신비의 전함 소울테이커에서 먹을 첫 식사를 기대하고 있었다. 그러나 문을 열고 들어간 그곳에서 본 것은……

"이, 이게 뭐냐?"

수많은 비커와 시험관, 그리고 많은 동물 세포의 증식을 위한 배양기들이 수북하게 쌓여 있었지만 모두 비어 있었다. 아무것도 없다. 이럴 수가……

"소울테이커가 너무 오랫동안 봉인되어 있는 바람에 보관하고 있던 식물과 동물 세포들이 다 썩었나 봐."

소울테이커는 기계라 세월이 흘러도 변하지 않았지만 그냥 방치된 생명체들은 그렇지 않았나 보다. 모두 썩어서 사라지고 이제는 빈 그릇이 되어버린 것이다. 그럼 우린 뭘 먹고 살란 말이야?

"걱정하지 마, 마스터 오빠. 보관된 액체 식량이 있어."

"정말이냐?"

"당장 안내해 줘, 이슈텔!"

다행이다. 그래도 굶어 죽으라는 법은 없구나. 보관 식량이라면 건

빵 같은 걸 말하는 건가? 아니면 라면이라도? 별로 취향은 아니지만 배고픈데 이것저것 가릴 수는 없는 노릇이다. 일단은 그거라도 먹고 살아야지.

"여기야."

이슈텔이 안내한 곳은 인공 식량 배양소 옆에 위치한 창고였다. 냉장고도 아니고 그냥 박스로 쌓아둔, 뭔가 위생상 믿음직하지 못한 먼지 구덩이 속에서 뒤적거리던 이슈텔은 이윽고 작은 칫솔 모양의 물건과 튜브 모양의 물건을 들고 나왔다. 밥 먹기 전에 이빨 닦으라는 건가?

"자, 이걸 짜서……."

이슈텔은 칫솔에 치약 비슷한 것을 짜더니 그것을 입에 집어넣고 이빨을 닦기 시작했다. 배고파 죽겠는데 이 녀석이 무슨 짓을 하는지 알 수 없었던 나와 에트나는 그런 이슈텔을 멍청하게 바라보았다. 어느 정도 솔질이 끝난 이슈텔은 옆의 수도에서 물을 한 잔 따르더니 그것을 그냥 마셨다.

"이렇게 하는 거야."

"저기 말이지, 칫솔질은 나도 할 줄 아니까 어서 먹을 걸 내놔."

"이게 식량이야."

"무슨 소리야?"

"그러니까 이건 액체 젤리에 온갖 영양분을 가루 형태로 첨가한 영양식으로서 이렇게 푸드 브러쉬에 짜서 입 안에 넣고 솔질을 해서 얇게 펴준 후 물과 함께 삼키는 거야."

나와 에트나는 이 황당한 소리에 서로를 바라보았다.

"농담이지?"

"아니, 정말인데?"

이런 건 음식이 아니야. 음식이란 건 접시 가득 담아서 맛과 향을 음미하며 먹는 거란 말이야. 대체 봉인되기 전의 소울테이커 주인은 어떤 놈이었기래 이딴 걸 먹고 산 거야?

"다른 건 없냐?"

"응."

얼빠진 표정으로 이슈텔을 바라보던 나와 에트나의 눈이 마주쳤다. 나의 눈동자가 위를 향하자 에트나 역시 동의를 표했다. 급하다.

"잠깐, 마스터 오빠! 배고프다면서?"

브리지를 향해 달려가는 나와 에트나의 뒤에서 이슈텔이 그렇게 소리쳤지만 멈추지 않았다. 더 늦으면 곤란하다. 브리지에 도착했다. 아직은 시간이 있다.

"지금부터 소울테이커의 명칭은 잠시 푸드 테이커로 전환한다. 전속 발진."

이슈텔이 의아한 눈으로 바라봤지만 식욕에 눈이 먼 두 짐승(?)은 다른 생각을 할 여력이 없었다.

"어디로 가는데?"

"율리시스 함으로 간다! 최대한 많이 털어오자."

"먹을 걸 내놔라, 율리시스! 다 먹어주겠다."

미친 듯한 속도로 한걸음에 날아간 푸드 테이커는 전함으로서의 기능을 상실한 율리시스에게 접근했다. 이미 눈에 뵈는 게 없다. 식량을 내놓지 않으면 다 죽여주겠다.

"이슈텔, 율리시스에게 통신 연결해."

"응, 마스터 오빠."

잠시 기다리자 율리시스에 연결되었다. 브라운 함장은 함 내에 발생한 화재 진화에 바쁜지 남자 승무원이 대답했다.

―여기는 지구 연방군 소속 율리시스, 용건을 말하십시오.

"먹을 걸 내놔!"

―무슨 소리신지?

"당장 가진 식량을 다 내놓지 않으면 격침시키겠다. 에트나, 위협 사격 시작해."

"넵."

먹을 것을 받기 전에 율리시스 호가 격침되면 곤란하다. 그래서 일단은 하이퍼 발칸으로 협박하기로 했다. 투다다다 하고 나가는 발칸에 율리시스 호는 다시 누더기로 변해갔다.

"호호호홋! 고기를 내놔랏! 고기! 고기! 고기!"

맛이 완전히 가버린 에트나가 알 수 없는 절규와 함께 사격을 가하자 남자 승무원은 완전히 쫄아버렸다. 밥 굶은 에트나는 저렇게 폭주할 수도 있나 보다. 앞으로 잘 먹여야겠다.

―잠깐 기다려. 함장님을 불러오겠다.

다시 시작된 사격으로 놀란 찰리 브라운 함장이 헐레벌떡 달려왔다. 함장의 상징인 베레모가 보이지 않는 걸 보니 급하게 오다가 어디선가 떨어뜨린 모양이다.

―요, 용건이 뭔가? 갔다가 다시 돌아오다니!

"닥치고 가지고 있는 모든 먹을 거리를 다 내놓으쇼. 안 그럼 재미없슴다."

―네 이놈! 감히 군용 물자를 훔쳐 가겠다는 거냐?

"배고픈데 시간 끌지 마쇼. 이쪽도 지금 심각하단 말입니다."

내장에서 밥, 밥 하고 외치는 소리가 들려온다. 으, 참을성에 한계가…….

—함장님, 그냥 줘서 보내죠?

—무슨 소린가? 연방의 인기 스타 율리시스 호가 이런 흉악범들에게 식량까지 제공했다는 소문이라도 나보게. 그게 무슨 망신인가?

—저기, 밥 안 줬다가 뒤지게 두들겨 맞았다는 소문보단 나아 보이는데요.

저쪽 동네에서는 어떤 것이 더 불명예인가 하는 문제에 대해 심각하게 토론을 하고 있는 모양이다. 배고픈 사람 놔두고 뭣들 하는 거야?

"빨리들 하쇼. 이쪽의 참을성도 한계가 있단 말임다."

—으음, 별수없군. 좋아, 컨테이너에 실어서 밖으로 보낼 테니 가져가도록 하게.

"진작 그럴 것이지."

결국 협박에 굴복한 율리시스 호는 식량을 실은 컨테이너를 소울테이커로 보내기로 결정했다. 자력 밧줄이 발사되어 소울테이커에 단단히 고정되자 밧줄을 타고 컨테이너가 소울테이커로 들어왔다. 함 내부에 컨테이너를 적재한 후 X레이를 통해 수작을 부린 흔적이 없는지 면밀하게 확인한 후 소울테이커는 율리시스 호에게 작별을 고했다.

"밥 떨어지면 또 올게요. 아듀~"

—다시는 오지 마!

자, 그럼 율리시스 호가 기꺼이 선물한 음식물들을 확인해 볼까나?

뭐냐, 이건?

라면 5박스, 컵라면 22박스, 건빵 7박스, 군용 레토르트 식량 9박스, 길러 먹는 재배용 콩나물 1톤, 말린 오징어 700마리, 맛스타—딸기, 오렌지, 포도 맛 종류 별로—12상자, 압축 건조 푸성귀 500킬로그램, 기타 조미료, 햄버거 세트 200인분, 소시지 3톤, 쌀 500가마니, 그 외에 함내 자체 재배용 씨앗 등이 들어 있었다.

예나 지금이나 군대 밥은 형편없군. 그 흔한 돼지고기 하나 안 보이는군. 맛스타라… 20세기에 한국이라는 나라의 군대에서만 존재하는 어둠의 음료 브랜드. 아직까지 생산되고 있다니 무섭다. 색소가 너무 많이 들어 있어 건강에 안 좋다고 하던데…….

"쩝쩝! 안톤님은… 꿀꺽… 안 드세요?"

에트나가 생라면을 뜯어 먹으면서 그렇게 물었다. 어휴, 우주 세기에 이르러서까지 생라면을 먹는 불쌍한 식생활이라니… 하지만 조리하지 않고 먹을 만한 건 그것뿐이었다. 일단 이거라도 먹고 허기를 면하자.

그렇게 생각하고 닭고기 맛 스프 봉지를 뜯어 살살 뿌린 후 생라면을 깨물어 먹기 시작했다. 시장이 반찬이라고 그런대로 먹을 만하네.

"정체 불명의 전함 접근 중. 마스터 오빠, 빨리 브리지로 와줘."

이런, 밥 먹을 틈도 안 주다니… 그런데 정체 불명이라니? 연방의 전함에 대한 자료는 모두 모아놨을 텐데?

서둘러 브리지로 올라갔다. 한 손에는 라면땅, 한 손에는 오징어를 들고서.

"모니터에… 음냐, 화면 출력해 봐."

군용 오징어라 질긴가? 왜 이렇게 안 끊어져?

화면에 소속 불명의 전함이 나왔다. 저건 소울테이커와 비슷한 모양이잖아? 다만 색깔이 붉은색인 것이 달랐다. 자세히 보니 후미 날개 부분도 많이 다르다. 소울테이커는 쭉 뻗은 모양인데 저 배는 옆으로 구부러져 있다.

설마 소울테이커와 동급의 전함인가?

"통신 들어옵니다."

"연결해."

화면이 전환되고 붉은 전함에 탑승한 자의 모습이 나타났다. 저 녀석은……?

"베르키엘, 살아 있었냐?"

─네놈 따위에게 죽을 내가 아니다.

분명히 암매장되어 버린 줄 알았던 베르키엘이 살아 있다. 어떻게?

"호오~ 뭐 하러 온 거냐?"

─너, 안톤 브라이언을 죽이기 위해서.

"소울테이커가 율리시스 호를 박살 낸 걸 알고 있겠지? 지구의 전함으로는 나를 이길 수 없을걸?"

─그럴 테지. 하지만 형제 함인 이 데이모스라면 이야기가 다르지.

"데이모스?"

형제 함이라고? 대체 소울테이커라는 배는 어떤 내력을 가지고 있는 걸까? 그리고 저 데이모스라는 배의 능력은?

─모르고 있나 보군. 네가 타고 있는 소울테이커와 이 데이모스는 같은 이성인이 만든 배다. 기본 성능은 비슷하겠지만 너는 나를 이길 수 없어.

"어째서지?"

자신만만한 표정으로 말하는 베르키엘의 표정에 왠지 불안하다.

─이런 형태의 배, 즉 언 노운 쉽들이 몇 대나 존재하는지는 모른다. 그러나 한 가지 특징이 있지. 바로 주인과 함께 성장해 나간다는 거다.

우리 크로노스가 이 배를 발견한 것은 1년 전, 네가 소울테이커를 발견하고 탑승한 것은 불과 하룻밤이다. 꾸준히 키워온 데이모스를 이길 수는 없다.

왜 이런 식으로 만들어둔 거야? 성장하는 기계라니? 베르키엘의 말의 진위는 확신할 순 없지만 아마 맞을 것이다. 자신이 없다면 나오지도 않았을 테니까. 그럼 이 자리에서는 일단 도망가는 게 좋겠다. 그런 생각이 든 나는 씹고 있던 오징어를 뱉어내고 다급하게 외쳤다.

"이슈텔, 일단 이 자리를 피하자. 12시 방향으로 전속 전진."

"명령 확인. 가속 모드에 들어갑니다."

소울테이커가 속도를 내기 시작했다. 데이모스가 그 뒤를 따랐다. 보통의 연방 전함 두 배에 달하는 속도로 항행하는 소울테이커에게 전혀 뒤지지 않았다. 곤란한걸?

—기다려라! 네놈이 그럴 줄 알고 준비한 게 있다.

"미안하지만 이쪽은 너랑 놀아주고 싶지 않아!"

—이걸 보면 생각이 바뀔걸?

그렇게 말한 베르키엘은 모니터에 한 명의 여성을 비췄다. 그것은… 엄마다. 비겁한 놈이 인질로 잡아온 걸까? 나는 충격으로 비틀거렸다. 애초에 엄마를 데리고 도망쳤어야 했는지도 모른다. 그러나 나는 그렇게 하지 않았다. 도주에 성공할 자신도 없었을뿐더러 설마 상류층에 속하는 코스모스제약의 회장 딸에게까지 손을 뻗칠까 하는 안이한 생각 때문이었다. 나만 사라지면 엄마한테는 아무런 해도 없을 줄 알았는데 그 생각은 너무 순진했던 것이다.

"비겁한 놈, 인질을 쓰다니… 그러고도 네가 천재라고 할 수 있단 말이냐?"

내 말에 베르키엘은 고개를 좌우로 흔들었다. 입가엔 재미있다는 미소를 띠고서.

—아니, 아니야. 나는 네 엄마를 인질 따위로 쓰기 위해 데려온 게 아니다.

"그럼 뭐야?"

—네놈이 도망치지 못하도록 하는 족쇄로 쓰기 위해서다.

탕!

말을 마친 베르키엘은 엄마를 뒤쪽으로 밀치나 싶더니 허리에 찬 총으로 쏴버렸다. 한 치의 망설임도 없이.

엄마는 등에 그것을 맞고 쓰러졌다.

덜컹덜컹! 내 안에서 뭔가가 부서져 나간다. 이럴 수가? 이건 거짓말이지? 합성이지? 사실일 리가 없잖아!

그러나 나는 알고 있다. 실제 일어난 일이라고. 베르키엘이 한 행동은 지극히 합리적이다. 자신의 힘을 믿고 있고 상대방이 도망가지 못하게 하기 위해서 그렇게 한 거다. 비겁한 것은 아니다. 자신이 없었다면 인질을 살려두었을 거다. 그렇게 하면 이쪽에선 공격 따위도 못하고 얻어맞고만 있었을 테니.

그러나 저놈은 인간이 아니다. 자식이 보는 앞에서 그 엄마를 총으로 쏴 죽이다니… 그것도 웃으면서. 어서 한번 미쳐 보라는 듯 그렇게 비웃으면서.

엄마는 미동도 없다. 정통으로 맞았으니 98% 즉사했을 거다. 보통 사람과 나를 잇는 몇 개 안 되는 연결 고리. 그리고 나의 소중한 사람은 그렇게 죽어버렸다. 저 더러운 놈에게 그냥 간단하게 죽어버렸다.

"크윽! 이 자식! 그냥 두지 않겠다!"

제길! 제길! 제길!

"이슈텔, 반전한다! 데이모스 함과 싸운다!"

"방향각 콤마 0.3으로 수정. 무기 체계 에너지 주입합니다."

용서할 수 없어. 절대 용서 못해.

"에우로파, 이시스, 토울 발사 준비."

"에너지 주입 완료. 앗! 적함에서 에너지 반응! 바스터 포입니다!"

"5번 보조 엔진 가동. 방향 전환."

"대응할 수 없습니다. 늦습니다."

"쏘울베리어 전면에 전개."

데이모스 함이 먼저 공격을 시작했다. 인질을 죽이기 전에 먼저 에너지 충전을 해둔 모양이다. 곧 이어 데이모스의 바스터 포를 맞은 소울테이커가 격렬하게 진동했다. 함미 쪽에서 폭발이 일어났다. 쏘울베리어로도 바스터 포를 완전히 막는 것은 불가능한 모양이다.

'하지만 바스터 포라면 이쪽도 가지고 있다구.'

"피해 보고. 제2 보조 동력실 피폭. 출력 30% 저하. 쏘울베리어 제너레이터 작동 불능."

"제길! 방어에 신경 쓰지 말고 이쪽도 바스터 포로 요격한다. 에너지 차징."

쉽지 않은 전투다. 바스터 포 한 방에 이쪽의 베리어가 날아갔다. 더구나 항해 속도까지 떨어졌다. 승산은 별로 없다. 하지만 혼자 죽을 수는 없지.

"에너지 차징. 바스터 란쳐 발사 준비 완료."

에너지 게이지가 차 올라오는 것을 확인하고 바스터 포의 스위치를 넣었다. 바스터 포는 빠르고 정확하면서 강한 파괴력을 지니고 있다. 데이모스 역시 우수한 배이긴 하지만 이것을 완전히 피하지는 못했다.

쾅 하며 불꽃이 일었다. 정통으로 맞았다. 해치운 걸까?

"데이모스 건재합니다."

뭐라고?

빠른 속도로 소울테이커의 옆을 지나쳐 가는 데이모스는 몸체에 베리어를 두르고 있다. 바스터 포에 맞고도 멀쩡하다니, 이럴 수가? 소울테이커는 바스터 포 한 방에 베리어가 붕괴되었는데 저 녀석은 아직 여력이 남았다.

"데이모스의 출력 저하 없습니다."

제길! 원수는 못 갚는 건가? 소울테이커의 최강 무기 바스터 포로도 끄떡없다니? 이럴 수가?

이대로 서로 바스터 포를 주고받는다면 소울테이커가 먼저 부서진다. 틀림없다. 그래도, 그래도 포기할 수 없다. 내가 죽더라도 그럴 수 없어.

"소울테이커, 무기 체계로의 에너지 공급 차단. 모든 파워를 엔진에 집중."

"안톤님, 뭘 하시려는 거예요?"

나는 대답하지 않았다. 미안해, 에트나, 이슈텔. 너희들까지 함께 죽게 해서.

"데이모스에게 전속 돌진."

"명령 실행합니다."

소울테이커는 엄청난 에너지를 가지고 있다. 녀석의 근거리까지만 갈 수 있다면 폭발하더라도 혼자 가지는 않을 거다. 너와 함께 죽어주

마. 나는 이성을 잃었다.

한계까지 가동된 코스모 엔진이 비명을 질러대면서 선체 전체에서 삐걱이는 소리가 들려온다. 힘든 건 안다. 그러나 포기할 수 없어. 저놈만큼은 용서할 수 없으니까. 조금만 더 버텨다오.

소울테이커는 데이모스를 향해 빠른 속도로 날아갔다. 그러나 눈치를 챈 데이모스는 회피 기동으로 가볍게 피해 버렸다. 소울테이커의 한 방향을 향한 돌진 정도는 우습다는 듯이.

"적의 기동을 따라갈 수 없습니다. 데이모스에서 열원 반응."

쿠쿵! 데이모스에서 사정없는 포격을 행한다. 그것을 베리어도 없이 연속으로 계속 얻어맞은 소울테이커는 화염에 휩싸였다.

"중력 제어 장치에 심각한 손상. 이대로는 본체가 위험합니다."

"중력 제어 장치가 있는 A블록을 분리한다."

소울테이커의 하단에 자리 잡은 중력 제어 장치는 오랜 기간의 우주여행으로 인간의 신체가 손상되는 상태를 방지하기 위해 인공 중력을 발생하는 기관이다. 완전히 부서져 한계에 다다른 이쪽 파트는 본체에서 분리하자마자 요란한 폭음과 함께 폭발했다. 계기들은 모두 빨간불이 켜져 위험 신호를 보내고 있다.

쿵쿵! 계속되는 데이모스의 포격. 더 이상은 버틸 수 없다. 이제는 방법이 없다.

'분해. 힘이 있었으면, 내게 힘이 있었으면 이런 일은 없었을 텐데……. 아무라도 좋아. 내게 힘을 줘. 원하는 건 뭐라도 다 줄 테니까 내게 녀석을 죽일 수 있는 힘을 줘!'

소울테이커의 선체 온도가 급격히 상승하면서 서서히 외벽에 금이 가고 있다. 이대로는 자체 분해도 시간문제다. 이렇게 허무하게 끝나는 것일까? 천재라고 자부하던 나는 결국 아무것도 할 수 없었다. 나 때문에 엄마도 죽었고 이제 에트나와 이슈텔도 곧 죽을 거다. 모두 나 때문에… 분하고 억울해도 할 수 있는 일은 아무것도 없다. 힘없는 자 신을 원망하는 일 말고는… 제길!

'포기하지 말아요, 마스터.'

"누구? 이슈텔?"

'규칙에는 위배되지만 당신 미래의 한 조각을 받아가고 대신 당신에 게 힘을 드리겠습니다.'

"제길! 필요한 게 있으면 아무거나 가져가! 나는 더 이상 잃을 게 아 무것도 없으니까!"

'당신에게는 할 일이 남았습니다. 잊지 마세요.'

목소리는 사라졌다. 아무래도 좋다. 신이든 악마든 나에게 힘을 준 다면 환영이다.

혼자 떠드는 내가 미친 걸로 보였는지 에트나가 소리쳤다.

"안톤님, 정신 차려요!"

"금지된 기술 뮤 시스템을 기동합니다. 마스터, 죽지 마세요."

그렇게 말한 이슈텔의 몸이 빛이 되어 소울테이커의 밖으로 날아갔 다.

"지금의 나는 이슈타니안. 마스터에게 생명의 힘을 드립니다. 기억 하세요, 소울테이커. 당신의 진정한 모습을."

이윽고 그녀가 변한 빛은 소울테이커를 감싼다. 그리고 소울테이커 의 여러 곳을 비추더니 새로운 모습이 되었다. 후방에는 하얀 입자를 뿜는 새로운 날개가 생겨나고 브리지를 검정 금속의 줄무늬가 감싸고 돌기 시작했다. 그리고 선두 부분에서는 전에 이슈텔이 쓰던 광선검 모양의 노란 빛줄기가 뿜어져 나왔다.

'가요, 마스터. 이것은 당신의 생명의 힘, 당신의 감정, 당신의 바람이 구현된 것입니다.'

귓가에 다시 그녀의 목소리가 들려온다.

"우아아앗!"

나는 괴성을 지르며 소울테이커를 다시 데이모스에게 박아갔다. 데이모스가 피하려고 급하강을 시도했지만 소울테이커의 비정상적으로 강해진 출력의 힘은 그것을 놓치지 않았다.

나는 지금 소울테이커 그 자체가 되었다. 나의 의지는 소울테이커의 의지가 되고 나의 움직임은 소울테이커의 움직임이 되었다. 생각의 힘만으로 모든 것이 가능했다.

지금 거리까지 다다른 나는 분노를 담은 바스터 포를 발사했다.

쿠쿵!

이전까지의 바스터 포와는 상대도 되지 않는 위력. 별 하나 정도는 우습게 날려 보낼 것만 같은 강렬한 빛이 데이모스를 감쌌다.

"죽어버려! 죽어! 죽어!"

나는 지금 제정신이 아니다. 데이모스가 녹아드는 모습을 바라보면서도 포격을 멈추지 않았다. 나를 방해하는 것, 내 인생을 망친 놈, 살인자! 사라져 버려야 한다. 당장 내 눈앞에서 꺼져 버려라!!

이어지는 공격 앞에 데이모스는 산산이 부서졌다. 저 파편들 속에는 한때 살아 있었던 나의 엄마의 육체도 있겠지.

"안톤님, 정신 차려요!"

"으아아악!"

에트나가 내게 다가와 나를 안았다. 나는 그녀의 품 안에서 함성을 질렀다. 에트나가 나의 머리를 쓰다듬으며 나를 달랬다.

"그냥 울어요. 그리고 잊어요. 언제까지나 마음에 담아두지 마세요. 사라님도 그걸 원할 거예요."

"아냐. 그렇지 않아. 엄마는 복수해 주길 바랄 거야. 틀림없이 그럴 거라구."

인간의 생명은 하나뿐이다. 그러나 생판 모르는 사람의 목숨 따위는 어떻게 되어도 상관없다. 중요한 건 내가 소중하게 여기던 사람의 생명뿐이다. 남의 소중한 것을 부순 대가는 반드시 받아내야 한다. 절대 잊을 수 없어.

"아니요. 그건 단지 안톤님이 원하는 거예요. 그걸 사라님의 뜻이라고 생각하지 마세요."

"네가, 네가 뭘 안다고 그런 소릴 하는 거야! 백 배 천 배로 복수하겠어!"

그녀의 말이 옳을지도 모른다. 하지만 그렇다면 나의 이 분함은 어떻게 하란 말인가?

"바보 같은 소리 말아요. 안톤님은 안톤님의 삶을 살아야 해요. 그것이 사라님이 진정 바라시는 걸 거예요."

"그런 소리 듣고 싶지 않아! 그런 판에 박힌 소리 듣고 싶지 않아! 다 필요없단 말이야!"

나는 그렇게 외치면서도 에트나의 품에서 얼굴을 떼지 않았다. 내 눈에서 흐르는 물방울들을 그녀에게 보이고 싶지 않았다. 이런 순간에도 나는 자존심 따위가 남아 있었던 것이다. 바보 같은 그런 감정이……

소울테이커의 변했던 모습은 사라지고 원래의 모습으로 돌아왔다.

그리고 곧 이어 이슈텔이 빛을 발하며 나타나더니 자리에 쓰러졌다.

"이슈텔, 왜 그래? 아니… 안톤님, 머리 색이……."

"헉… 헉… 괜찮을 거야, 에트나 언니. 그건 일시적인 현상이니까."

"잠시 혼자 있게 해줄래?"

나는 그녀들에게 나만의 시간을 가질 수 있게 해달라고 요구했다. 나의 기분을 이해하는 듯 그녀들은 순순히 자리를 비워주었다. 거울을 꺼내어 나의 모습을 보았다. 머리 색깔이 하얗다. 이것이 소울테이커가 예상외의 힘을 낼 수 있던 대가인 건가? 이런 변화가 일순간이라고 해도 몸에 미치는 영향은 작지 않을 거다. 아마도 나의 수명에 영향을 미치는 거겠지. 평생에 걸쳐 일어날 세포 분열의 힘을 일순간에 급격히 소비했나 보다. 뭐, 지금 그런 건 아무 상관 없다. 나는 이 세상에 미련 따위는 없으니까. 수명이 줄든 지금 당장 죽든 대단치 않다. 아무것도 하고 싶지 않다. 도망 다니는 것도 피에 굶주린 살육자의 삶도 지금 이 순간만은 아무 생각도 들지 않았다.

그렇게 텅 빈 눈으로 우주 공간을 바라보았다. 뭘까, 이 공허함은? 가슴이 뻥 뚫린 것만 같다. 그냥 철없는 엄마 정도로만 생각했는데 아니었다. 나는 나의 몸 반쪽을 잃은 것만 같은 상실감에 빠졌다. 곧 이어 그것은 분노로 변해갔다. 그들에게 아무런 짓도 하지 않았는데 나에게 이런 고통을 준 자들에게. 그들의 뼈를 부수고 인육을 씹어주겠다. 지금의 나라면 그 정도는 아무것도 아니다. 반드시 그렇게 해주겠어.

빨개진 눈으로 나는 그렇게 다짐하고 있었다.

"마스터 오빠, 통신이야."

나의 상념을 깨는 소리에 정신을 차려보니 어느 틈엔가 이슈텔이 들어와 있었다. 통신이라고? 지금은 아무런 말도 하고 싶지 않아.

내가 반응을 보이지 않자 이슈텔이 다시 입을 열었다.

"크로노스라고 하면 알 거래. 응답하지 않으면 후회할 거라는데?"

뭐라고? 이 자식들!

"당장 연결해."

곧 이어 3차원 모니터에 처음 보는 40대의 남성이 모습을 나타냈다. 입가에 미소를 띠고 있는 평범한 이웃집 아저씨 같은 모습이다. 작은 눈에 광대뼈가 올라온, 전체적으로 검은빛을 띠고 있는 그런 얼굴이었다.

—반갑네, G타입의 막내. 설마 자네 배에 그런 기능이 있을 줄은 몰랐네.

"나한테 바라는 게 뭐지?"

—자네는 우리를 원망하고 있겠지. 하지만 그 점에 대해서는 이쪽도 할 말이 있어. 자네에게 베르키엘이 죽었으니까. 성질이 좀 급하긴 해도 제법 능력있는 녀석이었는데 죽어버리다니 무척 아쉽군.

그렇게 말은 하고 있었지만 그의 말투는 전혀 애석해하는 것으로 보이지 않았다. 그는 여전히 웃고 있었고 목소리 역시 보통의 말투였다. 다만 눈만이 매섭게 번뜩였다.

"그런 놈, 죽든 말든 무슨 상관이야? 기다려. 너도, 그리고 너희 크로노스도 남김없이 녀석을 뒤따라가게 해줄 테니까!"

내가 그렇게 외쳤지만 사내는 별다른 반응을 보이지 않았다. 깍지 낀 양손으로 턱을 괴고 화를 내고 있는 나의 얼굴을 바라보던 그는 다시 말문을 열었다.

—베르키엘이 죽은 것도 아깝지만 모처럼 얻은 이성인의 배를 잃어

버린 건 정말 안타까워. 뭐, 어느 정도 연구를 해놨으니 몇 년 후면 그만은 못해도 비슷한 배를 만들 수 있을 거야. 그러고 보니 별문제도 아니군. 하하하!

"그 웃음이 이 세상에서의 마지막이 될 거다. 내가 곧 너희들을 죽이러 갈 테니까."

저놈은 미쳤다. 자기와 함께 자랐을 형제가 죽었는데도 웃을 수 있다니. 역시 저 녀석들은 모두 미친놈들이야. 살 가치도 없는 놈들······.

—그 문제 말인데, 자네에게는 당분간 그런 계획이 없을 것 같군.

"웃기지 마라! 나는 당장 시작할 거야!"

연방 우주군 따위는 내 상대가 못 돼. 태양계를 다 뒤엎는 한이 있더라도 너희들을 모두 척살할 테다. 아무도 막지 못할걸?

—이야기를 끝까지 들어야지. 참을성이 부족하군. 자네는 지금부터 8772와 싸우게 될 거야.

"뭔지는 몰라도 너희들 뜻대로 되진 않아!"

—아니, 그렇게 될 거야.

자신만만하게 말하는 저 모습. 저 녀석은 내가 거부할 수 없는 뭔가를 쥐고 있다. 그것은··· 설마······?

"너 이 자식, 지구에 남은 내 형제들을 모두 인질로 할 셈이냐?"

—이제야 눈치 채다니 의외로 머리 회전이 둔하군. 원래는 네 엄마가 최적이었는데 이렇게 되어버렸으니 다음 카드를 쓸 수밖에 없지 않겠나? 다행히도 자네에게는 아직 8명의 형제가 남아 있더군.

"네, 네가······."

형제들. 나와 아버지의 피를 나누지는 않았지만 엄마의 피를 이어받은 나의 피붙이들. 저 녀석의 태도로 보아 그들은 모두 크로노스의 손아귀에 있는 것이 틀림없다.

　―내가 바라는 건 이런 거야. 자네는 지금부터 연방의 우주 이민 계획을 가로막고 있는 8772와 싸운다. 녀석을 쓰러뜨리면 자네 형제들은 석방, 반대로 자네가 죽어도 그렇게 해주지. 자네라는 존재가 없으면 그들의 이용 가치는 제로니까.

　"그 말을 어떻게 믿지?"

　―믿고 안 믿고는 자네 자유지. 다만 본보기로 자네 형제들 중 한두 명 정도 죽여도 상관없다면 마음대로 해도 좋겠지.

　빌어먹을 놈의 자식!

　하지만 나에게는 선택권이 없다. 엄마가 죽은 이상 형제들은 내가 지켜야 한다. 형제들에게 별다른 애정은 없었지만 그것이 최소한의 속죄라도 될 테니까.

　"조건을 따르겠다."

　잠시 생각하던 나는 그렇게 말했다. 내 귀에는 분노로 얼룩진 나의 음성이 음산하게만 들렸다.

　―그럴 줄 알았지. 그럼 수고하게. 아마 다시 보기 힘들겠지만 열심히 해보라고. 하하하하!

　통신은 끊어졌다. 운명은 내가 원하지 않는 방향으로 나의 등을 떠밀고 있다. 그리고 그것을 거부할 힘이 나에게는 없다. 하지만 언젠가 기회가 된다면 반드시 응징해 주겠다, 이 빌어먹을 놈들아!

　"8772에 대한 정보를 검색해 줘."

　"파인더 자체 기동. 8772에 대한 연방 정부의 비밀 기록 파일 NO. 15242. 우주력 140년 외우주 탐사 조사를 위해 발사한 무인 위성 파이오니아에 의해 처음 발견. 외형은 커다란 도마뱀의 모양과 흡사하나 뒷발이 앞발보다 기형적으로 큼. 길이 2,421미터로 추정. 사진 1장만을 전송하고 파이오니아의 식별 신호 소멸. 우주력 145년 1차 우주 이민선 마그나스에 의해 다시 발견. 마그나스 구조 신호 발신 후 연락 두절. 현재까지 행방을 알 수 없음. 우주력 149년 8772 토벌을 위해 탄생한 연방 제7함대와 함께 떠난 2차 이민선 마나로프가 8772와 다시 조우. 함대 전멸. 마나로프 폭파. 생존자 없음. 7함대 기함 안드로메다에서 최후로 보낸 메시지. '저건 괴물이다'. 현재 8772로 인해 외우주 이민 계획은 전면 재검토 중."

음, 뭔지는 모르겠지만 도마뱀 모양의 큼지막한 건가 보군. 인류의 진출을 막고 있는 거대한 암초라… 외계인들의 작품인 걸까? 취향도 특이하군. 자신들의 우주선을 도마뱀 모양으로 만들고 거기다 발까지 달아놓다니……. 그래도 이건 정보가 너무 부족한데?

모니터에 나온 2차원 사진에서 마치 악어의 배 아래를 찍어놓은 듯한 모양의 8772를 볼 수 있었다. 이렇게만 봐서는 녀석의 크기가 2킬로미터가 넘는다는 사실을 믿을 수가 없었다. 그런데 옆에 나온 제법 큼지막한 검정 막은 아마도 날개인 모양인데 우주 공간에서 날개는 무의미하다. 그럼 단순한 장식인 걸까? 하긴 발까지 달았으니 이 정도는 아무것도 아니겠지.

면밀하게 살펴봤지만 동력원이라든지 어떤 무기를 쓰는 건지에 대해서는 알 수 없었다. 그러나 함대 지휘관이 괴물이라고 할 정도면 엄청난 녀석인가 보다. 생명체는 아니다. 이렇게 거대한 몸집이라면 하루에 500만 톤의 먹이는 먹어야 할 거다. 거기다 저 사이즈에 어울리는 몸무게라면 족히 몇천만 톤은 되어 보이는데 저런 거구가 지면에 착륙하려고 시도만 해도 대 지각 변동이 일어날 것이다. 5,000톤짜리 물체가 1킬로미터 상공에서 낙하하는 것만으로 대지에 3,000억의 에너지, 폭탄 86톤 분량의 충격을 가하여 깊이 35미터, 직경 350미터의 구멍을 내는 데 천만 톤이 넘는 8772라면… 어떤 별이든 무사할 리 없다.

그래도 일단은 가봐야겠지?

"이슈텔, 애플 웜 홀로 간다. 그쪽으로 진로를 바꿔줘."

"응."

웜 홀은 말 그대로 우주의 벌레 구멍이다. 2차원 공간의 벌레는 사과 표면 위만을 기어간다. 3차원이 허락되면 직선으로, 그러니까 사과 속을 파먹고 들어가는 새로운 길을 만들 수 있다. 이런 식으로 별과 별, 혹은 은하와 다른 은하 사이를 잇는 지름길이다. 즉, 우주선을 웜 홀의 입구로 몰고 가면 출구에서는 전혀 다른 별세계로 갈 수 있다는 말이다. '시공간의 일그러짐으로 인해 불규칙한 두 개의 좌표가 겹치게 되면 발생하는 현상이다'라는 말도 있으나 진위는 알 수 없다. 무척 유용해 보이는 이론이긴 한데 단점은 인위적으로 만들어낼 수 없다는 것이다.

시공간을 초월할 만한 에너지는 현재도 그렇지만 앞으로도 발견하기 어려울 거다. 애플 웜 홀이 발견된 것은 지금부터 200년 전. 생성 원리나 평면 우주에서의 좌표 따위는 알 수 없으나 빛의 속도를 넘을 수 없는 인류에게 주어진 유일한 외우주로의 길이다. 태양계 너머로의 탐사 결과 인간이 가진 기술로 개척 가능한 별은 적어도 인류의 손이 닿는 곳에는 존재하지 않았다. 결국 미지의 신세계에 웜 홀이라는 수단만이 유일한 방법이었다.

잠시 생각에 잠겼다. 머나먼 우주 저 너머에 존재하는 미지의 우주. 그곳으로 가는 거다. 어떤 일이 있을지 아무도 알 수 없는 그곳으로. 다시 돌아올 수 있는 수단이 있을까? 웜 홀이 블랙 홀과 화이트 홀의 작용으로 인해 발생한 것이라면 이쪽에서 저쪽으로 갈 수는 있어도 저쪽에서 이쪽으로 올 수는 없을 텐데…….

기분이 너무 더럽다. 이러면 안 되지. 기분 풀자. 나의 두뇌라면 언젠가 지구로 돌아올 수 있는 방법을 찾을 수 있을 거다. 언제까지나 이렇게 가라앉아 있을 수만은 없다. 이런 건 아무런 도움도 안 되는 거니까.

에트나와 이슈텔을 불러 사정을 이야기한 나는 그녀들에게 나를 따라올 것이냐고 물어보았다.

"당연히 따라갈 거예요. 안 된다고 하시면 안톤님을 묶어놓고라도 강제로 그렇게 할 거예요."

"나는 뭐, 마스터 오빠랑 한몸이니까 물어볼 필요도 없어."

예상대로의 답변이다. 이미 결과를 알고 있는 대답들이었지만 그래도 그녀들이 나를 믿어주는 게 고마웠다.

"안톤님, 기분은 어떠세요?"

"하하하! 나는 아무렇지도 않아. 나는 천재잖아. 감정의 조절 정도는 간단한 일이라구."

그렇게 웃어 보였다. 내 문제 가지고 그녀들에게까지 걱정시킬 필요는 없다.

"좋아요. 안톤님은 천재니까 당연히 그러서야죠. 자, 우리 수영하러 가요."

"뭐? 자, 잠깐만!"

나는 버텨보려고 했지만 에트나의 팔 힘은 당할 수 없었다. 그대로 에트나의 품에 안겨서 수영장까지 끌려갔다. 수영장은 일반 실내 수영장과 비슷했지만 입체 영상에 의해 나무가 우거져 있는 풍경을 재현하고 있었기에 얼핏 보면 실외 온천인 듯한 착각이 들 정도였다. 수영장 입구에서 에트나는 갑자기 나의 몸을 들어 올리더니 힘껏 물속으로 던져 버렸다. 갑작스럽게 던져진 나는 물속으로 풍덩 하고 들어갔다가 물을 왕창 마시고 간신히 수면으로 올라왔다.

"캑캑! 무슨 짓이야?"

"머리 좀 식혀요."

그렇게 말한 에트나 역시 옷을 입은 채 뛰어들었다.

그녀는 물을 헤치고 내 옆으로 다가와서 내 머리를 물속으로 밀어 넣었다.

"푸앗! 나를 죽일 셈이야?"

"약한 모습 보이기 싫은 거죠? 저한테는 안 그러셔도 돼요. 저는 안톤님을 잘 알고 있으니까 일부러 강한 척은 하지 않으셔도 돼요. 울고 싶은 일이 있으면 실컷 우셔도 돼요. 적어도 제 앞에서는 그래도 괜찮아요. 어떤 일이 있어도 안톤님은 저의 소중한 주인님이니까요. 안톤님은 혼자가 아니에요. 제가 곁에 있다는 걸 잊지 마세요."

그렇게 말한 그녀는 능숙한 자유형으로 헤엄치기 시작했다.

숨기려고 해도, 아닌 척해도 에트나를 속일 수는 없었다.

고마워, 에트나. 네가 없었으면 나는 어떻게 되었을까? 머리는 좋아도 나는 아직 어린애에 불과할지도 몰라. 큰 고난이 닥치면 그냥 주저앉아 언제까지나 울고만 있는 그런 존재인지도 몰라. 하지만 네가 있으니까 나는 다른 모습을 할 수 있는 거야. 고마워. 내가 만든 안드로이드가 다른 누구도 아닌 너라서 정말 다행이야.

눈물이 흘러나왔다. 하지만 여기는 수영장. 물인지 눈물인지 아무도 구별할 수 없다. 고함을 치고 싶었다. 잠수해서 물속으로 들어간 나는 그 안에서 힘껏 소리를 질렀다. 내 귀에도 내가 지르는 소리 따위는 들리지 않았다. 나는 내 안의 어두운 감정들을 그런 식으로 떨쳐 내고 있었다.

'나는 강해질 거야. 이런 고통은 다시 겪고 싶지 않으니까. 나의 소중한 것들을 지킬 수 있는 강한 사람이 될 거야. 누구도 함부로 할 수 없는 그런 사람이 될 거야.'

나와 에트나는 그날 하루 종일 수영장에서 이렇게 시간을 보냈다. 그리고 감기에 걸려 3일을 앓아 누웠다. 평소라면 자기 몸 관리 정도는 본인이 했을 텐데 그때의 나는 그런 것을 할 수 없었다.

지금 돌이켜 생각했을 때 이런 일이 없었더라면 나는 지금의 나로 있을 수 없었을 것이다. 언제까지나 자신의 감정을 속인 채로 살아갔을 것이다. 많은 사람들이 그러는 것처럼 그냥 그런 위선적인 삶을……

"이 멍청한 마스터 오빠야! 우주까지 와서 바이러스를 퍼뜨리면 어쩌자는 거야? 정신이 있어, 없어?"

감기에 걸려 드러누운 나에게 이슈텔이 그렇게 핀잔을 주었지만 아무렇지도 않았다. 평소의 나라면 제일 싫어하는 멍청하다는 소리가 그때만큼은 기분 좋게 들렸다. 이슈텔도 나를 걱정해 주고 있다.

나는 아직 혼자가 아니야. 나에게는 아직도 소중한 존재가 남아 있어.

잃어버릴 것이 없는 사람은 고독한 사람이다. 잃을 것이 없는 사람은 소중함을 모르는 사람이다. 그런 삶을 살아온 사람은 인생에 실패한 사람이다.

나는 다르다. 나에게는 아직 나를 위해주는 소중한 동료들이 있으니까. 어려운 일이 있어도, 힘든 일이 있어도 나를 걱정해 주는 귀여운 아이들이…… 적어도 나의 인생에 후회는 없다. 앞으로 어떤 일이 있더라도 지금의 이 기분을 잊지 않으리라.

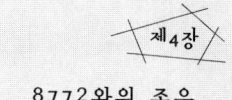

제4장

8772와의 조우

8 7 7 2 와 의
조 우

소울테이커는 명왕성에서 2,000만 킬로미터 떨어진 곳에 위치하고
있는 애플 웜 홀로 향하고 있다. 사과와 벌레라는 개념으로만 이해되던
웜 홀이 갑자기 생겨난 이유에 대해서는 아직 밝혀지지 않고 있다. 다
만 이름만은 개념에서 설명한 사과를 따서 애플이라고 이름 지어졌다.

명왕성까지의 거리는 60억 킬로미터. 빛의 속도라고 해도 5.5시간
이 걸리는 거리이다. 물체의 속도가 빛의 속도에 근접하면 할수록 물
체의 질량은 증가하게 되고 빛의 속도에 무한대로 다가가면 질량 역시
무한대로 증가한다. 질량이 무거워지면 속도를 내기 위해 더 많은 에
너지가 필요하다. 따라서 빛의 속도를 내려면 무한대의 에너지가 필요
하다는 결론이 나오는데 무한대라는 개념은 실현 불가능이라는 소리와
일맥상통하기 때문에 무의미하다.

소울테이커가 빛의 속도의 약 99.7%라는 속도로 날아가고 있지만

이렇게 하더라도 20일 정도의 시간이 필요하다. 우주선에 틀어박혀서 20일을 보낸다는 것은 무척 따분한 일이지만 다른 방법이 없는 한 이 것은 어쩔 수 없는 일이다.

뭐? 워프 같은 기술은 없냐고? 흠, 워프라……. 어차피 남는 게 시간 인데 간단하게 설명해 주겠다. 워프의 원리는 특정한 에너지를 가해서 평면 우주를 접는 방법으로 통상의 방법으로 이동할 때 걸리는 시간을 줄이는 이론이다. 실현 가능성 면에서는 몰라도 효용성 면에서는 빵점 이다. 이벤트 호라이즌이라는 옛날 영화와 우주 전함 야마토에서는 이 이론을 간단하게 종이의 상단을 A, 하단을 B라고 이름 지은 점을 찍고 반을 접어서 두 점이 만나게 하는 것으로 설명했다. 여기에는 맹점이 하나 있다. 보다 시각적인 해설을 위해서 약간의 준비가 필요하다. 먼 저 지금 읽고 있는 『머나먼 우주 저 너머』에 라는 책을 양쪽으로 쫙 펼 쳐 주기 바란다.

자, 책을 펼쳤으면 바퀴벌레 한 마리를 잡자. 여기서 바퀴벌레는 우 주선을 대치한다고 여겨주기 바란다. 집이 청결해서 그런 건 없다고? 그럼 모기도 좋고 파리도 상관없다. 벌레가 준비되었으면 왼쪽 페이지 에 올려놓고 꽁무니를 톡톡 건드려 주자. 녀석은 빠른 걸음으로 오른 쪽 페이지를 향해 달려갈 것이다. 다른 방향으로 간다고? 벌레 몰이는 내 전문이 아니니까 그 문제는 알아서 해결하기 바란다. 여하간 시간 을 측정해 보자.

약 1초 정도 걸릴 것이다. 건강한 놈이라면 더 적게 걸릴 수도 있지 만 대강은 그렇게 나올 것이다. 다음 단계로 워프를 실행해 보자. 바퀴 벌레를 왼쪽 페이지에 놓고 책을 힘껏 덮어라. 적당한 힘을 가했으면 바퀴벌레는 오른쪽 페이지에 납작하게 되어 붙어 있을 것이다. 간혹 힘 조절에 실패해서 그대로 왼쪽에 붙어 있는 경우도 있지만 여기서는 그런 일은 제외하도록 하자. 걸린 시간은 아마 0.1초면 충분할 것이다. 실험에서 나온 결과대로 시간은 엄청나게 단축되었다.

그러나 바퀴벌레는 박살이 났다. 이것이 평면 우주가 탁 접어지면서 공간 접힘이 발생할 때 그 가운데에 있는 우주선이 처하게 되는 운명이다. 이 점이 바로 워프가 기술보다는 안정성 면에서 받아들일 수 없는 이론인 이유다. 아무리 빠르다고 해도 우주선이 박살나면 말짱 도루묵이다. 어떤가? 아주 간결하면서 정확한 설명이지 않은가?

책값 물어내라고? 이 천재님의 알기 쉬운 해설에 대한 수업료로 그 정도면 양호하지 않은가? 어서 가서 다시 한 권 사 오기 바란다. 책 대여점에서 빌렸다면 아줌마 몰래 살짝 반납해라. 누구 짓인 줄 모르면 그 아줌마 역시 자기 돈으로 새로 책을 들여놓을 것이다. 그렇게 하지 않으면 비위생적으로 책 관리를 했다는 불평이 빗발칠 테니 어쩔 수 없을 거다. 이로써 책의 예상 판매량은 두 배가 되었다. 열악한 출판 문화 부흥을 위한 획기적인 방법 제시가 아닐 수 없다. 독자들은 욕 좀 하겠지만 출판사와 작가로서는 무척 기쁜 일이다.

"안톤님, 커피예요."
에트나가 쟁반에 올려진 잔을 나에게 건넸다.
"고마워."
"작업은 잘되시나요?"
"글쎄, 생각보다 조금 난해해서……."
"안톤님이 만드시는 거니까 잘될 거예요."
"실패하면 내 청춘 중 4년이 그냥 날아가는 거니까 그래야겠지."

나는 몸을 쭉 펴고 긴 하품을 했다. 벌써 이틀째 만들고 있지만 작업은 쉽지 않았다. 무엇보다도 소울테이커에 실린 기자재와 예비 부품들은 지구의 그것과는 많이 달랐다. 조금씩 알아나가고는 있지만 아무래도 손에 익지 않아서인지 평소보다 시간이 많이 걸렸다. 무얼 만들고 있느냐고? 안톤 보완 계획 프로그램이다.

애플 웜 홀에 들어가면 그 안을 통과하는 데 약 4~5년이 걸린다고 한다. 웜 홀 밖 사람의 시계로는 불과 10여 일에 불과하지만 웜 홀 안은 그것과는 다른 시간의 흐름을 갖는다. 아직 어째서인지는 알 수 없다. 인간이 웜 홀에 대해서 알고 있는 것은 이것이 다른 세계로의 통로로 이용될 수 있다는 것뿐이다. 원리에 대한 이론은 몇 가지가 있지만 신뢰할 만한 수준은 아니다.

웜 홀이라는 공간은 인간이 만들어낸 것이 아니라 우주 안의 자연 현상을 이용하는 것에 불과하다. 광활한 우주에서 인간이 알 수 있는 지식은 극히 한정되어 있다.

여하간 이런 이유로 상황에 따라 조금씩 변하지만 짧아도 4년이라는 시간을 우주선 안에서만 보낸다는 것은 정말 재미없는 일이다. 에트나와 이슈텔이 있다고는 해도 지루함을 피할 수는 없다. 따라서 나는 이 시간에 잠을 자두기로 했다. 그냥 잠만 자기에는 시간이 아깝다. 그래서 수면 중 학습 기능을 가진 프로그램을 짜고 있다.

나의 주된 관심사는 공학 분야였고 그 외에는 그다지 흥미가 없다. 인간의 심리나 효율적인 무기 활용에 대해서 무지했기 때문에 여러 가지 일들에 대한 효율적인 대응을 하지 못했다. 소울테이커의 조종법은 알지만 각종 무기의 효과라든지 원리에 대해서는 자세히 알고 있지 못하고 크로노스의 협박에도 어떻게 대응해야 할지 알지 못했다. 그래서 거기에 대한 보충이 필요하다고 느꼈다. 이런 것을 배우는 것은 기존에 있는 수면 중 학습기를 틀어놓기만 하면 되기 때문에 그리 어려운 일은 아니었다.

나의 신체 역시 보다 강하게 만들고 싶었다. 이렇게 약한 육체로는 미지의 세계에서 어떤 큰일이 닥쳤을 때 에트나만 바라보고 있을 수밖에 없다. 그런 건 이제 졸업하고 싶다. 처음에는 근육 강화제 등을 이용한 육체 개조를 생각했으나 나의 몸을 검사해 보고 불가능하다는 것을 알았다. 기본 조직은 거의 인간과 비슷하나 0.0001%가 달랐다. 육체가 새로 구성되면서 생겨난 변화 같은데 자세한 분석을 하기에는 생체 실험용 샘플이 필요하다. 그런데 내 몸을 가지고 그 딴 걸 하고 싶지 않으니 통과다. 그래서 생각한 것이 잊고 있던 무공서이다.

대강 읽어봤는데 상당히 난해한 내용이었고 꾸준히 연마하지 않으면 효과를 보기 힘든 방법이 대부분이었다. 내가 원하는 정도의 힘을 얻기 위해서는 60년 정도 수련해서 1갑자 이상의 내공이 없으면 성취가 불가능했다. 60년이라니 말도 안 되는 수치다. 대체 무공을 개발한 인간들은 무슨 생각을 하고 만들었는지 모르겠다. 60년간 고되게 연마해서 '힘 좀 써볼까' 하는 때가 오면 수명이 다해 죽는다. 이 무슨 바보 같은 짓인가?

속성으로 빠르게 배울 수 있는 방법이 필요했다. 그래서 내용에 대한 자동 요약을 시도해 봤지만 워낙 난해해서 원하는 데이터를 얻을 수 없었다. 결국 일일이 다 읽어보고 나서야 방법을 찾을 수 있었다. 일단 필요한 것은 내공심법이다.

역근경을 읽어보니까 필자가 하고 싶은 말은 결국 '대자연의 기를 단전에 모아라' 라는 말로 압축이 가능했다. 이것이 아마 내공인 모양이다.

그런데 자연 중에 존재하는 기라는 에너지는 그렇게 풍부하지 않기 때문에 인간의 몸에 그것을 쌓아나가려면, 역근경의 말로 내공을 증진시키려면 엄청난 시간이 필요하다. 이것은 효율성의 문제인데 빠른 내공 성취를 위해서는 기가 많은 곳에서 효율적인 내공심법으로 수련하는 것이 바람직하다는 결론이 나온다. 21세기에 와서야 비로소 수치로써 환산이 가능해진 기의 양은 신기하게도 웜 홀에 가까이 갈수록 강해지는 것을 수치 계산기를 통해 파악할 수 있었다. 웜 홀이라는 공간이 빨아들이는 습성이 있어서 기의 평방미터당 분포량이 매우 높을 것이라는 가설을 세워볼 수 있다. 이것으로 기가 많은 적절한 수련 장소는 웜 홀 안일 거라고 결론 지을 수 있었다. 어찌 될지는 들어가 봐야 알겠지만……

　이제 효율적인 내공 수련에 대한 방법이 문제였다. 역근경에는 이러저러한 설명이 아주 난해하게, 마치 배우다가 주화입마라는 것에 걸려 그냥 죽어라 하는 식으로 해설을 해놓았는데 대강의 방법은 호흡의 조절과 몸 안에 존재하는 기의 혈도에서의 순환을 이용하는 것이었다. 이것을 해결하기 위해서 자동 산소 흡입기와 나노머신을 이용한 강제 기 배출 및 이동 장치를 설계했다. 역근경에 나온 수련을 하기 위해서 이런 것들을 만들기는 했는데 얼마나 효과가 있을지는 아직 알 수 없다. 그것을 알기 위해서는 실험 동물이 필요한데 여기에는 그런 생명체가 없다.
　그래서 일단은 내 머리를 믿어보고 가동해 볼 생각이다. 이렇게 해서 지식의 보완, 내공의 성취라는 문제까지는 해결했다. 하지만 아직 외공이 남았다. 내공이 아무리 강해도 외공이라는 것을 배우지 않으면 효과가 떨어진다는 설명이 있었다. 뭐가 이리 배울 게 많은가 하는 불평도 들었지만 어차피 할 일도 없기에 마저 해보기로 했다.

엄청나게 많은 초식들이 있었는데 이걸 몸으로 다 배우려면 천 년이 지나도 끝날 것 같지 않았다. 다행히 독고라는 노인이 남긴 책에서 초식을 기억하지 않으면 더욱 강해진다는 구절이 있었다. 일정한 형식을 가지지 않고 상대의 동작을 보고 빈틈을 찾아내는 그런 경지에 이르면 당대 무적이 될 수 있다고 설명하고 있었다. 그래서 난 이거라는 생각이 들어 체술과 검술에 대한 무술 자료들 중 괜찮아 보이는 놈들로 쭉 뽑아서 영상으로 구현시켰다. 그리고 동작 카피기를 만들었다. 이것은 컴퓨터에서 만든 3차원으로 구현되는 동작들을 따라하는 기계로서 여기에 인간이 들어갈 수 있도록 2미터 정도의 마네킹 모양으로 된 기계다. 웜 홀 안에 들어가 스위치만 넣으면 4~5년 동안 반복해서 내가 고른 무술들의 동작을 취해줄 것이다. 그러다 보면 자동으로 몸에 배지 않을까 하는 아이디어로 만든 건데 역시 효과가 있을지는 미지수다.

이런 이유로 냉동 수면법이 아닌 적절한 수면제의 투여를 통한 자연 수면법을 골랐다. 냉동으로 가면 웜 홀 밖으로 나왔을 때 나는 그대로 10살이겠지만 자연 수면으로 가면 아마 14~5세가 될 것이다. 아까운 유년기를 낭비하는 것이지만 그럴 만한 가치가 있으리라고 생각된다. 물론 내가 만든 기계들이 엉터리라면 그냥 허송세월에 불과하겠지만……

나는 애플 웜 홀에 도착하는 데 걸리는 긴 시간 동안 발명에 매달렸는데 웜 홀에 들어가기 1시간 전에 간신히 완성할 수 있었다. 나와는 사정이 다른 에트나는 냉동 수면을 취하게 해주었다. 이슈텔은 내가 잠든 동안 배의 제어를 맡겠다며 거절하기에 말리지 않았다. 이슈텔에게 너무 가혹한 게 아닐까 하는 생각도 들었지만 어차피 이슈텔은 인간이 아닌 다른 존재. 소울테이커를 제어하는 것이 태어난 이유인 그런 아이다. 그래서 무리하게 권하지 않았다. 어쩌면 다행일지도 모르겠다. 기계만 믿고 4~5년간 항해한다는 것은 어딘지 모르게 불안하니까……

"소울테이커, 지금부터 애플 웜 홀로 돌입합니다. 마스터 오빠, 에트나 언니, 모두 잘 자."

"뒤를 부탁한다, 이슈텔."

"미안해, 이슈텔. 우리만 자서."

"내 걱정 말고 어서 들어가. 5분 후면 도착이야."

에트나는 냉동 수면기로, 나는 3가지 학습을 하기 위해 온갖 선들을 주렁주렁 연결해 놓은 동작 카피기 겸 수면기로 들어갔다. 수면 중 학습을 위한 헬멧이 씌워지고 알아둬야 할 지식들이 반복, 재생되는 가운데 동작 카피기는 널뛰기를 시작했다. 잠시 어지러움이 들었지만 시간별로 투입되는 안전 수면제가 내 팔의 혈관을 타고 주입되면서 나는 잠에 빠져들었다.

이제 잠에서 깨어나면 나는 다른 우주에 있게 될 것이다. 그곳은 어떤 곳일까? 사라져 가는 의식 속에서 묘한 기대감에 가슴이 벅차오르는 듯한 기묘한 감정이 들었다.

얼마나 시간이 흘렀을까? 누군가 몸을 흔드는 감각을 느낀 나는 정신이 돌아오는 것을 느꼈다. 아무리 먹어도 자살과는 아무 상관 없어서 유명해진 안전 수면제이지만 장기간에 걸쳐 혈관에 투여한 탓인지 몽롱한 것만큼은 어쩔 수 없었다. 나를 흔드는 사람이라고 해봐야 에트나 아니면 이슈텔이겠지. 그렇게 생각하면서 나는 눈을 떴다.

에트나였다. 그런데 에트나의 키가 팍 줄었네? 나하고 비슷하잖아?

흐릿한 의식 속에서 그런 생각이 들었지만 곧 그 이유를 깨달을 수 있었다. 그녀가 작아진 게 아니라 내 키가 커진 거다. 자기도 모르는 사이에 훌쩍 높아져 버린 눈 높이로 세상을 보니 참 묘한 기분이다.

"이제 일어났어요?"

"응."

자동으로 신체의 노폐물을 제거해 주고 필요한 영양을 공급해 주는 녹색의 안개―이 기체는 그 외에도 장기 수면 중 발생하는 자잘한 문제까지 해결해 주고 있다. 아마도 기체의 압력을 조절하는 방법으로 마사지를 해주고 피부를 통한 영양 공급과 노폐물의 제거가 이루어지는 것이라고 여겨지지만 확실하지는 않다. 아직 소울테이커의 시스템은 모르는 게 많다―너머로 에트나가 나를 바라보고 있었다.

"여기가 어디야?"

"아직 잘 모르겠지만 웜 홀은 통과한 모양이에요. 어서 샤워하고 브리지로 와요. 이슈텔이 기다리고 있어요."

"알았어."

샤워하러 가려고 일어나는 나의 귀에 후욱 하는 낮으면서 긴 숨소리가 들린다. 뭐지, 이건? 내 숨소리인가? 내공이 깊을수록 길고 낮은 묵직한 호흡이 된다고 책에서 보았다. 자면서 행한 수련이 효과가 있나 보다. 그런데 비교 대상이 없으니 얼마나 성과를 이루었는지에 대해서는 자세히 알 수 없었다. 몸을 움직여 보니 가뿐하기는 한데 힘이 좋아졌는지 어떤지는 느낄 수 없다. 역시 상황이 닥치지 않으면 모르는 모양이다.

책에 나온 대로 진기를 운행해 보았다. 단전에서 끈적끈적한 무언가가 움직인다. 손가락을 움직이려고 생각하면 손가락이 까딱이듯 생각하는 대로 움직이는 새로운 수족이 생긴 듯한 기분이 들었다. '기가 모인 곳은 총알이 맞아도 튄다' 라는 글을 봤을 때는 별 감흥이 없었는데 막상 내 의지대로 몸을 운행하는 기를 느끼자 정말이지 않을까 하는 생각조차 들 정도로 강한 기운을 느낄 수 있었다. 물론 진짜로 총 맞고 죽나 안 죽나 실험해 볼 생각은 없다. 미쳤냐, 그런 짓을 하게?

태극권에 대한 초식을 떠올려 보니 몸이 저절로 움직인다. 몇 년이라는 세월 동안 익숙해져서인지 권로를 연상하자마자 능숙한 동작으로 몸이 움직인다. 쌍풍관월(雙風貫月)의 초식으로 양손을 원형으로 만들어서 기를 격출시켜 보니 나를 중심으로 바람이 둥그렇게 일어나는 것을 느낄 수 있었다. 제법 괜찮은걸? 그런데 이거 사람이랑 싸운다면 얼마나 효과가 있는 걸까? 땀 식히라고 바람이 나는 건 아닐 테고……. 나중에 기회가 되면 다시 시도해 보자. 자, 다음은 독고구검을 한번 써볼까?

우주 시대에 무슨 검술이냐고? 다른 이유가 있는 것은 아니다. 전에 이슈타르가 나에게 휘두른 빛의 검을 만들 수 있을 것 같았기 때문에 배워보고 싶었다. 이건 내가 안톤 보완 계획을 위한 기계들의 완성이 끝나고 생각해 본건데 나의 몸이 이슈타르가 말한 것처럼 그녀와 비슷한 구조라면 나 역시 빛의 검을 쓸 수 있을지도 모른다. 이 생각은 일시적인 것이었으나 무공과 검술, 그리고 내공에 대한 지식이 쌓이면서 실현 가능성이 상당히 높다는 생각이 들었다.

내가 처음 빛의 검을 봤을 때는 물리학적으로 불가능하다고 생각했으나 물리학이 아닌 기라는 방법을 사용하면 만들 수 있을 것도 같았다. 빛은 직진성이 있으니 힘들지만 기는 몸 안을 순환한다. 책에서 본 바에 의하면 일정 경지에 이르게 되면 몸 밖으로 기를 뿜어내는 것도 가능하다고 한다. 즉, 이것을 좀 더 발전시켜서 검의 길이만큼 손 밖으로 기를 뿜아내어 검의 모양으로 만들 수 있을 것 같았다. 아직까지 무협 역사상 순수한 기로 이루어진 검을 사용한 사람은 아무도 없지만 검에 기를 불어넣어서 살상력을 높인 고수는 무수히 많다. 이것은 기의 운행이 단순히 육체에서뿐만 아니라 보다 확장된 영역에서도 행할 수 있다는 증거다. 물론 중국 사람들은 뻥이 심하기 때문에 전적으로 신뢰할 수는 없다.

기를 살살 모아서 손바닥에 모은 후 튀어오르는 이미지를 떠올려 보며 행공을 해보았다. 손 안에서 기가 꿈틀거린다. 그러나 이것을 공중으로 방출시킨다는 것은 쉬운 일이 아니었다. 경맥을 타고 움직이는 기가 단전에서 계속 손바닥으로 모여들면서 피부로는 감당할 수 없을 것만 같은 강한 힘이 나갈 곳을 찾기 위해 손바닥 전체를 울렁거리게 하며 빙빙 돌기 시작했다. 회전이 점점 빨라지더니 우유 광고에 나오는 왕관 모양으로 일렁거렸다. 드디어 피부 아래에서 돌고 있던 기가 그것을 막고 있던 나의 살갗을 통과해서 위로 솟아올라 왔다.

이슈타르가 쓰던 빛의 검보다 가늘고 약한 광채를 내고 있었지만 틀림없는 그것이다. 그러나 완전한 검 모양으로 만들어낼 수는 없었다. 기의 완전한 통제가 되어야 하는데 잘되지 않은 모양이다.

내공이 부족해서인지 아니면 잡념이 많아서인지 알 수는 없었지만 내가 만든 빛의 줄기는 1센티 정도 올라오고는 더 이상 커지지 않았다. 그나마도 '이게 뭐야?' 라는 생각을 하는 순간 폭 하고 꺼져 버렸다. 아무래도 실전에서 쓰려면 애로 사항이 많겠다. 5분간 집중해야 간신히 발가락만한 검을 만들 수 있고 그나마도 10초 만에 사라져 버린다면 어다다 쓰겠는가?

'실망스러운걸?'

그러나 빛의 검이 아닌 기의 검을 만들어낼 수 있다는 것만은 확인

되었다. 이 부분에 대해서는 차차 해결해 나가도록 하자. 독고구검을 써보려면 일단은 금속으로 된 검을 새로 하나 만들어야겠다.

―마스터 오빠, 뭐 하는 거야? 당장 브리지로 와!

이런 생각을 하고 있을 때 작은 입체 스크린이 내 앞에 나타나더니 다급한 표정의 이슈텔의 모습이 나타났다.

"오랜만이야. 그동안 별일없었어?"

―말썽쟁이 오빠가 잠자고 있는데 당연히 별일없지. 이게 아니지, 지금은 그게 문제가 아니란 말야.

"응, 나도 알아. 몇 년 만에 잠에서 깨어났으니 점심은 뭔가 특별한 걸 먹어야겠지? 뭘 먹을까? 이거 문제네?"

―무슨 소릴 하는 거야? 탐지기에 8772로 추정되는 물체가 나타났어! 얼른 와!

"뭐라고? 알았어. 지금 간다."

8772라는 우주선과 이렇게 빨리 만나게 될 줄은 생각도 못했다. 이것은 우연이 아니다. 우주라는 공간은 엄청나게 넓다. 그런데 이쪽 우주로 넘어온 지구의 우주선은 모두 8772를 만났다. 이것으로 미루어보아 세 가지 가능성이 있다.

첫째, 그래도 우연히 겹쳤을 뿐이다.

둘째, 녀석은 새로운 손님에게 뭔가를 팔러나왔다. 저 큰 덩치 안에는 반지나 목걸이 같은 액세서리가 가득하다.

셋째, 8772는 다른 우주에서 이쪽 우주로 넘어오는 자들을 싫어한다. 의도적인 접근이다.

아무래도 세 번째 같다. 두 번째 것은 왜 나온 거야? 쯧.

8772를 만난 우주선은 모두 생을 마감했다. 소울테이커라고 해서 저런 덩치를 상대할 수 있을까?

여하간 브리지로 가자.

브리지의 문을 열고 들어갔다. 에트나가 눈을 동그랗게 뜨고 모니터를 보고 있었다. 이슈텔은 만약의 사태를 대비해 소울테이커의 시스템 점검을 하고 있었다.

"안톤님, 저게 8772인가요?"

에트나가 그렇게 물었지만 나 역시 처음 보는 거다. 사진으로 본 것은 8772의 아랫배 부분뿐이다. 커다랗게 나온 주둥이에는 날카로운 송곳니가 솟아나 있고 이마에는 수평으로 구부러진 기다란 뿔이 달려 있다. 몸체는 악어의 그것과 비슷하지만 배 부분이 불룩하게 튀어나와 있다. 장식인 줄 알았던 네 개의 발이 가끔씩 움직이는 걸로 봐서 그냥 폼으로 붙어 있는 건 아닌 모양이다.

기다란 꼬리는 8772가 몸을 움직일 때마다 커다랗게 흔들리며 기다란 뱀이 움직이는 것같이 꿈틀거렸다. 녀석의 몸 상단은 우둘투둘해 보이는, 마치 자갈밭의 그것과 같은 피부로 덮여 있으며 육각형 모양의 돌기가 수없이 튀어나와 있다. 전함이라고 치기에는 너무 이상한 생김새다. 지구에서 사용하는 것과 같은 무기 체계는 찾아볼 수 없다.

"이슈텔, 8772와의 거리는?"

"2,700만 킬로미터. 앞으로 10분 후면 바스터 포의 사정 거리에 들어올 거야."

8772라는 전함에 타고 있는 존재에 대해서는 모르겠지만 해치워야겠다. 덩치가 큰 8772니까 아무래도 기동성은 떨어지겠지. 서둘러 해치우고 다시 지구로 돌아가자.

"바스터 포 차징. 8772가 사정 거리에 들어오면 바로 발사할 수 있게 준비해 줘."

"분자 제어 장치 작동. 바스터 포 발사 준비. 에너지 차징 개시."

자, 그럼 8772의 실력을 한번 볼까?

노란색으로 점멸하는 8772의 식별 마크가 사정권에 들어오자 망막 스크린에 락온 표시가 나왔다.

"차징 완료. 분자 제어기 컨트롤 양호. 발사 대기 상태 완료."

"발사."

웜 홀을 통과하기 전보다 커진 바스터 포의 빛이 8772를 향해 날아 갔다. 소울테이커는 사용자의 성장에 따라 함께 강해지는 우주선이니까 아마 위력도 증가했겠지? 기분 괜찮은데?

"명중 확인에 들어갑니다. 분석 중. 8772가 보이지 않습니다."

"그럴 리가? 다시 한 번 확인해 봐."

악명 높은 8772가 이렇게 허접한 놈이었다면 지구 함대가 전멸할 이유가 없다.

"6시 방향에 질량 반응."

"순간 이동? 설마?"

12시 방향에서 날아오던 8772가 바스터 포를 피하고 반대 방향, 그러니까 소울테이커의 후미에 나타났다. 워프나 순간 이동 따위는 불가능해. 더구나 2킬로미터가 넘는 그런 몸으로는 절대 불가능해. 저걸 가능하게 하려면 필요한 에너지의 양만도 태양 몇천 개는 삼켜야 간신히 모을 수 있을 거야. 대체 어떤 연료로 그만한 고출력을 내는 것일까?

더구나 워프 이론을 수행할 수 있을 만큼 강한 선체라니……

하지만 사실이다. 천재의 계산 밖에서 노는 존재가 있다는 건 그다지 기분 좋은 일이 아니다.

"8772에서 고열 반응 감지."

"쏘울베리어 가동. 회피각 우현 5도. 상승각 0.3도. 속도 3우주 노트 상승."

8772의 주둥이가 벌어지더니 마치 전 우주를 덮을 것만 같은 엄청난 화염의 기체가 사방을 뒤덮는다. 엄청난 출력이다.

"피해 보고."

"쏘울베리어 제너레이터 출력 50% 저하. 내부 온도 계속 상승합니다."

"주 엔진 정지. 8, 9번 보조 엔진 가동. 상승각 90도. 서둘러!"

"명령 실행합니다."

지금의 상황을 볼 때 8772의 고출력 화염 빔은 가로로 넓게 뿜어지지만 세로로는 그보다 좁다. 그렇다고 해서 보통의 빔 병기에 비해 절대 얇다는 소리는 아니다. 비교적 그렇다는 거다. 여하간 베리어가 깨어지기 전에 간신히 화염 속에서 빠져나올 수 있었다.

대단한 무기다. 위력 자체는 바스터 포보다는 못하지만 저 넓은 화염 빔의 범위는 그것을 충분히 커버하고 있다. 분사하는 시간도 길다. 거기다 화염 효과의 지속 시간이 길게 유지되기 때문에 탈출 후에도 선 내 온도를 내리기가 쉽지 않았다.

"냉각 장치 풀 가동. 비트 편대 준비."

"냉각 촉매 소울테이커 표면에 분사. 비트의 사출 준비에 들어갑니다."

비트는 요번에 발견한 무기인데 처음에는 좀 커다란 축구공인 줄만 알았다. 내가 가진 소울테이커의 지식에는 없는 것으로 보아 아마도 나 이전의 전 주인이 만든 무기인 모양이다. 검정과 하얀색이 번갈아 가면서 무늬를 이루고 있는데 하얀색은 추진 장치이고 검정색은 일종의 빔 무기 증폭 렌즈로 추정된다. 소형 엔진을 왜 이렇게 많이 붙일 필요가 있었을까?

더구나 빔 포의 숫자도 지나치게 많다. 소울테이커의 컴퓨터와 연계하여 약간의 조사 끝에 알아낸 것은 이 녀석이 인간의 뇌파로 움직인다는 사실이다. 눈으로 물체를 보는 것보다 뇌에서의 판단이 빠르다. 판단이 내려지면 즉각 그대로 반응하는 그런 움직임을 가능하게 하기 위한 다수의 소형 엔진과 어떤 각도에서도 공격이 가능하도록 촘촘히 배치된 많은 수의 플라즈마 포를 가진 것이 비트였다. 별로 권장 무기는 아니다. 효율적인 운용을 위해서는 3기 세트로 출격해서 빈틈없는 압박 포메이션을 구사해야 하는데 정신을 3개로 쪼개서 각각의 비트를 움직여야 한다. 이거 생각보다 만만한 일이 아니다. 삼중 인격자라면 모를까.

"비트 편대 사출되었습니다. 컨트롤 넘깁니다."

"비트 제어 시작. 이동 중 바스터 란쳐 충전."

골치 아프다. 소울테이커에 명령도 해야 하고 비트 제어도 해야 한다. 에트나는 혼자 신나서 발칸을 쏘아대고 있지만 덩치만 봐도 파리가 사람한테 주먹질하는 격이다. 이런 무기로 효과를 바란다는 건 무리다.

비트 역시 고출력의 플라즈마 포라고 해도 효과를 보기는 힘들다. 다만 눈속임이다. 하나의 비트당 20개의 포문을 가지고 있으니까 적의 탐지 기능을 어느 정도는 막아줄 수 있을 거라고 생각했다. 어차피 이쪽은 바스터 란쳐 이외엔 놈에게 타격을 입힐 만한 수단이 없으니 끝까지 물고늘어져야 한다.

비트 편대가 8772를 삼각 대형으로 포위하고 바스터 포를 날려댔다. 그러나 빠른 비트의 세밀하게 계산된 포격에도 불구하고 8772의 피부에 맞지 않는다.

이상한걸? 바스터 포는 순간 이동으로 피했다고 쳐도 저 덩치로 50센티미터 간격으로 발사되는 플라즈마 포를 피할 수 있을 리가 없어. 덩치가 2킬로미터도 넘는 놈이 모두 피한다는 건 불가능해. 그러나 모니터 상으로는 녀석이 착실하게 얻어맞고 있는 걸로 보인다. 하지만 목표에 맞았다면 빔의 궤적이 어느 정도 영향을 받아야 하는데 그렇지 않다. 분명히 녀석은 다 피해내고 있다. 덩치에 어울리지 맞게 아픈 걸 싫어하는 걸까? 그럴 리 없겠지. 그렇다면 답은 하나.

"이슈텔, 비트의 상대 속도 자동 수정 조준 장치를 끈다."

"하지만 마스터 오빠, 수동으로 비트를 조정하면 뇌에 무리가……."

"괜찮아. 나는 천재니까. 지금부터 바스터 포를 최대한 많이 발사해. 나는 이제부터 비트 조정에 전념할 테니까 너와 에트나의 합의하에 그렇게 해줘."

"어째서? 비트만 가지고는 8772를 이길 수 없어."

"실험해 보고 싶은 게 있으니까."

나는 한번 웃어준 후 비트의 제어에 들어갔다. 이제 막 새 우주를 개척하려는 인간적 오류. 그것은 빛의 속도를 넘어설 수 없다는 일종의 한계점을 설정한다는 것. 이것은 오랜 동안의 금기였다. 일명 아인슈타인의 악몽. 상대성 원리의 저주라고도 불렸다.

그러나 이 이론은 오랜 기간 깨지지 않았고 결국 모든 사람들이 믿게 되었다. 빛보다 빠른 물체는 존재하지 않는다고.

하지만 지금 8772가 비트의 빔 포를 피할 수 있다는 것은 이런 고정 관념을 깨지 않으면 설명할 수 없다. 소울테이커의 모든—레이더, 적외선, 열 감지기 등등—탐지 장치에 걸리지 않고 오직 감시 카메라로만 포착이 가능한 8772. 공간이 일그러지는 것으로 탐지하는 질량 반응으로는 잡을 수 있으나 공간 왜곡에 대한 정보가 들어올 때쯤이면 녀석은 빛보다 빠른 속도로 이동하여 그 정보를 무력화시킨다. 고성능의 망원 렌즈 덕에 다른 탐지 장치 없이도 불편을 못 느끼고 오직 눈으로 녀석을 추적하면서 바스터 포를 쏴댔지만 그것은 녀석이 사라지고 난 빈자리에 대고 행한 삽질이었음에 틀림없다. 녀석의 덩치를 보고 '이 녀석은 느리겠지'라고 생각했기 때문에 일어난 오류다.

어째서인지 인간은 고정관념을 가지고 있다. 공룡은 오랜 세월 동안 멍청하다고 믿겨졌으나 사실은 그렇지 않았다. 과학자들의 주장은 공룡의 덩치에 비해 뇌의 크기가 작기 때문이라고 설명했으나 사실 뇌의 크기와 지능이 항상 비례하는 것은 아니다. 단지 대부분의 사람들이 덩치가 크면 움직임도 둔하고 움직임이 둔한 동물은 멍청하다고 막연히 생각했기 때문에 2세기에 걸쳐 아무도 반론을 제기하지 않았다. 그래서 오랜 세월 동안 그것은 사실로 받아들여졌다.

그런 거다. 나도 모든 물체는 빛의 속도를 넘을 수 없다고 생각했으나 지금 8772의 기동은 아무리 봐도 광속을 넘어서고 있다. 그렇지 않고서는 실시간으로 들어오는 8772에 대한 위치 정보를 무력화시키고 비트의 화망을 간단히 통과할 수 없을 거다. 과학적으로는 불가능해도 절대적으로 일어날 수 없다고는 할 수 없다. 지금 나는 이계에 있으니까 상식 안의 일만을 기대할 수는 없다.

적이 조준선 안에 들어왔을 때 빔을 쏘면 정지해 있는 타깃은 맞지만 움직이는 타깃은 맞지 않는다. 그 이유는 빔이 날아가는 시간이 있기 때문이다. 타깃의 이동 방향과 속도를 계산하여 이 오차를 줄이지 않으면 명중시킬 수 없다. 8772와 싸우기 위해서 먼저 해야 할 일은 적의 속도에 대한 명확한 분석이다.

8772는 잠깐씩만 모습을 보여주고 대부분의 모습은 숨긴 채 초광속으로 이동 중이다. 비트는 상대 속도를 계산하여 자동으로 이에 대한 오류를 수정한 조준선 안에 목표를 나타내므로 정 조준이 되기만 하면 적에게 맞는다. 단, 이것은 빛의 속도 이하의 물체에 한해서의 이야기이다.

빛의 속도 이상이 되면 탐지하기도 어렵다. 각종 탐지기의 신호가 컴퓨터로 들어오는 시간, 컴퓨터가 처리하는 시간, 명령이 전달되는 데 걸리는 시간들이 필요하기 때문에 사람이 받아보는 정보는 새로운 것이 아니다. 과거의 흔적일 뿐이다.

그렇다면 탐지기에 기록되는 정보나 눈으로 보이는 영상에 의지해서는 8772를 맞출 수 없다. 녀석의 진행 방향을 미리 예측하고 빔을 쏘아 명중 여부를 계산하고 여기에 맞춰 공격해야 한다.

나는 비트의 플라즈마 포를 8772의 현재 위치라고 표시된 좌표에서 30만 킬로미터 앞의 전방에 발사해 댔다. 그래도 목표에 명중할 때 발생하는 고주파는 탐지되지 않았다. 조금씩 범위를 넓혀가자 반응이 생기기 시작했다. 수학적으로 계산해 볼 때 녀석의 속도는 빛의 5배이다. 속도가 나왔으니 이제 녀석의 진행 패턴을 분석해야 한다. 또 여기에 녀석의 질량에 의한 중력 왜곡과 이쪽에서 나가는 빔 포의 속도 등 모든 것을 고려해야 한다. 이런 것의 계산 자체는 아주 간단하지만 막상 암산으로 풀려면 며칠은 걸린다. 다행히 소울테이커의 정보 처리 CPU는 매우 우수하기 때문에 곧 결과를 산출해 낼 수 있었다.

"이슈텔, 바스터 포 차징. x276, y632, z342 좌표로 3.2초 후 최대 출력으로 자동 발사."

"명령 실행. 바스터 포 발사 예약 모드 작동합니다."

물체의 속도가 올라가면 물체의 부피는 작아진다. 이것은 제트기 정도의 속력만 가지고도 아주 미세하게 확인해 볼 수 있다. 속도가 점점 증가할수록 부피의 증가는 커진다. 그리고 빛의 속도에 이르게 되면 크기라고 부를 수 없는 작고 작은, 백설 공주에 나오는 일곱 난장이의 양말 구멍보다 몇십만 배 작은 0에 무한하게 가까운 그런 존재가 된다. 현재까지의 물리학에서 정설로 받아들여지는 이론이다.

빛의 속도를 넘어서고 있는 8772는 이 이론에 따르면 물체라고 부를 수 없을 것이다. 이것이 가능하다면 현재 8772는 자신의 모든 질량과 부피를 몽땅 에너지로 변환한 채 비행 중일 거다. 만약 어떤 장애물로 8772의 진로를 가로막는다면 8772는 그냥 그것을 통과해 지나칠 것이다. 부피가 없는 물체가 형태가 있는 물체에 막힐 이유가 없다. 순수한 에너지체. 여기에 다른 에너지를 가하게 되면 어떤 형태로든 에너지체는 타격을 입을 것이다. 본체로 있을 때보다 더 심한 타격을.

"바스터 포 발사."

소울테이커의 전면부에서 최고 출력으로 발사된 바스터 포는 8772라는 에너지 체의 비행 방향의 앞쪽으로 날아갔다. 그리고 두 빛은 서로 만났다.

쿠쿠쿠쿠쿠쿠쿵!

에너지와 에너지의 만남은 엄청난 빛을 내뿜으며 주위로 퍼져 나갔다.

"경고. 위험합니다. 차원의 벽이 무너지고 있습니다."

"쏘울베리어 전개. 긴급 회피 모드."

그러나 늦었다. 빅뱅에 맞먹을 만한 에너지가 8772 안에 있을 줄은 생각도 못했다. 폭발이 일어날 줄은 알았지만 소울테이커의 장갑이라면 충분히 견딜 거라고 생각한 건 큰 오산이었다. 저 엄청난 에너지를 어떻게 버틴단 말인가? 곧 자기 태풍이 몰아치고 이쪽 우주는 불길에 휘말리겠지. 이기고도 지다니… 이건 내 취향이 아니야.

"시공간이 일그러집니다. 더 이상 버틸 수 없습니다."

막대한 에너지의 힘에 의해 평면 우주 한가운데에 커다란 구멍이 생겼다. 전속으로 도망치고 있지만 갈라진 우주의 크레바스가 당기는 힘 때문에 속도가 나지 않는다. 오히려 뒤로 끌려가고 있다. 에너지 폭풍은 빠른 속도로 뒤에서 다가오고 있다. 끝장이다.

그렇게 생각한 순간이었다.

덜컹!

격한 구역질이 올라온다. 뱃속이 뒤섞여서 금방이라도 토할 것만 같은 느낌.

"우웩!"

먹은 게 없기 때문에—잠자는 동안 링겔과 같은 방식으로 영양 보충을 해왔다—위산의 신맛과 합쳐진 침만이 쏟아져 나왔다. 이슈텔은 아무렇지도 않은 모양이지만 에트나 쪽은 그렇지 않았다. 그녀 역시 오바이트를 하고 있었다. 입덧이라고? 무슨 소릴 하는 거야?

"위험 지역에서 벗어났습니다. 계기 안정. 현 위치 파악에 들어갑니다."

소울테이커를 제어하고 있을 때는 지극히 냉정한 이슈텔의 음성이 들려왔다. 나는 잠시 가부좌를 틀고 들끓고 있는 기혈을 안정시키기 위해 내공을 순환시켰다. 차 한 잔 마실 시간이 지나고 나서야 간신히 정신을 차릴 수가 있었다. 에트나가 계속 토하고 있는 것을 보고 그녀의 등에 양손을 올리고 진기를 불어넣어 주었다.

"안톤님!"

"조용히. 저항하지 말고 자연스럽게 받아들여. 처음엔 좀 어색할지도 모르지만 곧 익숙해질 거야."

어째 말하고 나니까 신혼 첫날밤에 신부한테 하는 대사 같은 느낌이… 아름다운 신부에게 다가가는 나. 천천히 입을 맞추고 부드럽게 침대에 그녀를 눕힌다. 다음에는 치마를 벗… 안 돼!

퍽퍽퍽! 이런 야리꾸리한 생각이 들다니? 어째서지? 음, 그렇지. 천재는 아무리 가만히 있고 싶어도 남아도는 두뇌 회전력 때문에 별별 생각이 다 드는 거야. 당연하지. 그렇지 않으면 내가 엄청 밝히는 것 같잖아? 나는 아직 순진무구한 천재니까 보통 사람처럼 욕정에 사로잡히거나 하는 일은 절대 있을 수 없어.

"안톤님, 아파요!"

"아, 미안."

잠시 딴생각을 하다가 너무 많은 진기를 주입했나 보다. 곧 그녀의 등에서 손을 떼고 일어났다. 에트나의 얼굴이 발그레한 것으로 보아 정상으로 돌아온 모양이다.

그런데 여기는 어디지? 8772와 싸울 때와는 다르게 펼쳐진 별들의 모습. 우주의 크레바스에 빠져서 또 다른 세계로 들어온 건가? 아니야. 그러기 전에 에너지 폭풍에 휘말려 우주의 먼지가 되어 산산이 흩어졌을 거다.

가정 1.

소울테이커의 숨겨진 기능이 가동되면서 에너지 폭풍을 버텼고 우주의 크레바스 안으로 무사히 들어왔다. 이건 아냐. 그랬다면 에너지 폭풍에 맞은 충격이 있을 텐데…….

가정 2.

인류는 알 수 없는 우주의 기현상에 말려들어 자기도 모르는 곳으로 이동되었다. 바보냐? 그런 일이 있는지도 의문이지만 설사 있다고 해도 딱 위기의 순간에 발생한다는 건 확률적으로 불가능하다.

가정 3.

내 안에 있는 천재 파워가 나도 모르는 사이에 발동되어 위험을 넘겼다. 내가 이중인격자도 아니고 이런 일이 있을 리가 없잖아?

가정 4.

8772가 살려주었다. 방대한 에너지를 가지고 있는 미지의 전함이니 다른 물체를 이공간으로 옮기는 것도 가능할지 모른다. 그러나 바스터포에 맞고 죽었거나 아니면 극심한 타격을 받았을 텐데 왜 그런 친절을 베풀어? 이 천재님의 놀라운 두뇌에 반해서 종이 되기로 결심했다든가 하는 유치 찬란한 발상을 하기에는 내 머리가 너무 좋다. 하지만 이 가정이 가장 신빙성있는 것도 사실이다. 나도 모르는 사이에 우주에서 가장 멋진 쿨 가이로 소문나서 8772의 승무원들이 나를 새 함장으로 모시고 싶어하는 건 아닐까? 음하하하! 웃고 나니 허망하네? 애들도 아니고 바보같이.

그럼 대체 어떻게 된 것일까?

"결과 나왔습니다. 애플 웜 홀의 출구에서 5시 방향으로 약 57광년 떨어진 곳입니다.

57광년이라고? 빛의 속도로 달려도 57년이 걸리는 엄청난 거리. 그런 장거리를 뛰어넘었다는 말인가? 소울테이커의 능력으로도 절대 불가능해. 이해할 수 없어.

"공간 왜곡 포착. 대 질량 반응. 8772입니다."

"뭐라고? 어디야?"

"거리 2,000미터. 앗! 제로……!"

"무슨 소리 하는 거야, 이슈텔? 고장인 거야? 대답해 봐! 왜 멍하니 있는 거야?"

"질량 반응이 사라졌습니다."

"……."

뭐가 어떻게 돌아가는 걸까? 8772는 그 대폭발에도 죽지 않았다. 우리를 워프시키고 자신도 따라왔다. 자신에게 상처를 입힌 우리를 자기 손으로 응징하기 위해서? 그리고 도망갔다?

뭔가 이상하잖아?

나는 잠시 브리지 안에서 왔다 갔다 하며 생각을 정리하고 있었다. 그때였다, 갑자기 사내가 나타난 것은.

사내는 검은 옷을 입고 있었다. 바지는 검정 벨벳 천의 특색 없는 것이었지만 중세 갑옷으로 보이는 칠흑같이 검은 가슴받이와 배갑은 무척 특이한 광채를 뿜고 있다. 팔에는 역시 검정색의 금속판으로 된 건틀렛을 착용하고 있었는데 일반적인 그것보다 두꺼워서 마치 뽀빠이의 팔과 같이 부풀어올라 있었다. 두르고 있는 검정 망토는 아무런 장식 없는 그냥 검은 천이었음에도 불구하고 사내의 강한 인상과 잘 어울려 묘한 카리스마를 더해주고 있었다. 긴 검정 머리칼은 작은 끈으로 하나로 묶어 어깨 아래로 내려와 있었다. 지구에서 저런 머리를 하고 다니면 변태 취급을 받겠지만 이 사내에게 어울릴 만한 다른 헤어 스타일은 떠오르지 않았다.

사내는 길게 한숨을 내쉬었다. 그가 손가락을 한번 튕기자 바닥에서 공중에 붕 뜨는 의자가 소환되어 나왔다. 저런 의자가 있었던가? 나도 처음 보는 것이다. 이 사내는 소울테이커에 대해서 나보다 더 잘 알고 있는 것 같다. 사내는 털썩 그 의자에 주저앉더니 잠시 천장을 바라보았다.

갑자기 등장한 사내 때문에 나는 잠시 말문이 막혀서 선 채로 가만히 있었다. 에트나가 걸어오더니 내 앞을 가로막고 섰다. 그녀는 이 사내가 나한테 해를 끼칠 것을 염려해서 그렇게 한 것이리라.

그러나 이슈텔이 취한 행동은 이해가 가지 않는다. 그녀는 마치 최면에라도 걸린 모양으로 그 사내에게 다가갔다. 어느새 그녀의 모습은 이슈타르로 변해 있었다. 훌쩍 큰 키의 이슈타르로 모습이 바뀐 그녀는 사내에게 다가가 그의 앞에 무릎을 꿇고 사내의 다리에 머리를 올렸다. 사내는 그런 이슈타르의 긴 머리칼을 쓰다듬어 주었다.

"마스터!"

"500년의 시간을 돌고 돌아 다시 보는구나, 이슈타니아, 아니, 이슈타르의 잔존 사념인가? 지금의 너는 새로운 주인을 만난 이슈텔이겠구나. 내가 그렇게 했으니 당연하겠지."

그럼 저 사내는 이슈텔의 전 주인이란 말인가? 이슈타르는 사내의 손길을 거부하지 않고 그의 무릎 위에 얼굴을 묻고 울고 있다. 사내는 자상한 얼굴로 그런 그녀를 바라보고 있었다.

"당신은 대체……?"

"나의 과거의 이름은 로엔 슈팅그레이. 지금은 이성인들로부터 에테르 차원계를 수호하는 골드 드래곤."

"드래곤?"

"내가 바로 조금 전 자네와 싸웠던 자일세."

8772가 이 남자라고? 그 2킬로미터가 넘는 덩치 큰 전함이 당신이라고? 거짓말.

생명체가 축소될 수 없는 이유는 몸이 줄어듦과 동시에 세포 역시 줄어들어야 하는데 세포는 일정 크기 이상으로 작아지면 제대로 기능을 발휘할 수 없다. 2킬로미터가 넘는 8772가 1.9미터 정도의 인간 크기로 줄어든다는 것은 상상이 가지 않는다. 더구나 축소된 후에 원래의 그의 질량은 다 어디로 사라졌단 말인가? 몸은 마구 구겨서 작아졌다고 해도 질량은 그대로야 한다. 몇천만 톤의 질량이 갑자기 실린다면 소울테이커의 계기들이 그냥 있을 리 없다. '나 죽네' 하고 비명을 질러댔을 거다.

"눈에 익은 소울테이커의 모습을 보고 반가운 나머지 무리하게 속도를 내다가 자네에게 한 방 먹었네. 내가 제정신이었다면 그런 위험한 짓은 하지 않았을 텐데……."

"하지만 당신은 우리에게 공격을 가했잖아?"

"자네의 대응을 보고 싶었어. 이 배가 형편없는 자의 손에 들어갔다면 파괴해야 하니까."

"어째서?"

"차원계의 질서를 위해서."

이 남자는 자신이 우주의 질서를 수호하는 신적 존재라고 믿는 모양이다. 하긴 그렇지 않았다면 아무 별이나 들어가서 점프 한 번만 해도 그 별은 박살이 날 만한 몸을 가지고 있으니 다행인지도 모른다.

"이 배 소울테이커는 인간과 함께 성장하는 배. 신의 영역에 도전한 어리석은 자들에 의해 만들어진 바빌론 선. 신의 저주와 어리석은 자들의 바람이 이끌어낸 악몽. 그리고 한때는 소중했던 나의 추억이 담긴 물건."

"알 수 없는 소리 하지 말고 자세히 말해!"

소울테이커가 단순한 배가 아니라는 사실은 알고 있다. 이 사내는 한때 분명 인간이었다. 그런 그가 골드 드래곤이라는 존재가 된 것은 소울테이커 때문인 걸까?

"나에게 남은 시간은 별로 없네. 자네가 준 타격으로 그 시간이 조금 줄어든 것이 안타깝군. 자네에게 부탁이 있네. 이제 곧 내가 봉인한 악마가 부활할 거야. 나는 에테르 차원계를 사랑해. 비록 나는 더 이상 인간이 아닌 다른 생명체가 되었지만 지켜주고 싶어. 나와 다른 드래곤의 존재는 넷. 하지만 그들은 완전한 드래곤이 되었으니 자신들 이외의 존재 따위는 관심도 없지. 그들은 악마를 막으려 하지 않을 거야."

"당신이 하면 되잖아. 봉인 따위는 당장 풀고 확실하게 죽이면 되잖아. 어째서 나한테 그런 귀찮은 일을 하라는 거야?"

"나의 수명은 다되었어. 드래곤이라고 해도 수명은 있는 법. 이것은 이성을 가진 모든 존재들의 숙명. 나의 뒤를 잇는 새로운 드래곤이 태어나겠지만 그것은 나와는 상관없는 전혀 별개의 생명체. 후임 골드 드래곤 역시 차원계의 수호자이겠지만 그의 힘은 당분간 미약하겠지. 그를 지켜주게. 그가 본래의 힘을 되찾는 날까지."

무슨 만화 같은 소리를 하는지는 몰라도 나는 정의를 구현하러 이곳에 온 게 아니야. 더구나 알지도 못하는 이계 따위는 어떻게 돼도 나랑은 상관없어.

"시간이 되었어. 그럼 이슈텔과 수호자를 부탁하네."

"기다려. 내 대답은 NO야!"

내가 그렇게 외쳐 댔지만 사내의 모습은 흐릿하게 변하더니 이윽고 몸 전체에 불이 붙었다.

"마스터!"

이슈타르가 그 불길 속으로 뛰어들려는 것을 나와 에트나가 달려가 간신히 말릴 수 있었다. 격렬한 불꽃이었지만 열기는 없었다. 오직 사내의 몸만을 태우는 그 불꽃은 잠시간 타오르다가 점점 작아졌다.

"마스터! 마스터! 마스터~ 어!"

절규하던 이슈타르가 바닥에 주저앉아 소리를 지르더니 푹 하고 쓰러졌다. 내가 서둘러 그녀를 부축했을 때 그녀는 더 이상 이슈타르가 아니었다. 익숙한 모습의 이슈텔로 변해 있었다.

"마스터 오빠, 왜 날 안고 있는 거야?"

이거야 원. 깨어난 이슈텔은 이슈타르였던 때의 기억이 없는 모양이다. 사내가 이슈텔을 부탁한다고 한 말은 이해할 수 있다. 그런데 수호자를 부탁한다는 소리는 무슨 의미일까?

데구르르르!

저것은? 알인가? 나한테로 굴러온 것은 50센티미터 크기의 점박이 달걀 모양의 구체였다. 설마 이 달걀이 수호자라는 건 아니겠지? 프라이해서 뱃속에 집어넣고 소화액으로 둘러싸서 보호해 주면 되려나?

그러나 프라이는 할 수 없었다. 알이 심하게 흔들리면서 금이 가기 시작했기 때문이다.

보통 알이 아니다. 저건 8772, 아니, 골드 드래곤의 알이다. 과연 어떤 모습의 생명체가 나올지 궁금했다. 순수한 학자로서의 궁금증이다. 다른 의도는 없다. 뭐, 순간적으로 새로운 생명체라면 해부해 보고 싶다는 생각이 잠깐 들기도 했지만……

"마스터, 계기가 이상 반응을 보입니다."

"뭐라고?"

소울테이커가 제어되지 않는다. 계기판이 빙빙 돌고 있고 동력 게이지가 들어왔다 나갔다를 반복하고 있다. 이것은 골드 드래곤의 알이 부활하면서 생겨난 자장에 의한 일시적인 현상인 것으로 풀이된다. 왜 그런 일이 생겼냐고 묻지 말아주기 바란다. 나도 모르겠다.

"엔진 정지. 컨트롤 불능. 중력에 빨려갑니다."

소울테이커는 8772에 의해 이동된 공간에서 바로 보이는 지구보다 2배 정도 커다란 행성이 가진 중력에 잡혀 끌려 들어가고 있다. 행성은 파란색이다. 커다란 바다가 존재한다는 증거다. 아직 확실하게는 알 수 없지만 아마 인류와는 다른 생명체가 살고 있을 확률이 높다.

"대기 분석."

"질소 60.09%, 산소 39.9%입니다. 그 외 아르곤과 이산화탄소가 소량 존재합니다."

대강 지구랑 비슷하다. 산소 함량이 조금 더 많은 것만 달랐다. 호흡에는 지장이 없을 것 같지만 자세하게 분석하지 않으면 이 역시 장담할 수는 없다. 소울테이커의 컨트롤 불능은 일시적인 장애일 테니 일단 저 별에 착륙하자.

하지만 문제가 있다. 그냥 내버려 두면 소울테이커는 인공위성이 되어 저 별의 주위를 빙글빙글 돌 것이다. 자연적으로 대지에 닿으려면 약 2만 3천 년 정도 걸리겠지. 그럴 수는 없다.

골드 드래곤의 알은 계속해서 찌직 하는 소리를 내고 있었지만 지금 나는 거기에 신경 쓸 틈이 없다. 소울테이커 내부에 있는 산소를 뿜어내 그 힘을 이용하자는 계획을 세웠고 그것을 위해 산소통을 나르느라 우리 모두 바빴기 때문이다. 대강의 산소통이 후미에 쌓이자 그것을 한번에 화약으로 폭발시키고 그 힘으로 대기권을 돌입한다는 약간은 무모한 계획을 위한 준비가 끝났다.

"마스터 오빠, 준비 다 됐어."

전원이 들어왔다 나갔다를 반복하는 계산기를 믿을 수 없었다. 어쩔 수 없이 암산으로 착륙 코스를 계산했다. '모처럼 착륙했더니 바다 한가운데네요. 바이바이! 꼬로록!' 이런 식은 싫으니까 육지로 떨어지거나 아니면 육지와 가까운 강에 떨어져야 한다. 착륙을 위한 대기권 전용 낙하산이 있기는 하지만 어디까지 신뢰 가능할지 의문이다.

"안톤님, 이거 정말 괜찮은 거예요?"

걱정스러운 목소리로 에트나가 물었다.

"다, 당연하지. 내가 하는 일인데 걱정하지 말라구."

'그래봤자 재수없음 죽어' 라는 뒷말은 꿀꺽 삼켰다. 이런 소리 해봐야 도움도 안 되니까 굳이 말할 필요는 없겠지.

카운트다운에 들어갔다. 카운트가 틀리면 예정 도착 지점에서 한참 떨어진 곳에 추락하게 될 거다. 나름대로 연해 보이는 늪 지대를 골랐다. 동체가 착륙해야 하기 때문에 아무래도 충격이 적을 것 같은 그런 땅이 적합했다. 늪에 빠져든다고 해도 소울테이커를 몽땅 삼킬 수는 없을 테고 삼킨다고 해도 기능 회복 후 날아가면 그만이다.

"폭파!"

시간이 되어서 원격으로 소울테이커의 하단에 장착한 폭탄을 가동시켰다. 일부러 소울테이커의 표면까지 나가서 장치하는 수고스러운 작업이 필요하긴 했지만 그게 귀찮다고 내부에서 터뜨릴 수는 없는 일이니까. 소울테이커의 장갑이라면 이 정도의 폭발로는 아무런 손상이 없다. 계산대로라면……

폭탄의 폭발과 함께 산소 탱크가 일제히 터져 나가면서 속도가 올라가기 시작했다. 소울테이커는 예정 착륙 궤도를 따라 순조롭게 아무 문제 없이 지상으로 향하고 있다. 대기권 안으로 들어가서 펼친 낙하산은 의외로 건실해서 풍선을 타고 내려가는 듯한 느낌을 주었다. 그런데 너무 느리다. 여하간 별다른 위험 없이 착륙이 가능할 모양이다.

모니터를 통해 밖을 바라보았다. 회색 건물들로 가득 찬 지구와는 달리 푸른 초원과 숲들이 곳곳에 보인다. 저 멀리로는 사막 지형도 보인다. 마을이나 도시 같은 모양도 간간이 보이는 걸로 봐서 원시 혹성은 아닌 모양이다. 지구보다는 못해 보여도 확실한 문명이 있다. 다행이다. 원래의 세계로 돌아갈 방법이 떠오를 동안 이쪽 세계를 탐험하는 것도 재미있을 것 같다. 어쩌면 아름다운 이계 미녀와 사랑에 빠질지도 모르고. 헤~

"안톤님, 이거 봐요."

"그게 뭐야?"

"귀엽죠? 그렇죠?"

잠시 아름다운 공상에 젖어 있던 나에게 에트나가 내민 것은 개처럼 보이는 동물이었다. 자세히 보니 조금 다르네? 머리 모양이 개보다 좀 더 길고 가늘다. 삼각형에 가까운 그런 모양이라고나 할까? 앞발이 마치 인간의 손과 같이 물건을 쥘 수 있는 모양으로 되어 있다. 꼬리는 무척 짧아서 토끼 꼬리 같다. 온몸은 털로 덮여 있었는데 갈색의 부드러운 것이었다. 목덜미에는 흰색 줄무늬가 있다. 눈이 아주 커서 얼굴의 1/3을 차지하고 있다. 눈이 큰 만큼 눈동자도 커서 나를 빤히 바라보고 있는 게 앙증맞아 보인다. 크기는 성인의 주먹 두 개를 모아놓은 정도일까나?

하지만 우주 최고의 생물일 것으로 짐작되는 골드 드래곤의 새끼가 이런 비리비리해 보이는 녀석이라니 믿기지 않는다.

"입 좀 벌려봐라."

나는 녀석의 주둥이를 쭉 당겨서 입 안을 들여다보았다. 후악! 입 냄새~ 태어난 지 얼마나 됐다고 벌써 이런 지독한······.

보통의 개와 별다를 게 없는 구조다. 하지만 8772가 보여준 그 막강한 광선을 쏘기 위해서 뭔가 특별한 구조를 가지고 있을 줄 알았는데 보통의 개나 고양이 입 안과 다를 게 없다. 그렇다면 한번 해부를 해보는 게 어떨까? 뭔가 특이한 기관을 발견할 수 있을 법도 한데······.

"에트나 언니, 그거 언제 먹을 거야? 고기는 무척 오랜만이네? 어떻게 먹을까? 응··· 마스터 오빠는 어떤 식의 요리를 좋아해? 나는 통구이가 제일 좋은데."

"무슨 소리니? 이 애는 내가 잘 키울 거란다."

이슈텔이 저렇게 말할 줄이야. 이슈타르로 있을 때는 검정 머리 사내한테 매달려서 '마스터' 어쩌고 하더니 그 사내의 자식을—그런데 그 사내, 암놈이었나? 어떻게 알을 낳은 걸까?—먹겠다고 덤비다니 에트나 역시 의외다. 바비큐를 그렇게 좋아하더니 뭐가 예쁘다고 드래곤 새끼는 키우겠다는 걸까? 아무래도 상관없다. 일단 착륙하면 면밀하게 해부를 해보고 연구가 끝나면 이슈텔이랑 사이좋게 나눠 먹도록 하자. 에트나는 단순하니까 금방 잊어버리겠지.

"안톤님, 이 애 이름을 뭘로 할까요?"

"응? 이름? 해부 실험체 307호 정도면 무난하다고……."

퍽!

아코! 에트나가 내 머리를 쥐어박았다. 점점 사악해지네? 지구에 있을 때에는 이런 건 꿈도 못 꿨는데 이젠 마구 대하다니…….

"무슨 소리예요? 이렇게 귀여운데 이 애를 실험에 쓰겠다는 거예요?"

"하지만 이건 생물학 연구에 지대한 발전을……."

"시끄러워요. 이 애한테 손대면 그냥 두지 않을 거예요!"

귀청 떨어지겠다. 목소리 한번 크네. 에트나가 저렇게 싫어하니 당분간 실험은 무리겠다.

"그럼 다리 하나만 잘라줘. 세포 배양을 통해서 원형을 복원한 후 해부를……."

퍽!

두 대나 맞았다. 으윽! 어째서 내가 만든 안드로이드에게 맞아야 하는 거야? 내공이 있어도 혹은 나는구나. 흑흑흑! 어떤 놈이야, 내공이 있으면 총알을 맞아도 안 죽는다고 뻥친 녀석이? 주먹에만 맞아도 아파 죽겠구먼.

"음, 저기… 이슈텔한테 좋은 이름이 생각났어."

"뭔데?"

"보신탕."

퍽!

"대답한 건 이슈텔인데 왜 날 때려!"

"미, 미안해요. 습관적으로……."

그새 주인을 패는 습관까지 들였니? 아무래도 날 잡아서 정신 교육
좀 받아야겠다. 요즘 주인을 너무 우습게 보는 것 같아. 반성시켜 줄
게. 이러저러한 방법으로… 아주 가혹하게. 흐흐흐.

그러나 그런 내 생각을 아는지 모르는지 에트나는 그다지 신경 쓰지
않는 눈치였다. 그녀는 8772 새끼를 들어 올리더니 가슴에 꼬옥 안았
다. 거기는 내 전용인데 이럴 수가?

"뉴튼이라고 할래요. 어때요, 안톤님? 동생이라 생각하고 우리 잘
길러봐요."

"싫어!"

그러나 에트나는 내 말을 들은 체도 하지 않고 그 강아지를 들어 올
리더니 녀석의 얼굴을 보며 말했다.

"이제부터 네 이름은 뉴튼이란다. 알겠니, 귀여운 우리 뉴튼."

"그래도 이슈텔은 보신탕이 더 맘에 드는데……."

"안 돼! 절대 안 돼! 이런 멍청해 보이는 생물한테 나랑 비슷한 이름
을 지어주다니 용서할 수 없어!"

난 그렇게 말하고 녀석을 째려보았다. 녀석과 나는 한동안 격렬한
눈싸움을 했다. 으읏! 점점 눈이 아파오네? 이런 심각한 싸움에서 질
수는 없지. 천재의 자존심을 걸고 이겨야 해. 나는 녀석의 눈에 입김을
훅 하고 불었다. 그렇지. 녀석은 눈을 깜빡였다. 앗싸! 나의 승리.

스윽!

새로운 사실을 발견했다. 이 녀석은 개가 아니다. 개치고는 혀가 무

척 길다. 그리고 엄청 두툼해서 사람 얼굴 하나 가리는 건 일도 아니다. 덤으로 침의 분비도 무척 원활하다. 사람이 세수할 때 소비하는 물의 양 정도는 되겠다. 그 증거로 녀석이 핥고 지나간 내 얼굴은 온통 침 범벅이다.

윽! 끈적거려. 기분 나빠. 이놈이 나를 뭘로 보고!

"너 이 자식!"

손에 쥐고 있던 폭파 리모콘을 땅바닥으로 휙 던지고는 녀석에게 응징을 가하기 위해 주먹을 불끈 쥐었을 때였다.

녀석이 주둥이를 크게 벌리더니 이빨을 드러내고 에트나의 품에서 뛰어올랐다.

앗! 잊고 있었다. 어려 보여도 녀석은 최강의 생물 드래곤의 새끼. 틀림없는 맹수다. 무공이 있다고는 해도 최강의 생물과 맨몸으로 싸워서 이길 수 있을 리가…….

뭐야, 이건?

녀석이 노린 것은 내가 아니었다. 리모콘이었다.

녀석은 내가 던진 리모콘이 땅바닥에 닿기 전에 냉큼 물고는 그것을 나에게 내밀었다. 그 짧은 꼬리를 살랑살랑 흔들면서. 드래곤의 꼬리는 아부용으로 있는 거였나?

"나랑 놀자는 거냐?"

녀석이 고개를 끄덕인다. 태어난 지 얼마 안 됐는데도 벌써 말귀도 알아듣나 보다. 동심이 일어난 나는 다시 리모콘을 던졌다.

다다다닥!

녀석은 그 짤막한 다리를 부지런히 움직이며 뒤뚱 걸음으로 달려가더니 공중으로 뛰어올라 리모콘을 입으로 낚아채고 다시 그것을 물고

나에게로 와서 꼬리를 살랑거렸다.

귀여운 맛도 있긴 하네? 그런데 드래곤 새끼치고는 너무 체통이 없는 거 아냐? 저건 완벽한 똥개 그 자체잖아?

"마스터 오빠, 앞으로 15초 후면 지면에 도착이야. 아무 거라도 꽉 붙잡아."

"윽! 벌써?"

서둘러 의자에 앉았다. 에트나 역시 자신의 좌석으로 달려갔다. 이슈텔은 소울테이커가 아무리 흔들려도 중심을 잃지 않기 때문인지 그냥 서 있었다. 뉴튼은 어떻게 됐냐고? 녀석은 내 머리 위가 맘에 드는지 머리카락을 잡고 매달려 있다.

"아파! 내려와, 이 자식아!"

뮤~ 우~

어찌나 꽉 매달려 있는지 녀석의 몸을 잡아당기자 머리카락이 다 뽑혀 나가는 것 같다. 더구나 녀석이 떨어지지 않으려고 뒷발질을 하는 바람에 녀석의 발톱에 할퀴어진 얼굴이 화끈거린다. 그래, 네 맘대로 해라. 결국 포기하고 만 나는 녀석을 내버려 두기로 했다. 녀석이 내 머리 중심에서 제대로 자세를 잡고 나자 전보다는 덜 아팠다.

쿠쿵!

소울테이커는 드디어 지면에 착륙했다. 잘 만들어진 소울테이커의 낙하산 덕에 예상보다 충격이 적었다. 이 별의 공기 밀도가 높아서인지도 모른다. 여하간 나와 두 명의 여자와 한 마리의 개(?)는 이렇게 해서 새로운 세계에 도착하게 되었다.

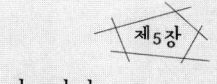

제5장

미지의 땅, 미지의 종족

미지의 땅,
　　　미지의 종족

이계라… 인류가 우주로 진출한 지 300년이 넘어가고 있지만 외계 인이라고 부를 만한 생명체는 발견하지 못했다. 화성과 목성에서의 아메바형 단세포 정도가 고작이다. 8772는 너무 거대했기 때문에 외계 생물이라기보다는 우주선으로 분류되었으니까 빼고. 나는 지금 인류가 우주에 대한 탐사를 시작한 이래 처음으로 이성인이 있는 별에 온 것이다.

그럼 이별은 어떤 별일까?

소울테이커가 이 별의 대기권에 진입하면서 찍은 몇 장의 사진을 통해 중세 시대 농민들의 그것과 유사한 형태의 벽돌집 모습을 볼 수 있었다. 집에 난 문의 크기로 추정해 볼 때 이곳의 주민들은 18세기 유럽 국가의 표준 체형에 준하는 키를 가진 것으로 예상된다. 약 170센티 정도 될 듯하다. 또 다른 사진에는 밭을 갈고 있는 것으로 추측되는 포즈를 하고 있는 지구인과 비슷한 형태를 가진 존재의 모습이 찍혀 있었다. 아쉽게도 이 별의 태양 빛의 영향으로 인한 감광 작용으로 자세한 얼굴 생김새까지는 알 수 없었다. 여하간 이곳의 문화 수준은 적어도 농경 문화 이상이라고 판단하는 데는 충분한 근거가 된다.

그렇지만 이런 단편적인 사진만 보고 전체를 판단한다는 것은 위험하다. 역시 직접 가서 두 눈으로 확인하는 것이 가장 확실하겠다. 하지만 당장 나가볼 수는 없다.

일반적으로 자신의 환경과 전혀 동떨어진 곳에 떨어진다면 보통 사람은 어떻게 행동할까? 아마도 이런 상황에 처하게 된다면 주변 탐색을 통해 상황 파악을 하려고 하게 될 것이다. 그러나 적절한 준비도 하지 않고 무턱대고 돌아다니는 행위는 무모하다. 아무리 걸어봐도 자기가 속해 있던 세상의 모습은 찾아볼 수 없을 거다. 시간이 흐르면서 점점 초조해지기 시작한다. 초조함의 단계가 지나게 되면 미지의 세계에 대한 공포심이 고개를 들기 시작한다. 공포심은 인간을 긴장시키고 긴장은 종종 극심한 피로감을 유발시키며 이것은 다시 판단력을 둔화시킨다. 흐려진 판단력으로는 이세계가 가지고 있을지도 모르는 위험이 닥쳐 왔을 때 적절한 대응을 할 수 없다. 대응하지 못하면? 또 다른 이계로 가게 된다. 아마도 사후 세계 같은 곳이 될 것이다.

이런 일들을 방비하기 위해서 나는 사전에 약간의 준비를 거친 후 이계에 첫발을 디디기로 결정했다. 이래 보여도 나는 상당히 세심한 사람이며 항상 안전성에 만전을 기하는 사람이다. 가끔은 이런 나를 두고 좀생이라고 부르는 사람도 있긴 하지만… 흠흠.

먼저 이곳의 공기로 호흡이 가능한지의 여부와 치명적인 세균의 유무에 대한 조사가 필요하다. 컴퓨터에 나온 자료에 따르면 이곳의 공기는 지구에 비해 산소의 함량 비가 높고 이산화탄소의 비가 낮다. 농도 비율로 볼 때 호흡 안전 허용치 안에 들어가기 때문에 합격점을 줄 수 있다.

세균이 문제인데 적어도 소울테이커가 착륙한 대지 부근에는 인간이 감당하지 못할 만큼 지독한 세균은 존재하지 않았다. 그렇다고 해서 이 별 전체에 '악성 세균은 없다'라고 안심할 수 있는 것은 아니지만 병이 있는 곳에 약이 있다고 지구의 의학으로 불가능하다면 내 천재적인 두뇌로 이곳의 동식물들을 연구해서 특효약을 만들 수 있을 것이다. 치료약이 완성되기 전에 죽을지도 모르지만 나는 낙천적인 성격이라 그런 경우는 과감하게 생각하지 않기로 했다. 자외선이나 기타 인체에 유해한 방사선들에 대해서도 측정해 보았는데 모두 안전 기준치를 유지하고 있다.

이것으로 이 별을 맨몸으로 돌아다녀도 아무런 문제가 없다는 것이 분명해졌다.

다음으로 준비할 것이 탈것이다. 이 별의 크기가 지구보다 두 배 정도 큰데도 불구하고 중력은 별 차이가 없었다. 이것은 조금 이상한 일인데 이 별의 중심 핵을 구성하는 물질이 아주 가벼운 성분으로 되어 있거나 혹은 텅 비어 있어서 그런 건지도 모른다. 문제는 이런 게 아니라 이 별이 지구보다 두 배 이상 넓다는 것이다. 땡볕 아래서 계속 걷다가 죽지 않기 위해서라도, 또 여행에 필수품인 물을 비롯한 여러 가지 식료품이나 장비들을 휴대하기 위해서라도 뭔가 유용한 운송 수단이 필요하다. 그래서 만들고 있는 것이 이스케이퍼 2세다. 기존에 가진 단점들을 보완하고 공중 비행이 가능하도록 설계하고 있다. 이 별 사람들이 잘 정비된 도로를 가지고 있다고 가정하는 것은 무리이기 때문에, 또 산맥이나 강을 건너기 위해서라도 비행 기능은 필수다. 한번 만들어봤던 경험이 있었기 때문에 설계하는 데 큰 지장은 없었다. 소울 테이커의 공작실 설비가 우수했기 때문에 조립에 필요한 시간 또한 단축할 수 있었다. 이 별에 착륙한 지 3일 정도 지나 거의 완성할 수 있었다. 마지막으로 인격 카트리지만 삽입하면 작업은 끝난다. 지구 역사상 가장 뛰어났던 레이서들을 대상으로 적절한 인격을 몇 개 골랐다.

모든 데이터를 다 뒤져 보기엔 시간이 아까워서 컴퓨터에게 추천하도록 했고 지금은 그것을 심사 중이다. 인격이란 것은 간단하게 정의할 수 없기 때문에 신중하게 고를 생각이다.

"1번 카트리지 삽입."

나의 지시에 따라 매직 핸드가 자동으로 카트리지를 이스케이퍼의 메인 컴퓨터의 슬롯에 꽂아 넣었다.

"들리나? 1번 인격, 응답해라."

[하하하하하하!]

"……."

작동하기 시작한 인공 인격 1번은 계속해서 웃기만 했다. 어딘가 고장인가 하고 계기를 점검해 보았지만 아무런 이상도 발견하지 못했다. 저건 원래 저런 인격인가 보다.

[하하하하하하하하하!]

"1번 카트리지 제거. 버려."

왜 재활용하지 않고 버리냐고? 어쩔 수 없다. 내가 만든 카트리지는 일단 한번 기록된 데이터의 고쳐 쓰기가 불가능하도록 설계된 물건이다. 시간이 지나면서 인격이 급격하게 변하는 것을 막기 위해 이렇게 만든 것이다. 어느 날 갑자기 인공 인격이 폭주해서 자폭하기라도 하면 곤란하니까.

"2번 카트리지 삽입."

1번 카트리지를 분쇄기에 집어넣은 매직 핸드는 다시 2번 카트리지를 들어 올려 슬롯에 집어넣었다.

"아아. 2번 인격, 들리는가? 응답해라."

[나는 지금 달린다. 제로의 영역으로. 인간이 갈 수 없는 무한의 세계 그 초 공간을 향하여. 자, 너도 나와 함께하지 않겠나?]

"2번 카트리지 제거. 버려."

지구 역사상 최고의 사이버 포뮬러 챔피언의 인격이라기에 조금 기대했더니 말짱 꽝이다. 역시 레이서는 어딘가 조금씩 나사 풀린 사람들인 모양이다. 속도에 미쳐 있는 사람이 운전하는 차 따위는 타고 싶지 않다. 신상 데이터를 보니 사고 경력도 제법 있다. 이렇게 많은 접촉 사고와 전복 사고를 겪고도 죽지 않고 아스카란 여자와 결혼해서 잘 먹고 잘살았다는 기록이 있다는 게 믿기지 않는다. 슬하에 자식이 있었다는 설명은 없는 걸로 봐서 사고 때 거기를 다친 모양이다. 어디냐고? 차마 내 입으로는 말할 수 없다. 그러려니 하고 넘어가자.

귀찮다. 그냥 막 집어넣고 반응 봐서 괜찮은 걸로 고르자.

"3번 카트리지 삽입. 응답해라."

[오홍~ 귀여운 꼬마네? 자, 꼬마야, 이리 오렴. 누나가 너를 멋진 세상으로 안내해 줄게.]

"3번 카트리지 제거. 버려."

에로틱한 성인 여성의 목소리가 나를 꼬셨지만 그런 걸로 넘어갈 내가 아니다. 이스케이퍼의 몸체를 가지고 나를 유혹해서 어쩌자는 건데? 잘빠진 몸매로 내 눈앞에서 유혹하기 전엔 어림없다.

무슨 이유로 나의 슈퍼 컴퓨터가 추천한 인격들이 다 이따위인지 의문이다. 제대로 된 녀석을 골라야 할 거 아냐!

결국 30개의 인격 중 최종적으로 선택된 녀석은 이스케이퍼 1세의 인격 카트리지였다. 이 녀석과 떨어질 수 없는 것도 나의 운명인지도 모른다는 생각에 일단 그냥 채용하기로 했다.

이것으로 이스케이퍼가 완성되었다. 다음으로 할 일은 자동 번역기이다.

혹시 참고가 될지 몰라서 이계를 탐방했다고 주장하는 사이비 책들을 몇 권 읽어보았다. 어떤 책에서는 이계로 갔더니 거기 사람들이 저자의 모국어를 사용했다고 기록하고 있다. 아마 이 책의 저자는 옆 동네에서 길을 잃었나 보다. 집에서 100킬로미터만 나가도 방언이 존재하고 1,000킬로미터만 벗어나도 완전히 다른 외국어인데 이계까지 가서 그럴 리가 없지 않은가?

또 다른 저자는 이계에 갔더니 저절로 그곳의 말을 알 수 있었다고 쓰고 있다. 오호! 거참, 대단하다. 아마도 저자는 인간이 아닐 것이다. 오랜 기간에 걸쳐 습득하게 되는 언어를 그렇게 간단하게 바꿀 수 있다면 인간일 리 없다. 로봇인 모양이다. 두뇌에 미리 이계 언어에 관한 데이터가 내장되어 있었나 보다. 그러면 가능할지도 모르지.

마지막으로 본 책에서는 그래도 제법 현실감있게 다루고 있다. 내가 만들고 있는 것과 같은 언어 변환 장치를 통해 이계인들과 대화가 가능했다고 쓰여 있다. 그러나 내가 보기엔 이것도 뻥이다. 저자는 이 장치를 가지고 바로 이계인들과 언어 소통이 가능했다고 주장하고 있으나 신빙성이 없다. 새로운 언어라면 문법 체계가 다른 것은 물론이고 단어 역시 이질적일 것이다. 인간의 성대로는 낼 수 없는 발음의 존재

유무는 그렇다 치더라도 이게 세계의 단어의 뜻이 무엇인지에 관한 상세한 데이터가 없다면 언어 변환이 가능할 리 없다. 아마 저자는 라디오라도 귀에 꽂고 간 모양이다. 이계인과 대화했다고 생각한 것은 그의 원맨쇼였고.

도움도 되지 않는 사이비 책들을 보느라 시간만 낭비했다.

내가 짜고 있는 자동 번역 프로그램은 보다 과학적인 것이다. 일단 증폭기를 이용하여 주위 20미터 내의 음성들을 분석하고 행동 감지기를 통해 대화가 일어나는 상황을 해석한다. 이것을 지구에서의 다양한 언어와 행동 양식을 비교 분석하여 결과물을 낸다. 단점이라면 이계의 언어 체계를 다 알기 위해서는 그만큼 많은 데이터가 필요하다는 것이다.

예를 들자면 식당에서의 대화를 통해 거기에 맞는 언어를 배운다든가 하는 식이다. 내 계산으로는 아마 보름 정도면 이 별 문명인들의 언어를 완벽하게 번역할 수 있는 데이터의 수집이 이루어질 수 있을 거다.

그럼 이 별의 언어에 대한 데이터가 다 모이면 그걸로 끝인 걸까? 아니다. 아무리 자동 번역기가 완벽하게 변환 작업을 한다고 해도 사용자가 그 정보를 알지 못한다면 곤란하다. 거기다가 사용자가 하는 말 역시 이 별의 사람이 알아듣지 못하면 곤란하다. 처음에는 넥타이에 소형 스피커를 달고 번역시키면 어떨까 하고 생각했으나 입 모양과 발음이 일치하지 않으면 상대방은 뭔가 이상하게 여길 것이다.

이 두 가지 문제를 해결하기 위해 고민 끝에 생각한 것이 이어링―귀고리―이다. 인간의 대뇌 반구의 표층에 있는 대뇌피질에 3개의 언어 중추가 있는데 여기서 음성을 이해하고 전달하고자 하는 소리를 말로 발음하게 해준다. 뇌에서 일어나는 이 기능을 귀고리에 장착된 칩으로 교란시켜서 자동 번역기가 번역해 주는 말로 바꿔주는 것이다. 이렇게 하면 이계어로 말한 소리를 지구 공용어로 들을 수 있고 반대로 내가 내뱉는 말은 이계어로 나오게 된다. 추가 기능으로 번역 프로그램—나는 이 녀석의 이름을 '지니' 라고 지었다—에 인격을 부여했다. 내 인격을 집어넣었다. 적어도 내 인격이라면 나를 실망시키지는 않겠지.

이렇게 인격을 부여해서 번역 프로그램과 의사 소통 수단을 마련한 것은 지구에 없는 새로운 명사가 등장할 경우에 내가 이해할 수 있는 단어로 다시 지정해 주기 위해서이다. 예를 들어 '사과' 란 과일이 지구에 없다고 치자. 이 별에서 처음으로 이 과일을 발견하였다. 없는 단어를 번역할 수는 없기 때문에 나는 적당한 단어를 골라서 다시 명명해야 한다. 이를테면 '복숭아' 라는 식으로. 그러나 지구상에 없는 단어가 너무 많다면 일일이 지정하기가 번거로울 것이다. 이럴 경우에는 지니에게 적절한 새 단어를 추천하게 한다. 그래서 지니가 고른 새 단어가 내 마음에 들면 이 선택을 데이터베이스에 저장한다. 다음부터 '사과' 라는 이 별의 과일에 대한 말이 나오면 지니는 그것을 내가 아는 '복숭아' 라는 말로 번역해서 알려주게 되는 거다.

무척 어려운 작업이었지만 소울테이커의 기록 장치에 전 주인이 남겨둔 이와 비슷한 용도의 기계 설계도가 있었기에 이를 활용하여 제작 시간을 엄청나게 단축시켰다. 거기다 나의 예술적 재능을 발휘하여 전문 보석 세공사도 울고 갈 만큼 아름다운 진주 모양의 보석 귀고리도 완성시켰다.

레이저로 귀를 뚫고 귀고리를 달았다. 남자가 귀고리를 하고 다니는 것은 별로 좋아하지 않지만—여자라도 내 취향이 아니면 좋아하지 않는다.

내 취향이라면? 환영이다. 만세!─잘생긴 내가 해서 그런지 잘 어울렸다. 이제 이 별의 언어에 대한 데이터만 모으면 된다.

그때였다.

─마스터 오빠, 푸른색을 띤 2미터 거인이 소울테이커를 공격하고 있어. 어서 와줘!

내 앞에 이슈텔의 영상 모니터가 나타나면서 그렇게 말했다. 이렇게 빨리 기회가 올 줄이야? 어서 가서 이 별의 언어 데이터를 모으자.

─잠깐! 푸른색의 2미터 거인이라고? 이 별엔 쭉쭉 빵빵 미녀 대신 이런 괴물들만 사는 건 아니겠지? 그럼 곤란한데…….

브리지에 도착한 나에게 에트나가 말을 걸어왔다.

"안톤님, 저게 뭐죠?"

그녀가 가리킨 모니터로 거인의 모습이 보였다. 키는 2미터가 약간 넘어 보이지만 덩치로 보면 일반인의 세 배는 되겠다. 머리 위로 올라갈수록 작아지는 원통 형태의 요상한 뿔이 하나 나 있는데 밑면의 원 지름은 30센티 정도 되어 보인다. 그런데 윗면이 평평하다. 뾰족한 각이 없다. 윗면 지름은 20센티 정도로 예상된다. 뾰족한 뿔이라면 박치기라도 할 수 있을 테지만 저렇게 옆으로만 축 늘어난 두리뭉실해 보이는 저딴 걸로는 박치기는 꿈도 못 꾸겠다. 머리 위에 이마가 하나 더 있는 걸로 보일 뿐이다.

일반적인 뿔은 각질, 혹은 골질─골 조직의 세포간 질을 형성하는 물질─로 되어 있으며 공격이나 방어를 위한 수단으로 존재한다. 개중에는 인간에게 녹용을 제공하기 위해서 뿔이 있다라고 오해받는 동물이 있기도 하지만 저 파란 놈이 그런 경우라고 볼 수는 없을 거다. 아무리 봐도 영양가있는 그런 약용 동물로는 여겨지지 않는다.

그러나 뱀의 경우를 보면 생긴 건 이 파란 녀석과 같이 그렇게 신통해 보이지는 않지만 정력에 좋다고 해서 많이들 찾는다. 하지만 뱀에게는 뿔이 없다. 대체 이 파란 동물이 저런 쓸데없는 뿔을 달고 있는 정확한 이유가 뭐냐? 내 상식으로는 저 녀석이 머리에 요상한 뿔을 달고 다니는 이유를 알 수 없었다. 쓸데없이 무겁기만 할 듯한데 나라면 떼어내 버리겠다. 넓적한 뿔 위에다가 바구니라도 얹고 떡 팔러 다닌다고 우긴다면 필요할지도 모르겠군.

혹시 저건 헬멧이나 투구 같은 게 아닐까? 아직 판단을 내리기에는 이르다. 정확하게 알기 위해선 해부가 필수다. 나는야~ 해부 마니아~

녀석의 피부는 하늘 색보다는 진하고 바다 색보다는 엷은 그런 지저분한 색이었다. 색의 농도가 균일하다면 그런대로 괜찮아 보일 수도 있겠지만 얼룩덜룩한, 마치 파란색 물감으로 그리다가 남은 물감이 부족해 물을 부어서 희석시킨 색을 마구 덧칠한 초등학생의 그림을 보는 듯한 느낌이다. 웃통을 벗고 있어서 드러난 녀석의 상반신 피부로는 진한 파랑, 엷은 파랑, 개중에는 하얗게 탈색된 부분까지 찾아볼 수 있었다. 거기다 검정색 윤기가 도는, 바늘처럼 빳빳해 보이는 굵은 털이 떡 벌어진 가슴을 온통 뒤덮고 있다. 이 별의 조물주가 저렇게 했다면 그의 미술 점수란에 자신있게 F학점을 주겠다.

'이봐, 조물주 학생. 예술 감각이 형편없군. 자넨 낙제야. 재수강받아야겠네.'

팔이 기형적으로 길어서 허리 아래로 한참을 내려간다. 발까지 닿는 건 아니고 그보다 약간 위인 발목 정도까지는 간다. 사냥을 하기 위해서라면 저렇게 길 필요가 없다. 녀석이 사냥감을 잡기 위해 달릴 때 저

긴 팔은 땅에 닿아 질질 끌릴 테니 속도 저하의 원인이 될 거다. 결국 그 긴 팔로 인해 사냥에 계속 실패하고 굶어 죽게 될 걸로 예상된다.

하지만 저렇게 살아 돌아다니는 걸로 봐서는 이건 아닌 모양이다. 그럼 나무에 올라가서 바나나라도 따 먹기 위해서 저렇게 기다란 걸까? 그러려면 다이어트가 필수이겠는걸? 이곳의 나뭇가지들은 엄청 튼튼해서 저 거구가 매달려도 끄떡없는 걸까? 음, 역시 이해 불가.

손톱은 길고 뾰족한 게 수박 자르기는 좋겠다. 수박 장사라도 한다면 성공할지도 모르겠다. '싱싱한 수박입니다. 속을 보시면 알아요'라면서 수박 속 보여주는 용도로 식칼 대신 쓸 수도 있겠다.

그러나 야생 생태계에서는 전혀 다른 이야기이다. 저런 긴 손톱은 장애물을 만나게 되면 종종 끊어진다. 재수없으면 손가락 살을 동반하고 손톱 뿌리째 빠질 수도 있다. 그래서 손을 사용하는 2족 보행이 가능한 동물치고 저렇게 긴 손톱을 가진 녀석은 없다. 그렇게도 손톱 기르기가 소원이면 네발짐승 해라. 네발짐승은 발톱을 발 안으로 숨길 수도 있으니까 길어도 그럭저럭 살아갈 수 있을 거다. 하지만 두 발 짐승 하고 싶으면 손톱 깎어.

날카로워 보이는 아랫이빨 두 개가 주둥이 사이로 올라와 있는 걸로 봐서 육식성으로 추정된다. 하지만 야자 열매를 깨기 위한 이빨인지도 모른다. 송곳니를 야자 열매에 박아 넣어서 구멍을 내고 즙을 마신다거나 하는 식으로. 이 경우에는 초식성으로 분류해야 한다. 맨발의 청춘인지 신발도 신지 않고 걸어다니는 녀석의 발가락은 3개. 지구상의 포유류 중에서 아직까지 저렇게 굵은 발가락을 가진 동물은 발견되지 않았다. 파충류 중에는 간간이 있다는 소리도 들리기는 하지만 녀석의 배에 나 있는 잡털들로 고려해 볼 때 아무래도 포유류일 가능성이 높다. 포유류라고 친다면 수놈인 모양이다. 가슴이 없으니 아마도 그렇겠지. 저렇게 돼지에 하마를 짬뽕해 놓은 것 같은 얼굴을 가진 동물이 그 덩치에 맞는 커다란 가슴을 달고 움직인다면 속이 미식거릴 거 같다. 역시 암컷은 호모사피엔스가 짱이다.

유일하게 입고 있는 복장인 바지는 걸레의 일종인 모양이다. 다행히 지가 헐크가 아니라는 것을 알고 있는지 청바지는 안 입고 있다. 녀석이 걸친 건 음—내가 살던 지구에서는 저런 형태만 바지이고 실체는 누더기인 옷을 본 적이 없어서 묘사하기 힘들다. 아마도 동물의 가죽이나 뭐, 그런 걸로 얼기설기 만든 것 같은데—가죽옷이라 드라이크리닝이 필수인데도 불구하고 세탁소에 갈 시간이 없어서 저렇게 더러운 걸까? 이 동네의 빨래 방식에 대한 자료가 부족하므로 일단 판단 보류.

"마스터 오빠, 뭐 하는 거야? 어서 저 녀석을 해치워!"

녀석에 대한 분석으로 바쁜 나에게 이슈텔이 그렇게 말했지만 나는 그녀의 의견에 동의할 수 없다. 녀석이 들고 있는 도구는 아마도 지팡이… 라고 부르기는 많이 두꺼운가? 야구 방망이… 라고 하기에는 형태가 엄청 다르네? 곤봉 정도가 좋겠다. 여하간 그런 걸 들고 소울테이커의 이곳저곳을 두들기고 있었는데 저 정도 타격에 흠집이라도 생길 소울테이커의 장갑이 아니다. 어딜 봐서 공격이라는 거냐?

"그냥 내버려 둬도 상관없잖아? 어차피 아무런 해도 끼치지 못할 텐데."

"너무해. 내 아름다운 분신 소울테이커한테 젓가락질하는 저런 녀석을 용서하겠다는 거야? 난 그렇게 할 수 없어. 당장 바스터 란쳐로……."

"진정해! 진정하라고!"

젓가락이라는 표현은 좀 그렇군. 거기다 저런 동물 하나 잡겠다고 바스터 포까지 동원한다는 건 너무 오버하는 게 아닐까? 길길이 뛰는 이슈텔을 말려야 하겠는데 여자를 달래는 법에 대한 책은 아직 안 읽어봐서 말이지. 어설프게 대꾸했다가 욕만 먹는 건 아닐런지… 여기서는 일단 에트나가 나서주면 고맙겠는데.

나는 에트나에게 살짝 눈짓을 했다. 에트나는 씽긋 웃으며 자기만 믿으라는 듯한 표정을 지어 보였다. 자, 그럼 이슈텔은 에트나에게 맡기고 언어에 대한 체계적인 데이터 수집을……

"이슈텔, 그런 짓은 너무 잔인하잖니? 바스터 포는 위험하니까 안전한 발칸 포 정도로 고기 죽을 만들자."

니들은 생명의 소중함에 대한 고려는 전혀 하지 않는 거냐? 저건 소중한 샘플이란 말이야. 고기 죽이 되어버리면 언어 데이터 수집과 그 후의 해부는 어떻게 하냐고? 뭐? 내가 생명 귀한 줄 모른다고? 모르시는 말씀. 나는 일시적인 감정으로 이러는 게 아니다. 새로운 생물을 발견하면 당연히 연구해야 한다. 이것은 과학자로서의 나의 사명이다. 생물학 연구의 귀중한 자료로 이용하겠다는 숭고한 나의 뜻을 저 파란 녀석이 알게 된다면 기꺼이 그 추한 몸을 내놓을 것이다. 근거있냐고? 마취약 맞고 해부대에 드러누워 있게 될 놈이 불만 가져 봐야 어쩌겠어. 자고 있는 동안 작업 마치고 포르말린에 잘 절여진 채로 플라스크 안에 들어가 있을 텐데……

여하간 내가 알아서 잘 처리할 테니 가서 밥이라도 먹고 오라며 간신히 그녀들을 식당으로 보낼 수 있었다. 한 마리만 빼고.

뮤우우우우~

아! 골치 아파! 아까까지도 잘 퍼질러 자던 놈이 왜 지금 일어나서

날뛰는 거냐고! 두두두두 하는 발소리를 내면서 브리지 안을 마구 질주하는 뉴튼 때문에 집중이 안 된다. 다른 건 몰라도 내 머리를 밟고 지나다니는 것만은 참을 수 없다. 후후후, 하지만 나는 천재. 이런 일이 있을 줄 알고 녀석의 습성을 파악해 놓았다.

새끼 드래곤 뉴튼에 대한 분석 파일 1장.

1. 지능 : 아무 생각 없는 동물이다. 측정 불가. 지능 테스트 시험에 응해줘야 뭘 해보든가 할 거 아니냐고.

2. 먹이 : 아무거나 다 먹는다. 컵라면 용기도 먹어치운다. 잡식—육식, 채식을 넘어 막식. 입에 들어갈 수 있는 모든 물체—이다.

3. 습성 : 여자에게 안기기를 좋아한다. 남자라면 머리 타기를 좋아한다. 안 보이면 어디선가 자고 있다. 다른 습성은 아직 파악되지 않았다.

4. 성별 : 전혀 모르겠다. 이런 유의 동물에 대한 성별 감식에 대한 자료가 없으니 별수없다.

5. 관심있는 것들 : 움직이는 물체라면 모두 관심을 보인다. 뭔가를 던져 주면 물고 다시 돌아온다. 뉴튼의 눈앞에서 손가락을 빙글빙글 돌리면 녀석의 눈동자 역시 빙빙 돈다. 오래 하면 기절하기도 한다. 바보다.

아직 많은 부분이 밝혀지지는 않았지만 지금 당장 필요한 항목은 5번 하나면 충분하다. 이것을 이용해서 만들어놓은 것이 '모바일 넘버1'.

넘버1에 대해서 아주 간략히 설명하겠다. 넘버1은 1미터의 막대기를 세우고 그 중앙에 70센티 길이의 철봉을 올려놓은 엄청 간단한 물건이다. 구상하는 데 딱 0.1초 걸렸다. 바닥 부분은 균형을 잡기 위해 넓은 원형 판으로 되어 있는데 안에는 소형 모터가 들어 있다. 스위치를 켜면 모터가 회전하면서 철봉이 빙빙 돈다. 철봉 끝에는 뼈다귀를 하나 달아놓았다. 사실 아무나 만들 수 있는 물건이다.

"모바일 넘버1 가동."

그래도 스위치는 음성 인식으로 작동한다. 후후후.

모바일 넘버1에 매달아놓은 뼈다귀가 빙빙 회전을 시작하자 뉴튼은 좋아하며 그것에 따라 달음질을 하기 시작했다.

다다다다! 털썩! 다다다다! 털썩!

녀석이 넘어지는 소리가 시끄럽기는 하지만 내 머리 위가 평안하니 이 정도 소음은 감수하도록 하자.

자, 그럼 언어에 대한 데이터 수집을 해볼까나?

'지니 기동.'

[환상적인 언어 예술의 마법사 지니 작동. 명령을 내리십시오.]

말하는 걸 잊었는데 지니와의 의사 소통은 생각만으로 가능하다. 지니랑 대화하느라 혼자 쫑알거리면 이계인들이 미쳤다고 할 테니 정상인으로 보이기 위한 당연한 선택이다.

그건 그렇고 이곳에서 저 파란 놈을 어떻게 부르는지는 모르겠지만 일단 가칭이라도 하나 지어주자. 이놈저놈 칭하려니 짜증난다.

'새로운 단어 추가. 목표는 저기 저 파란 놈. 적합한 단어 추천해봐.'

[결과 나왔습니다. 지니 추천 단어 항목 검색 결과에 따르면 AD & D 룰에 따른 분류가 적합하겠네요. 1번 트롤, 2번 오우거, 3번 고블린, 4

번 오크. 원하시는 단어를 골라보세요.]

'AD&D가 뭐냐?'

[이런 곳에 오시면 당연히 이 정도는 숙지하고 계셔야죠. 어드벤처 던전 & 드래곤즈의 약자입니다.]

'여기까지 와서 그런 케케묵은 룰에 억매일 수는 없지. 이 별에서는 AT룰이 지배한다.'

[그게 뭡니까?]

'내 이름 ANTON을 줄여서 AT룰이다.'

[……]

'AT룰 첫 번째, 이종족에 대한 새로운 명칭 선언. 지금부터 저 생물은 스머프라고 부른다.'

[20세기에 존재했던 일본 가수 그룹 SMAP를 지칭하시는 건가요?]

'아냐. 만화 영화에서 나오는 종족이야. 스머프들도 파랗거든. 웃통도 벗고 다니고.'

[그런가요? 별로 권하고 싶은 단어는 아닙니다만 임시로 등록하겠습니다. 지금부터 저 동물은 스머프입니다. 이계어 번역시 그렇게 들리도록 처리하겠습니다. 하지만 스머프라는 단어는 곧 다른 걸로 바꾸시게 될 겁니다.]

'어째서?'

[얼마나 많은 이종족이 존재하는지 아직 모르고 있는데 그렇게 만화에서 본 걸로 때우신다면 곧 한계가 올 겁니다. 그렇게 되면 별수없이 AD&D를 따르게 될 걸요?]

'시끄러워. 복잡해지면 그때 가서 바꾸면 되잖아. 일단 그렇게 해.'

[네, 알겠습니다.]

처음으로 이종족에 대한 이름을 지었다. 이종족이 아니라 어디서 키우는 가축일지도 모르지만 일단은 그렇게 부르도록 하자. 작명 능력에 한계가 보이면 그때 가서 저 DDR인가 하는 거에서 베껴오면 되겠지.

[AD & D입니다. 정말 천재 맞으신가요? 심히 의심스럽네요.]

'내가 천재가 아니었으면 네가 어떻게 태어났겠냐?'

[하긴 그렇군요. 저 정도 되는 뛰어난 프로그램을 만드셨으니 천재로 인정해 드리지요.]

어째 엎드려 절 받는 것 같다. 하지만 지금은 이런 걸 따지고 있을 때가 아니지.

'스머프의 언어 데이터 수집.'

[말 안 하셔도 이미 그렇게 하고 있었습니다. 그런데 저 동물에게서 얻은 단어는 딱 하나뿐이네요. 정황으로 봐서… 뭐지? 뭐지? …정도로 추정됩니다만 확실히 알기 위해서는 더 많은 데이터가 필요합니다.]

음, 아무리 뛰어난 프로그램이라고 해도 자료가 부족하면 어쩔 수 없겠지. 아무래도 빠른 언어 학습을 위해서는 내가 직접 나가서 스머프를 잡아와야 할 모양이다. 그러나 이런 생각도 들었다. 혹시 저 스머프는 하늘에서 소울테이커가 내려오는 것을 보고 정체를 파악하기 위해 스머프 족에서 파견한 정찰병 같은 게 아닐까? 이렇게 거대한 물체가 낙하산까지 펴고 요란하게 내려왔는데 궁금하게 여기지 않을 리 없다. 스머프 족에서 조사대를 파견했고 조사대는 위험 여부를 확인하기 위해서 미리 첨병을, 그러니까 저기 저놈을 보냈을 가능성이 많다.

내 생각이 맞는지 알아보기 위해서 외부 카메라를 조작하여 다른 스머프 족들이 주변에 있는지 탐색해 보았다. 소울테이커가 착륙한 곳은 초원 한가운데에 있는 늪이다. 늪 주변은 지구의 잡초 비슷한 풀들로 덮여 있는 평지였기 때문에 제법 멀리까지 볼 수 있었다. 동쪽에서 북쪽으로 카메라를 조작하다 보니 바위 옆에 파란 팔 한쪽이 삐죽이 나와 있는 것을 볼 수 있었다. 확대시켜 보니 바위 뒤에 숨어서 눈 한쪽만 살짝 내밀고 있는 다른 스머프들도 발견할 수 있었다. 그러니까 이 스머프들은 덩치는 산만하지만 간은 콩알만해서 저런 식으로 숨어서 상황을 보고 있었던 거다. 뭐, 좋게 말하면 조심성이 많은 거겠지만……

그럼 잠시 내버려 두도록 할까?

첨병 스머프한테 아무 일도 일어나지 않으면 저기 모여 있는 다른 스머프들도 곧 소울테이커 쪽으로 다가올 것이다. 해부 샘플이 늘어난 것은 환영할 만한 일이지만 일단은 언어에 대한 데이터 수집이 먼저다. 생포 후 해부는 그 다음 일이다. 나는 의자에 앉아 잠시 시간을 보내기로 했다.

"우오~ 우오~"

5분 정도의 시간이 지나자 첨병 스머프가 뒤를 바라보며 소리를 질렀다. 원숭이가 지르는 소리보다는 훨씬 굵은 음성이었다. 듣기엔 비슷해 들렸지만…….

"우카카카카!"

드디어 다른 스머프들이 움직이기 시작했다. 바위 뒤에서 모습을 드러낸 놈들의 수는 10마리. 허참, 많이도 숨어 있었네. 다른 녀석들도 비슷하게 생겼다. 다만 그중의 한 마리는 몽톡한 뿔 위로 빨간색의 털이 나 있었다.

처음에는 새 둥지인 줄 알았다. 또 녀석이 입은 옷도 달랐다. 바지는 마찬가지로 가죽으로 된 원시적인 팬티였지만 상반신에 갑옷의 일부로 보이는 가슴받이를 하고 있다. 흉부의 기저부에 기하학적인 무늬들이 제법 정교하게—내가 보기엔 별것도 아니었지만—새겨진 그런 금속제 가슴받이였다.

그리고 녀석이 들고 있는 무기 또한 지팡이, 아니, 곤봉도 아닌 창이었다. 철제의 소켓 테두리를 가진 기다란 것이다. 창의 자루 중심에서 가까운 곳에는 두껍고 무거워 보이는 철제 띠(bourrelet)가 있었다.

띠는 창이 타격을 가할 때 힘을 더해주는 역할을 수행함과 동시에 구부러지는 것과 휘는 것을 방지하기 위한 목적으로 만들어진 것으로 분석된다. 이렇게 말하면 이해하기 어려울지도 모르겠지만 이런 유의 창은 고대 로마 시대에 흔히 쓰이던 필룸을 연상하면 된다. 후세에는 이것을 프랑크인들이 개량해서 쓰기도 했다. 필룸은 투창의 일종인데 적 군단의 방패를 무력화시키는 용도로 많이 사용되었다.

삼각형의 창끝에는 미늘이 있다. 미늘은 일단 적의 방패에 박히면 다시 빠지지 않기 위해 달려 있는 것이다. 미늘에 대해서 쉽게 이해하려면 일종의 낚시 바늘을 연상해 보길 바란다. 낚시 바늘 끝의 구조를 보면 물고기가 한 번 물면 다시 빠져나가지 못하도록 만들어져 있는 것처럼 미늘 역시 그런 원리다. 방패를 무력화시켜서 뭐 하냐고? 초기 로마 시대에는 방어구라고는 상체용 갑옷, 방패, 투구가 고작이었다. 상반신을 다 가릴 수 있을 정도로 커다란 방패는 이 시대에 빼놓을 수 없는 중요한 방어 수단 중 하나다.

대규모 전투가 일어나면 로마인들은 필룸을 적에게 던진다. 적이 방패로 방어해도 이 무거운 투창은 거기에 박힌다. 물론 방어하지 않으면 그냥 죽겠지만. 여하간 일단 방패에 박힌 필룸은 쉽게 빠지지도 않기 때문에 기동성의 저하를 막기 위해 적은 방패를 버릴 수밖에 없다.

이렇게 해서 방어력이 약화된 적을 든든한 방패를 앞세운 밀집 대형으로 섬멸한다. 이것은 세계 최강이라고 불리던 로마 군단이 초기에 사용하던 전투 방식 중 일부다. 당시로써는 상당히 합리적인 방식이었다.

설명이 길었는데 이 정도만 하고 넘어가자. 빨간 털 스머프 혼자만 이런 창을 들고 있고 복장 또한 다른 스머프들과 다른 걸로 봐서 아마도 통솔자인 모양이다. 별다른 위험이 없는 걸 확인하고 나서야 슬슬 기어나온 주제에 소울테이커로 다가올 때는 선두에 서서 뭐라고 소리를 질러대고 있다. 아직 무슨 말인지는 파악할 수 없지만 딱히 의미있는 말은 아닐 거다.

통솔자 녀석이 소리를 지르며 손가락으로 부하 스머프들을 지휘해서 소울테이커를 조사하기 시작했다. 별건 아니고 두드리고 때려보고 만져 보는 정도다. 하긴 이런 방법 말고 달리 해볼 만한 수단도 없겠지. 좀 특이한 행동 패턴을 보이지 않을까 하는 나의 기대가 무참히 깨지자 실망감마저 들었다.

'야, 지니. 나 잠깐 다른 일 좀 할 테니까 언어 데이터 수집 잘하고 있어라.'

[네, 알겠습니다.]

스머프들이 놀고 있는 것을 계속 지켜보기가 지루해진 나는 지니에게 그렇게 명령하고 브리지에서 나왔다. 언어 데이터 수집은 지니가 알아서 해놓을 테니 다음 일을 준비해야겠다.

언어 데이터 수집이 끝나면 스머프 생포에 나서야 한다. 소울테이커 내부에는 마취용 무기가 없다. 물론 외부에도 없다. 일격 필살의 방법은 제법 있었지만 역시 해부 하면 살아 있는 싱싱한 놈이 좋다. 일단 시체가 되어버리면 부패 문제도 있고 각 장기의 기능 연구에도 지장이 있다. 더구나 살아 있는 샘플을 해부할 때 나오는 피의 온기와 메스에 닿는 생생한 감촉, 내장과 콩팥을 떼어내고 뱃속을 헤집는 맛이란… 흐흐흐, 안 해본 사람은 이런 재미 모를걸? 흠흠, 이럼 안 되지. 어디까지나 연구를 위해서 하는 거다. 절대로 개인적인 이유에서 하는 게 아니다. 어디까지나 순수한 과학적 정열과 인류 발전의 숭고한 사명을 위해서 하기 싫은 걸 억지로 하는 거다. 오해하지 말아주기 바란다.

자, 그럼 어떤 방식으로 납치해 올까?

마취 총을 만드는 방법이 가장 간단하긴 하다. 하지만 지구에서 통하는 마취제 성분이 이 별에서까지 효과가 있다고 확신할 수는 없다. 지구의 마취제가 여기서는 아무런 효능이 없을 수도 있다. 괜히 놀래키기만 해서 다 놓쳐 버릴 수도 있으니 다른 방법을 생각해 보자.

이스케이퍼를 이용한 교통사고를 일으키면 어떨까? 그런대로 효과는 볼 수 있을 거다. 하지만 이 방법에는 심각한 단점이 존재한다. 스머프가 이스케이퍼에 치며 피라도 쏟아서 차체에 묻기라도 하게 되면 세차를 해야 할 텐데 소울테이커 내부에는 세차장이 없다. 이거 큰 문제다. 나더러 하라고? 음하하하! 농담이겠지. 천재는 이런 자잘한 일은 안 한다. 잘 알면서 괜한 소리는.

에트나를 보내서 잡아오라고 할까? 1만 마력의 파워를 가지고 있고 총탄 정도는 못 막지만 저런 원시적인 곤봉이나 허접한 창에 상처를 입을 정도로 연약한 피부도 아닌 에트나라면 문제없이 해낼 수 있을 거다. 그런데 여기도 문제가 하나 있다. 소울테이커의 발칸 포를 몇 번 다뤄보더니 그 화력에 푹 빠져서 심심하면 발칸을 쏘고 싶어하게 된 에트나한테 이런 소리 하면 당장 발칸으로 고기 죽을 만들자고 나를 성가시게 굴 게 뻔하다. 뭐, 맨몸으로 잡아오라고 하면 마지못해서 그렇게 하기는 하겠지만 보복이 두렵, 아니, 에트나한테 이런 소리 하기가 귀찮아서다. 귀찮다는 이유, 단지 그것뿐이다. 음하하하! 천재인 내가 뭘 두려워하겠는가? 나는 항상 당당한 사람이며 용감한 사람이다. 흠흠.

이런저런 사정으로 내가 직접 해치우기로 했다. 5년간 퍼질러 자면서 힘들게 배운 무공 실력이 어느 정도나 되는지 확인해 볼 좋은 기회이기도 하다. 방어 기술도 완벽하다. 타격점에 내공을 모으기만 하면 곤봉에 맞아도 괜찮을… 아플려나? 음… 고민되네? 아픈 건 싫은데.

혹시 모르니까 검술로 상대하는 게 좋겠다. 독고구검을 배워놓고 아직 시연도 못해봤는데 잘됐다. 칼 맞고 스머프들이 죽어버리면 내 취미 생활에 지장이 있으니까 안 죽을 정도로 상처만 입혀야 하는데 보통의 금속제 칼로는 힘들겠지. 내 전용으로 특별한 칼을 하나 만들어야겠다. 죽이고 싶을 때는 쉽게 죽일 수 있고 해부하고 싶을 때는 기절만 시킬 수 있는 기능을 가진 걸로.

쇠뿔도 단김에 빼랬다고 즉시 제작에 착수하기로 했다(그런데 쇠뿔은 뭐 하러 빼는 건지 잘 모르겠다. 사슴이 귀해서 녹용 대신으로 먹었나?). 일단 디자인부터 정해두도록 하자. 어떤 식의 검이 좋을지 잠시 데이터를 뒤져 보자.

도와 검이 있는데 뭐가 좋을까? 동양적인 도를 먼저 볼까? 유엽도(柳葉刀), 귀두도(鬼頭刀), 안시도(雁翅刀), 팔괘도(八卦刀), 용형도(龍形刀), 환도(環刀)……. 뭐가 이리 많아? 생김새도 엄청 다양하네? Simple is

Best도 모르나 보다. 중요한 건 기능이니까 단순한 서양식 검으로 하자.

어디 보자… 역시 검이 도보다 훨씬 심플하군.

일반적으로 검의 칼날(blade)은 슴베(tongue)와 칼날 뿌리(heel), 칼날 본체, 칼끝(point)으로 이루어져 있다. 슴베는 칼날의 연장 부분을 형성하고 자루와 칼날을 하나로 잇기 위해 자루를 자루에 고정시켜 주는 긴 못이다. 칼날 뿌리(heel)는 자루 옆에 있고 칼날의 나머지 부분보다 다소 더 크고 육중하다. 다음으로 칼날 본체가 이어지고 마지막으로 칼끝(point)이 있다.

음, 칼이라는 것도 꽤 복잡하네? 일단 단검은 식칼 기분이 날 거 같으니까 제쳐 놓고 장검으로 하자.

두 손용 칼(two—handed sword)이라……

경이적인 크기의 넓고 똑바른 날을 가지며 양날을 가진 날카로운 긴 자루로 된 육중한 검.

흠, 이런 건 혼자 들고 다니면 몰라도 군대에서 사용하면 아군 죽이기 딱 좋겠다. 이 정도로 긴 검이 필요하다면 창을 쓰는 게 낫지 않을까? 더구나 창은 방패와 함께 사용할 수도 있다. 왜 이런 무식한 걸 쓰는 걸까? 뭐, 적이 풋내기이고 단검만 들고 있다면 위협은 되겠다. 역사상으로 봐도 겉보기와는 달리 큰 성능은 발휘하지 못했단다. 전투 목적보다는 행렬에서 보여주기 위한 목적으로 만들어진 것도 많았다고 한다. 그렇겠지. 스머프를 상대로 칼 자랑 하고 다닐 생각은 전혀 없다. 고상한 내 취미에 맞지 않으니 패스.

레이피어(rapier)라······.

1:1 격투시 선호하는 무기. 보호 용구로 적의 칼끝을 박혀들게 해 부러뜨리려는 목적으로 미세한 구멍이 많이 뚫려 있는 테두리(shell)가 있다.

무슨 뜨개질용 바늘 같아서 싫다. 패스.

푸아냐르.

확대되는 칼날이 있다. 일격을 가할 때는 양날이 면도날처럼 예리하고 끝이 뾰족하지만 찌른 다음에는 감추어진 메커니즘으로 좀 더 작은 칼날이 튀어나와 큰 범위의 상처를 입힌다. 칼날에 독을 넣기 위한 2개의 홈이 있는 경우도 있다.

흠, 괜찮아 보이는데? 뭐냐? 단검이잖아? 쳇!

서양 장검은 취향에 안 맞는다. 디자인도 그저 그렇고 동양의 검으로 해야겠다. 오! 이거다.

현철중검(玄鐵重劍). 이름도 괜찮고 생김새도 나쁘지 않다. 투박한 면도 있지만 녹색의 검날이 맘에 든다. 어디 보자.

실제로 있었던 검은 아니지만 위력만큼은 타의 추종을 불허한다.

무슨 근거로? 실존한 것도 아니라면서 어떻게 위력을 아는 거냐? 거짓말도 잘한다. 아마도 무슨 소설 같은 걸 보고 푹 빠진 독자가 상상으로 그려놓은 모양이다. 잘 그려놨으니 용서해 주도록 하지. 맘에 든다. 검 손잡이와 칼날 뿌리에 달린 빨간 보석이 녹색의 날과 잘 어우러져 제법 분위기 있어 보인다. 빨간 보석 부분에 유니트를 장치하면 되겠다. 두 손용 검과 비슷한 형태이지만 약간 손보면 한 손, 양손 다 쓸 수도 있을 것 같다.

디자인이 정해졌으니 다음은 기능을 첨가하자. 우선 상대방을 죽이고 싶지 않을 때를 대비해서 검날은 삽입, 사출이 가능하도록 하자. 검날이 검 몸체 안으로 들어가면 단순한 막대기가 될 테니까 이거 맞고 죽지는 않겠지. 다만 생포 모드일 때는 검 전체에 고압 전류가 흐르게 하는 걸로 하자. 이 정도는 아주 간단한 일이기 때문에 그다지 힘들지 않다.

다음, 적을 분쇄하는 기능. 검날 부분에 1마이크로미터 간격으로 0.1마이크로미터의 작은 톱니 모양의 날을 붙였다. 푸아냐르에서 힌트를 얻은 건데 일단 적 내부에 들어가면 이 톱니 모양의 날이 움직이면서 상대방의 몸을 갈아버린다. 뭐, 검날 그 자체도 강철을 무 베듯 할 수 있게 만들었는데도 불구하고 분쇄 모드를 만든 데는 다 이유가 있다. 이 세계에서 혹시 어떤 거대한 동물을 잡게 될지도 모르기 때문이다.

이스케이퍼로도 운반하기 곤란할 정도로 크다면 일부만 채취해야 한다. 검날의 압력으로 소중한 샘플의 세포가 뭉개지는 일이 생기면 곤란하다. 이럴 때 분쇄 모드를 써서 보다 깔끔하게 잘라내는 거다. 미세한 칼날이니까 세포의 손상은 최소한으로 줄일 수 있을 것이다.

다음은 광검 모드. 아직 완전한 빛의 검을 만들어내는 데에는 실패

했지만 검을 이용한다면 비슷한 효과를 낼 수 있을 거다. 사용자의 기를 흡수해서 그것을 증폭하여 검날 전체에 흐르게 하는 것으로 위력을 높인다는 취지다. 광검 모드까지 사용할 일은 없을 것 같지만 천재의 재능이 남아도니 달아두도록 하자.

심혈을 기울인 현철중검의 설계가 끝났다. 나머지는 제조 기계한테 맡기면 설계대로 만들어줄 거다. 이 검이 현철로 만들어진 게 아니기 때문에 현철중검이라고 불릴 이유는 없지만 제작자가 맘에 들어하는 이름이니 그렇게 부르기로 하자. 아! 벌써 시간이 이렇게 되었나? 2시간이 지났으니 지니의 언어 데이터 수집도 어느 정도 되었겠지? 현철중검이 완성되길 기다리는 동안 중간 결과나 보러 가자.

'지니, 데이터 수집은 얼마나 되었냐?

혹시라도 오해하는 사람이 있을까 봐 밝혀두는 건데 지니의 주 프로그램은 소울테이커 내부에 있다. 이어링은 주 프로그램이 처리한 정보를 사용자에게 전달시켜 주는 기능을 가지고 있는, 말하자면 이어폰 정도로 봐도 무방하다. 물론 뇌의 언어 중추의 기능을 대신하는 작용은 이어링이 한다.

이렇게 말하면 공작실에서 내가 작업하는 동안 어떻게 지니가 언어 데이터 수집을 할 수 있었는지에 대한 의문이 들 것이다. 이어링에 내장된 센서는 반경 20미터 내의 음성과 영상만을 캐치할 수 있다. 하지만 소울테이커의 센서는 10킬로미터 이내의 것들을 감지할 수 있다.

현재 지니는 자체 센서가 아닌 소울테이커의 센서를 통해 데이터를 모으고 있는 것이다. 물론 밖으로 나가면 자체 센서를 사용해야겠지만 지금은 그럴 필요가 없을뿐더러 그렇게 할 수도 없다. 소울테이커의 선체가 572미터인데 20미터의 자체 센서 가지고 뭘 하겠는가?

[현재 85%의 작업 진척도를 보이고 있습니다.]

'벌써?'

[스머프들이 사용하는 언어가 원시적이고 단편적인 것들이기 때문에 그렇습니다.]

인간의 언어는 무척 복잡하다. 사실 꼭 필요한 말만 하고 산다면 이렇게 복잡할 필요는 없다. 문법이 없어도 몇 가지 단어만 조합하면 만족할 만한 수준은 아니더라도 의사 소통은 가능하다. 그럼에도 불구하고 인류의 언어가 이렇게 복잡한 모양이 된 이유는 자신의 생각을 상대방에게 보다 적절하고 충분하게 전달하기 위해서이다. 더불어 사회가 발전하면서 새로운 단어가 유입되고 세월이 흐르면서 오늘날의 방대한 언어가 되었다.

복잡화된 사회가 아니라면 이렇게 번거로운 언어는 필요없다. 지능이 떨어지는 생물이라면 오히려 간단한 언어가 더 편리할 거다. 그렇지 않다면 말 한마디 할 때마다 10분씩 머리 싸매고 고민해야 할 테니까.

사실 어떤 수준의 언어를 사용하는지는 중요한 게 아니다. 쓰는 사람이 만족하면 그만이다. 현대 언어로 '별들이 노래하는 은하수가 비치는 눈을 가진 그대여, 찬란한 태양이 노래하는 황금빛 벌판에서 나와 달콤한 사랑 노래를 불러보지 않으려오?' 라고 말하는 거나 원시어로 '내 아를 낳아도' 라고 말하는 거나 뜻하는 바는 똑같은 거니까.

그건 그렇고, 스머프 언어 분석이 85%의 완성도를 보이고 있다니까 이제까지 기록된 그들의 대화 내용을 어느 정도는 알아들을 수 있겠지?

'그동안의 스머프들 대화를 번역해서 들려줘 봐.'

[네. 가상 극장 모드로 들으시겠습니까, 아니면 리얼 모드로 들으시겠습니까?]

'리얼 모드는 알겠는데 가상 극장 모드는 뭐냐?'

[번역이 너무 쉽게 되는 바람에 갈 곳 잃은 저의 남아도는 경이적인 성능을 발휘하여 한번 만들어본 겁니다.]

어째 누구 말투랑 비슷하네? 누굴까? 여하간 호기심이 생기니까 일단 가상 극장 모드로 들어보자.

'가상 극장 모드로 재생. 실시간으로 하지 말고 알맹이만 골라서 처리해라.'

[물론입니다.]

빠빠밤~ 빠밤~ 본 자료에 나오는 등장 인물들의 명칭은 임의로 정한 것들입니다. 청취자 여러분들의 착오없으시길 바랍니다.

〈스머프들의 하루〉

주책이 스머프 : 랄라라~ 랄랄라~ 랄라랄라라~ 어? 이게 대체 뭐지? 잘 모르겠네? 파파 스머프는 왜 이런 걸 보고 오라고 하신 걸까?

소울테이커를 곤봉으로 마구 때려본다.

주책이 스머프 : 무지 단단하네? 가가멜이—삐! 에러 코드 101. 스머프들이 두려워하는 존재인 것 같은데 적절한 단어가 보이지 않아서 임의로 집어넣었습니다—보낸 건 아닌 것 같아. 보고하러 가자.

"랄라라~ 랄랄라~ 랄라랄라라~"

주책이 스머프는 다른 스머프들이 숨어 있는 바위 뒤로 간다.

다른 스머프들은 그를 보고 결과를 묻는다. 여러 질문이 있었지만 시간 관계상 생략.

　파파 스머프 : 오, 주책이 스머프야, 수고했다. 가가멜이 보낸 물체가 아니라면 두려울 것 없다. 가자, 우리 스머프들아.

　스머프들 : 네, 파파 스머프.

　스머프들은 떼거지로 소울테이커에 접근한다. 선두에는 파파 스머프가 섰다.

　파파 스머프 : 엄청 크구나. 너, 너, 너, 그리고 너는 왼쪽으로 가고 다른 스머프들은 나를 따라 이 물체를 조사해 보자구나.

　스머프들 : 네, 파파 스머프.

　스머프들 두 패로 나누어서 소울테이커 주위를 돌며 관찰한다. 1시간 52분 30초 후에 두 패거리는 다시 만난다.

　파파 스머프 : 뭔가 발견한 게 있느냐?

　왼쪽으로 간 스머프들 : 아니요, 파파 스머프.

　파파 스머프 : 음, 며칠 야영을 하면서 상태를 봐야겠구나. 덩치 스머프는 망을 보고 욕심이 스머프와 허영이 스머프는 먹거리를 찾아오거라. 그리고 다른 스머프들은 잠자리를 준비하고.

　호명받은 스머프들 : 네, 파파 스머프.

　"랄라라~ 랄랄라~ 랄라랄라라~"

삐~ 재생 종료.

[어떠십니까?]

　'…….'

아! 골치 아프다. 가상 극장 모드라 하기에 뭔가 했더니 이런 유치한 짓을 해놓다니… 썩을.

'저게 다냐?'

[네, 더 있긴 합니다만 알맹이 대화는 이 정도입니다. 이번엔 리얼 모드로 들으시죠.]

'그만 됐다. 집어치워! 앞으로 가상 극장 모드는 금지다. 알겠냐?'

[너무하십니다. 주인님께서 스머프 애니메이션을 좋아하시는 것 같아 과거 자료를 몽땅 뒤져서 만든 겁니다.]

'시끄러.'

어째서지? 분명히 천재적인 내 인격을 카피했는데 무슨 이유로 이런 멍청한 짓을 해놓은 거냐고?

아무래도 제작 과정에서 오류가 있었나 보다. 완벽한 나의 인격에 문제가 있을 리 없으니 당연하겠지. 어디가 잘못된 걸까?

수정 작업은 나중에 하도록 하고 언어에 대한 데이터도 그런대로 모였으니 스머프 사냥이나 하러 나가야겠다. 귀에서 아직도 '랄라라~ 랄랄라~ 랄라랄라라~' 하는 소리가 들리는 것 같다. 기분도 꿀꿀한데 취미 생활이라도 즐기면 나아지겠지.

이렇게 생각한 나는 공작실로 향했다. 물론 현철중검을 가져오기 위해서이다. 제조 기계에서 막 나온 현철중검이 그 녹색의 자태를 뽐내며 나를 기다리고 있었다. 들어보니 묵직한 게 믿음직스럽다. 가볍게도 만들 수 있었지만 원래 검이란 무게가 있어야 파괴력도 늘어나는 거다. 아직 따끈따끈한 현철중검을 한번 휘둘러 보았다. 부웅 하는 소리와 함께 녹색 검광이 번쩍인다. 이제부터 천재 절대검사 안톤의 강호행이 시작되는 거다. 맛있는 음식과 미녀들이 나를 기다리고 있도다. 음하하하!

[주인님.]

'뭐냐? 나 지금 바쁘다.'

내 전용 검이 생겨서 엄청 들뜬 나를 지니가 불렀다. 한참 기분 내고 있는데 분위기 파악도 못하는 녀석 같으니라구.

[탐지기에 스머프 어와는 다른 언어가 감지되었습니다. 소울테이커 쪽으로 접근 중입니다.]

'곧 브리지로 가겠다. 그 언어도 데이터 수집을 해두도록 해라.'

[네, 알겠습니다.]

새로운 종족이 나타났나 보다. 그런데 전혀 다른 언어라고? 언어 데이터 수집도 다시 해야겠네? 이런 귀찮은 일이… 일단 브리지로 가서 생김새를 보고 스머프랑 거기서 거기라면 그냥 포획해서 해부해야겠다. 나는 지금 당장 피를 보고 싶단 말이다. 피, 피, 피! 살아 있는 동물의 배를 스윽 하고 가를 때 나오는 그런 생생한 피가! 아, 잠시 흥분했다. 나는 흡혈귀가 아니다. 어디까지나 과학자다. 흠흠.

여하간 브리지로 향했다. 외부 카메라를 가동시켜 소울테이커 쪽으로 다가오는 새 종족을 탐색했다. 음원에 대한 정보가 있어서 곧 발견할 수 있었다.

걸어오고 있는 게 아니었다. 뭔가 탈것에 타고 있다. 마치 유원지에서 커플끼리 앉아서 빙글빙글 도는 둥근 찻잔 같은 모양을 하고 있다. 크기는 과거에 존재했던 티코라는─파워도 딸리고 경차치고는 기름도 엄청 먹고 세금도 비싼─자동차 정도 되어 보인다. 땅에서 30센티 정도 떠서 비행하고 있다. 이곳의 땅에는 부양력을 얻을 수 있을 만큼 강한 자기장이 나오고 있지 않으니까 자기 부상 방식은 아니다. 공기 부양식일까? 공기 부양식 자동차는 지구에서도 옛날부터 있던 거니까 대단할

건 없지만 신기한 건 먼지와 소음이 거의 나지 않는다는 거다.

과거 지구에서 차세대 자동차를 결정할 때 공기 부양 방식과 자기 부상 방식 중 후자의 손을 들어준 것은 공기 부양 방식이 먼지가 많이 나고 시끄럽다는 단점이 있었기 때문이다. 결국 초기 설비 비용이 많이 든다는 단점에도 불구하고 자기 부상 방식이 표준안으로 채택된 것은 이런 이유다.

하지만 저건 다르다. 잔 먼지 하나 없이 조용하면서 미끄러지듯 이동하고 있다. 아무래도 공기 부양 방식은 아닌 모양이다. 그럼 무슨 방식일까? 제트 엔진 따위를 사용할 때 발생하는 불꽃도 보이지 않는다. 음, 이해 불능. 저 탈것도 빼앗아서 연구해 봐야겠다. 공학 박사로의 끝없는 탐구심이 마구마구 불타오른다. 언어 데이터 따위가 중요한 게 아니다. 얼른 가서 저기 탄 놈들을 단칼에 슥삭 처리하고 저 탈것을 분해해 봐야… 그러고 보니 저기 타고 있는 놈들을 아직 안 봤네?

카메라 약간 위로. 아니, 좀 더. 그래, 그 정도면 됐다. 확대해 봐라.

아니, 이럴 수가? 인간이다. 생긴 걸로만 봐서는 호모 사피엔스와 아주 유사하다. 남자로 추정되는 놈들은 볼 것 없고 거기 긴 머리 휘날리는 여자 얼굴 클로즈업!

오호! 오호! 오호! 선녀다! 두둥! 이계라는 강호에 발을 디디기도 전에 알아서 미녀가 찾아오는구나. 무협 소설에 나오는 덜떨어진 사기 무공만 가진 자칭 고수들은 광활한 무림계를 헤집고 다니고 나서야 간신히 로맨스를 이루는데 내 경우는 여자가 직접 찾아온다. 역시 천재인 나의 첫 강호 출도는 뭔가 달라도 한참 다르다. 음하하하!

그런데 조금 이상하다. 선녀는 상반신에 갑옷을 입고 있었는데 빨간 머리 스머프가 착용하고 있던 것과 비슷한 것이다. 물론 여자니까 가슴 부위가 볼록하게 디자인된 약간은 다른 갑옷이긴 한데 전반적인 양식은 거의 동일하다. 같은 공장에서 나왔다고 봐도 무방하겠다.

가죽 끈으로 어깨에 떠받쳐지고 있는 가슴받이 아래로는 반소매의 갈색 면 티셔츠 모양의 옷이 보인다. 하반신으로는 가죽으로 된, 무릎 약간 위까지 올라가는 짧은 치마를 입고 있다. 세로로 주름이 나 있는 그런 유였다. 다만 옆으로 길게 찢어져 있어서 활동하기 편한 형식으로 되어 있다.

머리에는 고대 그리스 풍의 투구를 쓰고 있다. 지나치게 높고 수그러질 정도로 구부러진, 좁은 V자 형의 꼭대기 장식이 붙어 있는 원뿔꼴의 종 모양으로 되어 있는 생김새였다.

음, 그녀는 왜 빨간 머리 스머프와 비슷한 갑옷을 입고 있는 걸까? 스머프 족과 이곳 휴먼 족의 언어 체계가 전혀 다른 걸로 봐서 서로 활발한 교류를 할 정도의 관계는 아닐 것 같다. 교류가 있다면 한쪽에서 다른 쪽으로 유입된 단어가 있을 텐데 지니의 데이터에는 그런 것들을 찾아볼 수 없다. 이것은 두 사회가 서로에게 단절되어 있다는 증거로 봐도 무방할 것이다.

그럼 우연히 비슷한 갑옷이 만들어진 걸까? 역사를 살펴보면 이럴 일은 극히 희박하다는 것을 알 수 있다. 그렇다면 남은 가능성은 약탈뿐이다. 선녀 쪽이 제대로 된 옷을 입고 있는 걸로 판단해 볼 때 아마 스머프 족이 이곳의 휴먼 족에게서 빼앗은 걸로 보인다. 하긴 대다수가 조잡한 나무 곤봉 따위를 무기로 사용하리라 추측되는 스머프 족에게 철로 된 창이나 갑옷을 만들 기술이 있다면 그게 더 이상할 거다.

음, 이상으로 판단해 볼 때 이곳 휴먼 족과 스머프 족은 사이가 무척 나쁘거나 서로 죽고 죽이는 앙숙일 가능성이 크다. 그렇다면 아마 이쪽으로 접근하는 휴먼 족이 소울테이커 근처로 와서 정찰조 스머프들과 맞닥뜨리게 된다면 서로 싸우게 될 확률이 매우 높다고 하겠다.

뭐야? 뻔한 스토리잖아? 선녀가 스머프들에게 습격받으면 잠자코 보고 있다가 위기의 순간 짠 하고 등장해서 멋지게 구해주는 분위기있는 첫 대면 씬을 연출하면 되겠다.

그러나 내가 짠 하고 나타난 순간 예상외로 휴먼 족이 스머프 족들을 몰살하고 '너도 한패냐?' 라는 식이 되면 곤란하다. 그러니까 양쪽의 전력을 분석해서 내가 등장할 시간을 미리 정해두는 것이 좋겠다. 전쟁 분석가로서의 내 재능이 필요할 때다.

스머프 족 총 11마리. 그중 한 마리는 두목 급이니까 다른 놈들보다 전투력이 높다고 봐야 한다. 미개한 사회가 종종 그렇듯이 대장의 지위는 힘이 강한 자의 차지다. 힘보다 두뇌가 요구되는 시대는 훨씬 후대의 일이다. 휴먼 족은 총 3명. 남자 둘에 선녀 한 명이다. 머리 숫자로만 판단하면 스머프 족 승리.

다음은 장비 분석. 남자 둘이 입고 있는 갑옷은 금속 고리로 된 것이다. 일종의 메일이다. 메일(Mail)은 라틴어로 '그물 무늬의 물건'이란 뜻이다. 메일은 금속을 어떤 식으로 연결하느냐에 따라 링 메일, 체인 메일, 스케일 메일, 플레이트 메일 등으로 나뉘는데 남자들이 입은 것은 금속 고리를 가죽 끈이나 금속 끈으로 가죽 바탕에 고리를 꿰매어 만든 링 메일이다. 그리고 하반신은… 아니, 저것들, 변태인가? 어째서 남자들도 치마를 입고 있는 거냐? 그것도 선녀가 입은 것보다 더 짧은 초미니 스커트를!

활동하는 데 거치적거리지는 않을 것 같다. 하긴 고대 지구에서도 남자들이 종종 치마 비슷한 것을 입었었다. 다리에는 청동 제품으로 보이는 정강이받이를 착용하고 있다. 다리에 꼭 맞는 형태로 제작되었는지 걸쇠 등의 고정시키는 물건은 보이지 않는다. 이렇게 하려면 각자의 다리 사이즈에 맞추기 위해 특별 제작을 해야 했을 것이다.

초미니 스커트는 선녀 쪽한테 더 잘 어울릴 것 같은데 남자들이 입고 있어서 무척 유감스럽다. 어째서 시커먼 사내들이 초미니냐고! 다행이라면 선녀 쪽은 정강이받이를 착용하지 않고 있다는 거다. 아! 각선미 좋다. 사내들 쪽은… 음, 정강이받이 위로도 숭숭 돋아난 까만 털로 인해 내 미적 감각이 마비될 지경이로구나. 보기 고통스럽다. 더 이상 안 보련다. 스머프 족의 장비는 붉은 머리 스머프 말고는 가죽 누더기 팬티가 전부다. 방어구로만 보면 휴먼 족 승리!

다음으로 무기를 살펴보자. 스머프 족의 무기는 앞에서 설명했으니까 과감하게 생략. 선녀가 사용하는 무기는 '파라조니움(parazonium)'. 일명 '벨트의 벗'이라 불린 짧은 로마의 칼과 비슷하다. 칼날이 자루에서 칼끝까지 직선으로 가늘어지는 그런 형태로 보인다. 검집 모양만 가지고 판단한 것이기 때문에 확실하지는 않지만 대강 맞을 거다.

짧은 칼을 전문으로 사용하는 사람은 용맹한 사람이 많다. 이 무기로는 최접근 백병전 형태로 싸울 수밖에 없으니 적의 무기의 리치가 길다는 이점을 빼앗기 위해서 상대방의 공격을 피하면서 최대한 가까이 접근해야 한다. 숙련된 전사가 아니라면 무척 위험할 것이다. 연약해 보이는 선녀가 의외의 강자일지도 모른다. 뭐, 그냥 폼으로 가지고 다니는 것일 수도 있겠지만.

남자 둘은 창을 쓰는 모양이다. 그들 옆에 기다란 창이 놓여 있는 걸로 봐서 맞을 거다. 창끝 전체가 소켓과 일체형으로 되어 있는 단순한 모양이다. 창 옆에는 여러 장의 목판을 대고 그 위에 안료를 칠한 천을 입힌 뒤 테두리를 금속으로 고정시킨 것으로 보이는 원형 방패가 있다. 뭐, 100% 금속제 방패보다 방어력은 떨어져도 가벼우니까 기동성으로 만회할 수 있겠지.

검이나 창이 곤봉보다 우세하다고 말할 수는 없다. 물론 이것들은 날카로운 칼날이 있으니까 상대방에게 더 많은 데미지를 줄 수 있다고 생각할 수도 있겠지만 강한 힘을 가진 자가 휘두르는 곤봉이라면 일격에 사람의 두개골을 박살 낼 수도 있다. 근육의 발달 정도나 덩치, 팔 길이로 미루어볼 때 스머프 족에게는 이럴 만한 괴력이 있어 보인다.

결론을 내리자면 스머프 족의 압도적인 승리가 유력하다. 스머프의 근육 힘이 일반인의 두 배 정도 되고 긴 팔을 휘두르는 것으로 얻게 되는 곤봉의 위력 상승치 등을 추가로 감안해 보면 휴먼 족이 버틸 수 있는 시간은 고작 3분 정도 되겠다. 남자 둘이 스머프 족한테 쓰러지고 난 다음에 내가 등장하는 것이 가장 극적이겠으나 재수없으면 그전에 선녀가 먼저 염라대왕의 부름을 받고 승천할 수도 있다.

"안톤님, 아직도 저것들 못 잡으셨어요?"

앗! 놀래라. 대체 언제 온 거냐? 잠시 다른 생각을 하던 내 귀에 쥐도 새도 모르게 내 옆까지 다가온 에트나의 목소리가 들렸다. 기집애, 인기척 좀 내고 다녀라.

"응? 아! 응! 잠시 관찰 좀 하느라고. 밥은 다 먹었어?"

"무슨 밥을 두 시간씩이나 먹겠어요?"

"하하하! 그, 그렇지. 이슈텔은 뭐 하고 있어?"

"뉴튼이랑 놀고 있어요."

그러고 보니 새끼 드래곤이 안 보이네? 첫날에는 잡아 먹자고 그렇게 성화더니 벌써 정들었나? 그건 그렇고, 에트나가 여기 있으면 곤란한데? 뭐가 곤란하냐고? 생각해 봐라. 곧 연출될 '낭자, 어디 다친 곳은 없소', '소녀는 괜찮사옵니다. 공자께서 친히 이 미천한 것을 구해주시다니 가문의 영광이옵니다. 부디 소첩을 거두어주십시오' 와 같은 장면을 에트나가 목격하게 된다면 여기에 '오호호호. 서방님, 감히 바람을 피우시는군요. 죽여 드리겠사옵니다' 라는 대사가 추가될지도 모른다. 에트나가 다른 일에 신경 쓰도록 해야겠다.

"에트나, 무척 피곤해 보이는 얼굴인데 어디 아픈 거 아니니?"

"아뇨. 멀쩡한데요."

"아냐. 피부 미용의 대가인 나의 의견을 들려줄게. 많은 사람들이 모르고 있는 사실인데 여자의 피부는 한번 상하면 쉽게 회복되지 않아. 지금 네 얼굴을 보니까 여드름 꽃이 나타나려는 징조가 보이고 있어. 갑작스러운 환경 변화로 인해 발생하는 미묘한 호르몬 분비로 피지 발생량이 계속 증가하고 이로 인해 더욱 악화되어 가는 상태야. 이럴 경우에는 잠을 푹 자두는 게 가장 좋아. 이런 말도 있잖아. '미인은 잠꾸러기' 라고."

말하고 나니 엄청 유치하네? 에트나가 설마 이런 소리에 속아넘어갈 정도의 바보……

"정말이에요? 어쩜 좋아. 내 백옥 같은 피부가 망가지다니……. 그러고 보니 요즘 피부가 푸석푸석한 것이 윤기가 없다는 생각이 들었는데 그런 이유였나 봐요, 안톤님. 저, 얼른 가서 잘게요. 어떡해! 어떡해!!"

…구나.

에트나가 자기 얼굴을 만지작거리며 황급히 사라졌다. 뭐, 일단 이 천재의 청춘 사업에 지대한 영향을 끼칠 방해물이 사라졌다. 작전명 '선녀와 나무꾼 안톤' 플랜을 실행하자.

[주인님, 휴먼 족 도착 예상 시간까지 30초 남았습니다.]

'알았다. 실시간 번역 모드 가동.'

[스머프 족은 상관없지만 휴먼 족에 대한 데이터가 많이 부족합니다. 저들이 차 안에서 나눈 대화를 통해서 얻은 정도 가지고는 의미 파악에 심대한 지장이 있으며 심할 경우 전혀 다른 뜻으로 해석할 수도 있습니다. 그래도 그렇게 하시겠습니까?]

'하라면 해!'

[네, 알겠습니다. 아직 휴먼 족에 대한 분석 수준이 미비하기 때문에 실시간 번역 모드 중 최적 단어 판별 작업 상황이 섞일 수 있습니다. 이 점 양해해 주십시오.]

'알았다. 번역이나 충실히 해라.'

그렇게 명령을 내린 나는 소울테이커의 에어록으로 향했다. 휴먼 족이 도착하기도 전에 그냥 나가면 스머프 족 공격 목표가 될 수도 있다. 이렇게 되면 반대로 뒤 이어 도착할 휴먼 족에게 도움을 받게 되는 상황이 연출될 거다. 이런 건 취향에 안 맞으니까 싸움이 나는 순간에 바로 튀어나가도록 하자.

[도착했습니다.]

'싸움이 일어나면 알려줘.'

[벌써 싸우고 있습니다.]

옥! 두 종족이 만나면 그래도 처음엔 약간의 신경전을 벌일 줄 알았는데 그 과정이 생략된 것을 보면 무척 사이가 안 좋은 모양이다. 어서 나가지 않으면 이 천재님이 나설 무대가 사라질 수도 있다. 여기까지 생각한 나는 나의 애검 현철중검을 꼭 움켜쥐었다. 수없는 반복 시뮬레이션을 통해 진짜와 유사한 경험을 쌓았다고는 해도 어디까지나 연습에 불과하다. 목숨을 걸고 싸우는 실전과는 다를 것이다. 뭐, 이 천재 고수를 당할 자가 있다고는 생각되지 않지만 방심은 금물이다. 후욱! 심호흡. 심호흡……

당당하게 말하고는 있지만 약간 떨리는 것도 사실이다. 하지만 여자는 배짱, 남자는 애교. 어라? 잘못 말했다. 내 심리 상태가 약간 불안해서 남녀를 혼동했다. 그러려니 하고 넘어가자.

자! 그럼 나가볼까?

"에어록 해치를 열어라."

작은 기계음과 함께 금속 문이 위로 올라가면서 늦은 오후의 태양이 보인다. 지구의 그것과는 다른 느낌의 푸근한 공기 내음이 기분 좋다. 소울테이커 안에만 있어서 그런지 오랜만에 밖으로 나오니 무척 신선한 느낌이다.

그런데 왜 밖에 아무도 없냐?

[주인님, 반대쪽 문으로 나가셨어야죠. 그쪽이 아닙니다.]

'읔! 이런!'

들뜬 마음에 제대로 확인도 하지 않은 나의 실수다. 반대쪽 에어록을 향해 달리기 시작했다. 까딱하면 선녀가 죽는다. 내가 갈 때까지 죽지 말아줘!

다다다다! 털썩!

애고, 아파라.

아무도 본 사람 없겠지? 천재는 절대 넘어지지 않는다. 잠시 이 별의 인력이 지구의 그것과 얼마나 다른지에 대한 실험을 해봤을 뿐이다.
흠흠.

　[주인님, 휴먼 족 중 한 명이 부상을 당했습니다.]

　'뭐라고? 선녀냐?'

　[아닙니다. 남성으로 추측되는 휴먼 족입니다.]

　'휴~ 다행이다. 남성 휴먼 족의 부상은 심각한 거냐?'

　[출혈은 심합니다만 추가로 데미지를 받지 않는 이상 죽지는 않을
겁니다.]

　'알겠다. 계속 상황 보고해라.'

　[네.]

　1 1 : 3이라는 악조건에 그중 한 명은 부상이라는 덤까지 붙었다. 서
두르지 않으면 위험하다. 경신법(輕身法) 중 경공(輕功)을 사용하여 신
속히 달려갔다. 처음으로 시전해 본 것인데 생각보다는 빠르지 않았
다. 시속 70킬로미터 정도 될 것 같다. 일반인이 보기에는 빨라 보여도
이스케이퍼의 속도에 익숙해진 나에게는 그저 그런 스피드다. 에어록
에 도착해서 해치를 열고 밖으로 나갔다.

　스머프 족 10마리가 3명의 휴먼 족을 빙 둘러싸고 있는 모습이 눈에
들어왔다. 휴먼 족 사람들이 포위당했다기보다는 수적 열세를 만회하
기 위해 일부러 그렇게 한 모양이다. 3명이 서로의 등을 맞대고 전투를
하게 되면 등 뒤로는 방어하지 않아도 되니까 전방에 대한 공격력을
높일 수 있다. 하지만 단점이 있는데 저런 식으로 싸우면 한 사람만 무
너져도 금세 위태로워질 수 있고 이런 상황이 닥치면 포위망 속에서
도망도 못 간다. 죽기를 각오하지 않는 이상 추천할 만한 대처법은 아

니다. 나라면 어떻게 하겠냐고? 천재는 이기지 못할 싸움은 애초에 하지도 않는다. 승산이 5 : 5 정도라면 도박하는 셈치고 해보겠지만 그 이하라면 판돈이 아까워서 안 한다. 나는 지극히 수학적인 계산에 밝은 사람이다. 어흠.

"카카카! 휴먼 족, 죽어!"

"죽어! 죽어!"

스머프 족의 언어 데이터 분석이 거의 완료되어 가기 때문에 녀석들이 하는 말을 똑똑히 알아들을 수 있었다. 역시 가상 극장 모드로 듣던 닭살 돋는 말투는 아니구나. 다행이다. 내심 진짜 스머프들의 말투였다면 내가 정말 가가멜이 된 것 같은 기분이 들지 않을까 걱정했는데 이걸로 악당을 퇴치하는 영웅의 기분으로 선녀 구출 작전을 전개할 수 있겠다.

그럼 일단 주위를 끌어야겠지.

"크크크! 정지!"

어라? 왜 이런 대사가 나오는 거냐? 나는 분명히 '거기 악당들은 들거라! 여기 이 몸은 바람따라 구름따라 강호를 누비며 정의를 실현하는 정의의 무사니라! 지금 행하고 있는 악행을 멈추지 않는다면 내 검이 무정하다고 나를 탓하지 말거라!' 라는 말을 하려고 했다. 그런데 정작 내 입에서 나온 말은 왜 저거냐? 이건 스머프 족의 무식한 말투랑 똑같잖아?

[당연한 겁니다. 스머프 족의 단어 사용은 무척 제한적이기 때문에 주인님께서 하시려는 대사에 사용된 낱말과 유사한 말이 없습니다.]

'그럼 이런 꼴사나운 말투로 계속 중얼거려야 한단 말이냐?'

[상관없지 않습니까? 어차피 주인님이 하시려던 말과 같은 의미이니

까요.]

애고, 두야. 스타일 다 구겼다. 언어의 장벽에 막혀 이 천재의 언변을 제대로 구사할 수 없다니 유감스럽기 그지없다. 여하간 쌍방 간의 격투는 잠시 멈출 수 있었다. 두 종족 다 '뭐 하는 짬뽕이냐?' 라는 눈으로 나를 바라보고 있으니까.

휴먼 족을 간단히 제압할 수 있을 거라고 여기고 있었던지 한쪽으로 빠져서 싸움을 관망하던 붉은 머리 대장 스머프가 나에게 말을 걸어왔다.

"너 인간. 왜 아냐, 우리 말(인간이 어떻게 우리 말을 알고 있는 거냐)?"

"없다. 죽는 놈. 필요(곧 죽을 놈에게 무슨 설명이 필요하냐)?"

"죽는다, 인간. 너, 건방(건방진 놈, 인간 주제에 우리를 이길 수 있을 거 같냐? 죽여주마)."

"뜨자, 한 판(능력있으면 해보라고. 덤벼라)."

아! 마치 유치원생들이 싸우는 것 같다. 아무리 원시어라고 해도 그렇지 이게 뭐냐고? 내용이야 똑같지만 형식이 형편없다.

대장 스머프가 손가락으로 신호를 하자 두 마리의 스머프가 나를 향해 곤봉을 높이 들고 덤벼들었다.

지면을 쿵쿵 하고 울리면서 다가오는 모습이 마치 탱크가 보병을 깔아뭉개러 오는 것 같다. 더러운 인상에 개거품까지 물고 고함을 지르면서 커다란 곤봉을 나를 향해 휘둘러 왔다. 모니터를 통해 본 것보다 훨씬 두꺼워 보인다.

"쿠오오오(독고구검 제사초 파창식(破槍式))!"

멋지게 기술 명을 외치면서 대적해 주려고 했는데 막상 입 밖으로 나온 것은 이런 소리였다. 이 동네에서 초식 명 외치면서 싸우려면 얼굴 가죽이 무지 두꺼워야겠다. 아! 쪽팔려! 이런 괴성이나 지르면서 싸워야 하다니…….

파창식은 장창(長槍), 대극(大戟), 사모(蛇矛), 제미곤(齊眉棍), 낭아봉(狼牙棒), 백납간(白蠟桿), 선장(禪杖), 방편산(方便鏟) 등의 장병기를 파훼하는 초식이다. 녀석의 곤봉도 낭아봉과 사촌 정도의 무기이니 적절한 판단이다.

내가 휘두른 현철중검의 검광이 녀석의 곤봉과 부딪쳤다. 스각 하는 소리와 함께 녀석의 무기는 두 동강이 났다. 다른 녀석이 내 머리를 노리고 내려친 곤봉을 신속한 퇴법을 전개하여 살짝 피한 나는 첫 번째 녀석의 곤봉을 자른 후 미처 회수하지 못한 검을 그대로 땅에 박고 그것을 축으로 몸을 회전시켜 두 번째 녀석의 다리를 걸어찼다. 원래 옆구리를 노린 공격이었는데 신장의 차이로 녀석의 왼쪽 다리에 맞았다. 빠직 하는 뼈 부러지는 소리가 들렸다.

"크큭."

녀석은 나에게 맞은 다리가 공중에 붕 뜨면서 중심을 잃고 쓰러졌다. 그대로 끝장을 내려고 했는데 나에게 곤봉을 잘린 녀석이 손잡이만 남은 그것을 내 얼굴을 향해 던지고 주먹으로 공격해 오는 바람에 그것을 피하기 위해 뒤로 물러섰다.

"죽어, 인간."

녀석의 긴 팔이 바람을 일으키며 내 머리카락을 스치고 지나갔다. 하지만 현철중검이라는 엄청난 검을 들고 있는 나에게 맨몸으로 덤비는 것은 무모한 일.

"크카오(독고구검 제칠초 파장식(破掌式))!"

파장식은 권각지장(拳脚指掌)을 사용하는 무공을 상대로 장권단타

(長拳短打), 금나점혈(擒拿點穴), 응조호조(鷹爪虎爪), 철사신장(鐵沙神掌) 등의 권각법을 전문적으로 파훼하는 초식이다.

스머프가 권법을 하는 것 같지는 않지만 위력적인 주먹에 잘못 맞으면 죽을지도 모르니까 방심은 금물이다. 사자는 생쥐를 잡을 때라도 최선을 다하는 법이다. 그렇지 않으면 언제 생쥐한테 코를 물리는 참사를 당할지 모른다.

내가 시연한 파장식은 녀석의 팔을 향해 그 예리한 검광을 그려갔다. 녀석이 검의 공격 범위에서 벗어나려고 순간적으로 뒷걸음치려고 했지만 팔을 회수하기에는 이미 늦었다.

"크아아아!"

녀석이 잘려진 팔의 단면을 잡고 비명을 지른다. 뭐가 이리 시끄러워? 팔 잘린 거 처음 봤냐? 나도 잘려봤단 말이다.

여기서 불쌍하다는 생각을 하면 곤란하다. 첫 번째 녀석은 다리뼈가 부러졌으니까 전투에 참가할 수 없겠지만 여기 두 번째 녀석을 쓰러뜨려도 아직 아홉 마리나 남았다. 그런 감정을 가지기에는 상대가 너무 많다. 속전속결이다.

내공을 끌어올려 속도를 올리며 현철중검을 가로로 눕힌 채 녀석의 옆을 지나쳐 갔다. 뼈의 저항이 느껴지는 것도 잠시뿐이었다. 두부를 써는 듯한 물렁한 감촉의 순간이 지나고 녀석에게서 10보가량 떨어진 곳에서 신형을 멈춘 나는 뒤를 바라보았다. 녀석의 허리 위 상반신이 쿵 소리를 내며 하반신과 작별을 고했다. 녀석의 거구는 1미터로 줄어들었다. 더 이상은 거구라 부를 수 없겠다. 잠시 후 허리 아래만 남은 녀석의 나머지 몸도 땅으로 쓰러졌다. 처음으로 독고구검을 이용해 적을 해치웠다. 이걸로 두 놈이 전투 불능이다.

"한다. 제법. 한다. 내가(제법 하는구나. 내가 직접 상대해 주마)."

대장 스머프가 자신의 창 '필룸'의 날을 내 쪽으로 향하며 말했다.

"다르다. 네가(네가 덤비면 뭐가 다를 거 같나?)."

낭비할 시간이 없는 나는 현철중검을 비껴 들고 대장 스머프에게로 달려갔다.

"죽인다. 저놈. 시간. 죽여. 이놈들. 너희(저놈은 내가 죽일 테니 그동안 다른 인간들은 너희가 죽여라)."

그렇게 말한 대장 스머프는 내 쪽을 향해 천천히 신형을 옮기기 시작했다. 남은 부하 스머프들은 대장의 명령에 따라 3명의 휴먼 족에게 공격을 재개했다. 일제히 덤벼드는 8마리의 스머프들이 퍼붓는 맹공에 부상당한 휴먼 족 남성이 털썩 하고 무릎을 꿇나 싶더니 앞으로 쓰러져 버렸다. 정통으로 어디를 맞은 것은 아니지만 그동안의 피로와 출혈로 인해 더 이상 버티지 못한 모양이다. 선녀의 짧은 검이 스머프들의 곤봉에서 뿜어지는 예기를 교란시키며 맹활약을 하고는 있지만 오래 버틸 수는 없을 것이다.

다른 한 명의 휴먼 족 남성은 그저 그런 창질은 고사하고 방패로 방어하기에도 여념이 없다. 곤란하다. 서둘러 대장 녀석을 쓰러뜨리지 않으면 휴먼 족은 전멸이다.

하지만 상대는 대장. 적어도 나한테 쓰러진 다른 녀석보다는 전투 경험이나 파워 면에서 월등할 것이다. 휴먼 족이 모두 사망하기 전에 이길 수 있을까?

잠시만 더 버텨다오, 선녀여!

병기가 맞닿을 정도로 가까워지자 이형환위(以形換位)의 수법을 펼쳤다. 이형환위는 순간적으로 몸을 날려 위치를 마구 바꾸는 경신법으로 상대를 혼란시키려는 용도로 많이 사용된다. 나아가는 듯하면서 물러나고 물러나는 듯하면서 상대에게 공격을 가하는 환상적인 수법이다. 원래 무공이란 허허실실. 상대가 허인 줄 알면 실이고 실인 줄 알고 대처하면 허로 속이는 것이다.

"우오오옥!"

이형환위의 수법에도 불구하고 대장 녀석은 놀라울 만큼 정확하게 내 몸이 이동할 방향을 향해 팔룸을 휘둘렀다. 보법에 따라 계속 움직였다면 틀림없이 맞았을 거다. 하지만 나는 순간적으로 천근추의 수법을 발휘하여 움직임을 멈추고 허리를 뒤로 구부려 녀석의 팔룸을 피할 수 있었다. 어떻게 된 거지? 어째서 이런 원시적인 동물이 이형환위의 수법을 꿰뚫어 볼 수 있는 거냐구? 후각이 극도로 발달하여 냄새로 상대방의 위치를 파악하는 걸까? 아냐, 냄새로 그렇게 정확하게 알 수 있을 리 없잖아?

"크크크."

대장 녀석은 비웃음을 흘렸다. 녀석의 팔룸이 연속해서 찌르기를 해댔다. 녀석의 긴 팔이 속사포와 같은 빠르기로 움직인다. 녀석에게 눈속임은 통하지 않는다. 실력으로 상대해 줄 수밖에.

"쿠오오오(독고구검 제사초 파창식(破槍式))!"

독고구검은 한 초식마다 360가지의 변화를 수반한다. 아직 완전한 깨달음을 얻지 못해서 무초로 유초를 이기는 경지에는 오르지 못했지만 이것만으로도 충분하다고 믿고 있었다. 당연히 대장 녀석의 팔룸은 두 동강이 날 거라 여겼다.

그런데 예상외로 대장 녀석은 무기를 회수하고 뒤로 훌쩍 뛰어 이 모든 변화를 간단히 피했다. 파창식의 검광은 그 뒤를 쫓았지만 녀석이 뒤로 도약한 위치까지는 미치지 못했다. 녀석의 빠른 후면 점프의 속도와 거리에 따라가지 못한 것이다. 이것은 충격이었다.

"좋다. 그거. 만나. 안. 오직. 죽여. 너. 내. 꺼(좋은 검을 가졌구나. 하지만 부딪치지만 않으면 그만이지. 너를 죽이고 내 것으로 해주마)."

"봐라. 그것. 그렇게(그렇게 할 수 있으면 해보시지)."

힘을 주어 현철중검을 고쳐 잡았다. 독고구검의 창시자 독고구패는 '검은 행운유수와 같아야 하고 임의로 자유롭게 움직여야 한다'라고 말했다. 저 대장 녀석이 피할 수 있었던 것은 내 검술이 독고구패가 말한 경지에 미치지 못했기 때문이다. 적이 눈치 챌 수 있는 초식은 죽은 초식이다. 살아서 움직이는 그런 초식이 필요하다.

차라라락!

나는 현철중검을 다시 휘둘러 갔다. 검이 허공을 베어가자 대장 녀석은 기다렸다는 듯 다시 찌르기를 시도했다. 팔룸의 특성상 베기보다는 당연히 찌르기가 우선이겠지. 하지만 이것은 나의 노림수다. 공중에서 급격히 검의 방향을 바꿔 전방으로 큰 원을 그리며 녀석의 안쪽으로 뛰어들었다.

"크오!"

예상대로 녀석은 다시 옆으로 크게 점프를 했다.

슉!

있는 힘을 다해 녀석의 착지 예상 지역으로 독고구검을 던지는 것과 동시에 같은 방향으로 신형을 날렸다. 무거운 독고구검에 나의 내공이 실리자 마치 날아가는 유성과도 같았다. 공중에서는 자유롭게 움직일 수 없다는 것이 상식이다. 하지만 녀석은 인간이 아니다.

"큭!"

대장 녀석은 다리보다 긴 팔룸을 든 팔을 뻗어 날아오는 현철중검의 검면을 쳐내려고 했다. 예상대로 저 녀석의 동체 시력은 인간의 상상을 초월한다. 보통 사람이라면 도저히 볼 수 없는 움직임을 모두 알아볼 수 있다는 소리다. 그런 눈이니까 파창식의 변화를 모두 읽었겠지. 놈에게 허초 따위는 통하지 않아. 그렇다면?

녀석이 현철중검을 내려쳤다. 검은 공중에서 받은 힘에 의해 땅바닥으로 50센티 가까이 박혀들어 갔다. 하지만 그 강맹한 힘에 의해 대장 녀석의 체공 시간이 길어졌다. 내가 녀석의 바로 앞까지 접근할 수 있는 충분한 시간을 벌어준 것이다. 지금이다!

"쿠코코쿠카(항룡유회(亢龍有悔))!"

근거리까지 접근하는 데 성공한 나는 왼발을 굻고 오른쪽 팔을 안으로 구부리며 장심으로 원을 그리듯 하면서 녀석의 몸통에 항룡십팔장 가운데 하나인 항룡유회의 일격을 가했다. 항룡십팔장은 홍칠공이라는 늙은 거지가 창안했다고 하는데 강맹함이 특징인 무공이다. 변화는 단순하지만 힘만은 진짜다. 허초가 통하지 않으면 실초로 상대하면 된다. 변화가 통하지 않으면 피할 수 없는 간단한 수법을 쓰는 거다.

댕강!

녀석은 팔룸을 양손으로 들고 그것으로 항룡유회의 힘을 막으려고 했다. 하지만 일단 발산된 권격은 금속으로 된 그것을 간단히 두 동강을 내고 녀석의 배에 명중했다.

퍼억! 쿵!

한 방 크게 얻어맞은 녀석은 그대로 공중에서 두 번이나 회전하더니 쿵 소리와 함께 바닥에 떨어졌다. 코부터 떨어졌으니 꽤 아플 거다. 감히 천재인 나를 이렇게 애먹였으니 칭찬하는 의미에서 이 세계에서 행할 해부 실험 제1호의 제물로 너를 사용해 주마. 음하하하!

앗! 그러고 보니 선녀는 어떻게 되었지?

집중하다 보니 휴먼 족의 위기를 잊고 있었다. 서둘러 그쪽을 바라보았다. 거기에는 비참한 광경이 펼쳐지고 있었다. 빠지작 하는 바가지 깨지는 소리가 들려왔다. 그것은 남아 있던 한 명의 휴먼 족 남성의 머리에 곤봉이 정통으로 명중하면서 나는 소리였다. 마치 수박이 박살나는 듯한 그런 광경이 벌어지고 있었다. 다만 내용물은 그것이 아니었지만. 뛰어오르는 두개골의 파편과 뇌수들… 수많은 해부를 해온 내가 보기에도 끔찍한 장면이다.

"카카카(이럴 수가)!"

뭐냐! 이런 상황에서까지 왜 저런 음성이 내 입에서 나와야 하는 거냐고?

선녀가 위험하다. 이제 뒤를 봐주던 동료가 죽었으니 사방에서 덤벼드는 스머프들을 감당할 수 없을 거다. 서둘러 현철중검을 뽑아 들고 도와주기 위해 그쪽으로 달려갔지만 시간에 맞출 수 없다. 나의 로맨스는 시작도 해보기 전에 끝나는 건가? 아……!

그때였다. 동료의 죽음을 확인한 그녀는 들고 있던 검을 바닥에 던져 버리더니 위로 뛰어올랐다. 하지만 그 정도 점프로는 스머프 족들의 키를 넘을 수 없을 정도였다. 그런데, 그런데 넘고 있다. 어떻게? 공중으로 솟구친 그녀의 몸은 다시 지면으로 내려올 생각을 하지 않고 있다.

펄럭! 텅!

하늘에서 떨어진 것은 그녀가 아니라 그녀가 입고 있던 방어구와 스커트다. 그렇다면 지금 그녀는……? 결정적인 순간을 놓치지 않기 위해 공중에 떠 있는 그녀를 바라보았다. 무슨 장면이냐고? 에이, 잘 알면서. 호호호.

앗! 저럴 수가?

내가 본 것은 기대와는 전혀 다른 것이었다. 하지만 실망이라는 감정이 들기에는 내 눈에 들어온 그 광경이 너무나 충격적이었다. 그녀, 아니, 이제는 더 이상 그녀라고 말할 수 없을 것 같다. 짐승이나 야수라고 불러야 할 것 같다. 좀 전까지 선녀의 모습이었던 그녀의 피부 가죽이 늘어나면서 갈비뼈가 몸 안에서 움직이고 있다. 턱이 크게 벌어지고 입이 쭉 찢어지면서 보다 날카로운 이빨이 튀어나왔다. 피부의 색깔은 거무스름한 색으로 변해가고 있었고 드러난 배에는 몇 겹인지 셀 수 없을 정도의 주름이 지고 있다.

손목에서 어깨까지의 피부가 갈라지면서 얇은 막이 튀어나왔다. 그 막은 옆구리까지 퍼지나 싶더니 곧 박쥐의 날개 같은 모양이 되었다. 손가락과 발가락은 짝을 지어 붙기 시작하더니 곧 세 개가 되었다. 그리고 흉측하게 구부러지더니 매의 발톱과 같은 모양으로 변이해 버렸다. 변형이 끝난 그것은 인간이었다는 증거를 전혀 찾아볼 수 없는 그런 몰골을 하고 있다.

악몽을 꾸고 있는 걸까? 인간이 변신을 하다니? 생물학적으로 불가능하다. 특별히 징그럽다거나 하는 감정이 든 것은 아니다. 물론 미녀가 야수로 변해 버렸다는 사실에 허탈감은 들었지만 수많은 동물들을 해부하고 그것들을 관찰해 온 나에게는 생물의 생김새가 흉물스럽다고 해서 무조건 거부하는 그런 감정 따위는 없다. 나는 정말 순수하게 놀라고 있는 것이다.

그것은 날개를 퍼덕이지는 않고 있다. 바람을 이용한, 이를테면 행글라이더와 같은 활공을 하고 있다. 퇴화된 날개로 인하여 단순히 활공만 하는 새는 제법 있다. 쥐라기 시절의 시조새 같은 공룡이 바로 이런 종류다.

하지만 골격을 변형시키는 동물은 없다. 이것을 가능하게 하려면 독자적인 근육 조직이 필요하다. 그것도 보통의 근육으로는 어림도 없다. 활공을 하기 위해서는 날개에 걸리는 엄청난 부담까지 감당할 수 있는 그런 특별한 근육이어야 한다. 일반적인 새는 이 부담을 줄이기 위해 뼈 곳곳이 비어 있다. 대부분 몸도 작다. 그렇지만 저것은 다르다. 인간의 육체를 하고 있었으니 지상을 활보하기 위해서 빈 구멍이 송송 뚫린 뼈 구조일 리 없다. 그런 짓을 하면 중력과 몸 자체의 무게 때문에 신체가 버티지 못할 거다.

더구나 몸도 새에 비하면 엄청 크다. 이런 몸을 공중에 띄울 정도의 비정상적일 정도로 강한 저 근육은 어떻게 설명할 것인가? 물건을 쥘 수 있는 손이 발전한 동물에게 공중을 날아다닐 필요성이 과연 얼마나 있을까? 더구나 일정 수준의 문화를 가진 동물이라면 더욱 그렇다. 진화학상으로 보면 사용하지 않는 신체 부위는 퇴화되어 사라져야 한다. 그러니까 이곳의 인간의 기원이 새라고 하더라도 두 발 보행이 가능해진 시점에서 저 날개는 사라졌어야 한다. 사라지지 않았더라도 날 수는 없어야 한다. 그런데 그런 상식을 깡그리 무시하고 있다. 이것을 대체 뭐라고 설명해야 할까?

외전

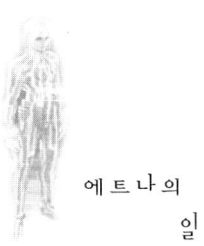

에 트 나 의
일 기

　내가 눈을 떴을 때 나의 눈에 처음으로 비친 것은 꼬마. 7~8살 정도 되어 보이는 작은 키에 코를 훌쩍거리고 있는 그런 아이였어.
　"정신이 들어? 여기는 내 개인 연구실이야. 지금부터 너의 이름은 에트나 2세야. 2세라는 말은 듣기에 주니어라는 느낌이 들 수도 있으니까 그냥 에트나라고 불러줄게. 너는 운이 아주 좋아. 나 같은 천재님 덕에 이렇게 세상 빛을 보게 되었으니까. 음하하하!"
　꼬마 주제에 아주 잘난 체를 하는 아이였어. 기본적으로 나의 뇌에 저장된 정보에 따르면 이 아이의 이름은 안톤 브라이언. 올해 나이는 7살. 과묵하고 근엄한 학자 타입이라고 입력된 신상 정보는 뭔가 오류가 있었던 게 분명. 아무리 봐도 철부지 꼬마로만 보이는걸?
　"안톤님, 반가워요. 저를 만들어주셔서 무척 기뻐요."
　그다지 하고 싶은 대사는 아니지만 이렇게 말해 두어야 하겠지. 정보에 따르면 에트나 1세는 이 꼬마의 변덕에 의해 부서진 모양이야. 상세한 내용까지는 잘 모르겠지만 나도 일단은 생명체인 이상 그렇게 되고 싶지는 않았어.

"음하하하! 그래, 나도 만족스럽구나. 자, 우리 잘 지내보자구나."

"물론이죠. 호호호호!"

어머! 복잡한 생각을 하지 않아도 간단하게 상대방의 비위를 맞출 수 있는 말이 술술 나오네? 내 인격이 어떤 사람을 참조해서 입력된 것인지는 몰라도 남성 심리에 무척 밝은 모양이야. 앞으로 차분히 이 꼬마를 연구해서 내 종 노릇을 시킬 생각을 하고 있어. 꼬마든 어른이든 남자는 무척 단순한 생물이니까 그리 어렵지는 않을 것 같아.

"자, 그럼 이거 입어. 면접 보러 가자."

"면접요?"

자존심 상하게도 안톤이라는 꼬마 녀석은 아직 어려서 그런지 내 아름다운 몸매를 보고도 별다른 반응을 보이지 않았어. 그렇다고 자존심 상해할 필요는 없겠지. 꼬마라서 아직 뭘 모르는 것일 뿐이니까.

꼬마가 나에게 내민 옷은 남색 스커트와 하얀 블라우스, 그리고 검정 뿔 테 안경이었어. 옷 고르는 센스하고는. 나는 좀 더 야한 옷을 달라고 할까도 생각해 봤는데 그래 봤자 봐줄 사람은 이 꼬맹이뿐이라는 사실이 떠올라서 관두기로 했어. 내 미모를 알아차리지도 못하는 꼬마 앞에서 그런 걸 입어봤자 허탈할 뿐일 거야.

더구나 이런 따분해 보이는 옷을 내민 걸로 봐서 이 꼬마의 미적 감각엔 뭔가 심각한 결함이 있는 것 같아. 무슨 생각을 하는지는 모르겠지만 일단 하고 싶은 대로 하도록 해줄 생각이야. 남자를 길들이는 일은 항상 처음이 중요하니까. 내가 이 꼬마의 여왕님이 되는 그날을 위해서 노력해야지. 오호호호!

옷을 다 입은 나에게 그가 내민 것은 내 신상명세서와 1급 보모 자격증이었어. 오호! 어린데도 불구하고 제법 능력 좋네? 이런 걸 다 위조해 내다니 말이야. 잘 키워두면 나중에 무척 쓸 만하겠어.

"지금부터 너는 나의 보모가 되는 거야. 그러기 위해서 지금부터 면접을 보러 갈 거야. 엄마의 취향에 대해서는 이미 입력시켜 두었으니까 내가 짜둔 각본대로만 하면 어렵지는 않겠지만 그래도 열심히 해라."

"걱정 마세요. 자신있으니까요."

인간이란 단순한 생물이야. 자기와 비슷한 취미를 가진 사람은 무의식 중에 쉽게 믿는 경향이 있거든. 그렇게 믿음직한 게 아닐 텐데도 어째서 그런 건지는 나도 잘 모르겠어. 여하간 사라 브라이언의 정보를 살펴보았어. 스페이스 야구의 광 팬이라……

안톤이 짠 각본에도 이쪽으로 공략을 하라고 나와 있었어. 하지만 역시 어린애야. 데이터가 전부가 아니라는 것도 모르는지 역대의 유명한 스페이스 야구의 경기 결과에 대해 상세하게 기술하면서 상대방의 관심을 유도한다는 식의 각본을 짜두다니 말이야. 이런 각본으로는 수상한 목적을 가지고 뒷조사를 해서 접근하려 한다는 의심만 사기 십상이야. 상대방에게 감동을 주려면 무엇보다도 표정 연기가 중요한 거야. 같은 취미에 대해 말하면서 흥분하여 주먹도 휘두르고 침을 튀겨가면서 하는 그런 광적인 연기가. 그런 이유로 나는 이 꼬맹이의 각본은 무시하고 내 맘대로 하기로 했어.

꼬마는 공학적인 머리는 있어도 의외로 인간 심리에는 둔감한 모양이야. 내 맘대로 가지고 놀기 쉬울 것 같아. 호호호.

예상대로 안톤의 엄마 사라 브라이언을 구워삶는 일은 정말이지 너무나도 쉬운 일이었어. 그녀는 나와 생각하는 패턴이 무척 유사했거든. 꽉 막힌 아줌마를 생각했는데 전혀 예상 밖이라 나도 좀 놀랐어. 그녀와 나누는 대화는 꽤 재미있었고 어느 틈엔가 나도 모르는 사이에 그것을 즐기게 되었지 뭐야? 10여 분 만에 나와 그녀는 오랫동안 사귄 친구 같은 사이로 발전할 수 있었어. 살짝 안톤 쪽을 바라봤는데 글쎄, 놀랐다는 빛이 얼굴에 가득한 거 있지? 후후, 내 실력이 이 정도란다, 꼬마야.

잘난 척하는 건방진 꼬마의 얼굴에선 볼 수 없을 것 같았던 놀란 표정이 재미있었던 나는 간단히 마칠 수도 있었던 사라와의 대화를 3시간이 넘게 질질 끌었어. 어머! 아줌마들 수다 떠는 소리에 질린 듯한 표정을 짓는 안톤을 보니 너무 오래했나 봐. 슬슬 이 정도에서 끝내야겠어.

"응, 그래서 말이지, 우리 안톤이 얼마나 귀엽냐 하면……?"

사라 브라이언은 안톤을 끔찍이도 사랑하는 모양이야. 약간 들창코에 얼굴도 그저 그렇게 생겼는데 뭐가 그리도 귀엽다고 하는지 나는 전혀 모르겠는데 말이야. 고슴도치도 자기 새끼는 예쁘다고 하니까 아마도 그런 이유겠지.

사라 브라이언의 자식 자랑은 끝이 없었어. 나의 사고 패턴은 그녀와 일면 유사한 점이 있긴 하지만 저런 코흘리개를 이렇게까지 아끼고 있는 어머니의 마음까지 닮을 수 없는 노릇 아니겠어?

여하간 그날 부로 나는 안톤의 정식 보모가 될 수 있었어. 속상하게도 안톤은 나에게 그다지 바라는 게 없었어. 가끔 외출할 일이 생기면 엄마에게 허락을 받는 패스포트로 이용하거나 음료수를 떠다 달라고 요구하는 정도로만 나를 이용하는 거야 글쎄. 겨우 이런 목적을 위해 나를 만든 것이라면 나에겐 엄청난 모욕이라고! 화가 났어.

이 꼬마를 내 손 안에 쥐고 흔들기 위해서는 이런 자잘한 일들을 들어주는 것만으로는 안 되겠는데… 뭔가 다른 수가 없을까?

그날 이후로 나는 안톤에게 최대한 접근하여 그의 성격 파악에 나서기로 했어. 하지만 이 녀석은 보통의 단순한 남자들과는 좀 다른 구석이 있었어. 자기 관리에 능한 건지 아니면 원래 이런 무덤덤한 녀석인지의 판단은 아직 할 수 없지만 자신을 내보이려는 행동은 좀처럼 보이질 않더라고.

사라와 하는 대화나 나와의 일상에서 보여주는 행동들은 어딘지 모르게 비인간적이야. 계산된 화법이나 행동들로 자신을 철저하게 감추고 있다고나 할까? 의외로 약점 잡기 까다로운 타입이었어.

별다른 수확 없이 한 달을 그냥 보내고 말았어. 이렇게 저 꼬맹이의 옆에서 보모 일이나 하면서 평생을 보내게 되는 건 아닌지 조바심이 들었어. 이런 감정이 나에게 나타날 줄은 꿈에도 몰랐는데.

이대로는 안 되겠지? 내가 주도권을 쥐고 안톤을 조종하기 위해서도 취향에는 맞지 않지만 24시간 밀착 감시를 하기로 결심했지.

잠을 줄여가며 그의 방 안을 살짝 들여다보던 나날들이 얼마나 지났을까. 어느 날 밤 마루에 나와서 달을 바라보고 있는 꼬마를 발견했어. 처음에는 보통 때와 마찬가지로 말을 걸까 하다가 꼬마의 눈에서 이제까지 못 보던 감정의 그늘을 발견하고 얼른 몸을 숨겼어. 그의 눈가에는 액체로 추정되는 반짝거림이 보였기 때문이야. 울고 있는 걸까? 왜? 무엇 때문에?

달을 보면서 한숨짓는 그런 모습은 처음이었어. 호기심에 사로잡혀 바라본 안톤의 얼굴에서는 보통의 아이에게서는 찾아보기 힘든 고뇌의 흔적 같은 것을 발견할 수 있었어. 품에서 뭔가를 뒤적거리던 안톤은 작은 네모난 종이를 꺼내 들고 잠시 그것을 바라보고 있나 싶더니 다시 품 안으로 집어넣었지. 나의 동체 시력은 무척 우수하기 때문에 그 종이가 사라 브라이언의 사진이라는 것쯤은 금세 눈치 챌 수 있었어. 어째서 이 아이는 사라와 함께 있을 때는 귀찮다는 표정을 지어 보이면서 혼자 있을 때는 왜 저런 표정으로 그녀의 사진을 보는 걸까?

그로부터 다시 일 년. 나는 안톤에 대해서 제법 여러 가지 사실을 알게 되었어. 안톤은 자신의 출생이 인위적인 것이었다는 사실에 대해 고민하는 모양이야. 사라에게 어리광을 피우고 싶다는 욕구와 더불어 자신은 진짜 아들이 아니라는 감정이 늘 그의 내면에 잠자고 있었기 때문에 평소에는 그렇게 쌀쌀하게 구는 것 같아.

그는 항상 자신은 남들과 다르다고 생각하고 있어. 하지만 TV에 나오는 자기 또래의 아이들을 보면 몹시 부럽다는 눈으로 마냥 바라보고 있는 것을 보면 평범하게 살고 싶다는 그런 생각도 하고 있는 모양이야. 그리고 그는 가끔 심하게 감상적이 되기도 해. 나는 그런 안톤이 소리 죽여 우는 모습을 종종 봐왔어. 물론 꼬마는 그런 사실을 모르고 있지만.

안톤이 잘난 척하는 것은 가면인 것 같아. 그런 가면이라도 쓰고 있지 않으면 남들을 대할 수 없다는 그런 망상에 사로잡혀 있는 건지도 몰라. 자기 학대에 능하면서도 자기 방어에도 일가견이 있는 묘한 아이. 점점 이 아이에 대한 흥미가 솟아나. 저 아이가 쓰고 있는 가면을 벗겨내고 싶다, 그 아래에 있는 진짜 모습은 과연 무엇인지 알고 싶다는 그런 감정에 못 견딜 지경이야.

그후로 그의 진짜 모습이 보고 싶어진 나는 그가 예상하지 못할 만한 엉뚱한 일들을 찾아내어 그를 놀래키곤 했어. 순간순간 보이는 안톤의 새로운 표정을 보는 것이 언제부터인가 나의 즐거움이 되어갔지 뭐야? 그의 마음의 문은 굳게 닫혀 있지만 거기에는 비집고 들어갈 만한 틈이 많아. 어째서인지 이런 틈새를 찾는 것이 요즘은 무척 즐거워.

안톤을 관찰하는 나의 원래의 목적은 이미 오래전에 잊어버렸어. 지금은 이렇게 사는 것이 무척 편안해. 엉뚱함은 언제부터인가 나의 성격의 일부가 되어버렸고 이제는 너무나 자연스러워져서 나도 가끔은 깜짝깜짝 놀라곤 해. 도도한 내가 이렇게 되리라고는 예상치 못했지만 그리 싫지는 않아.

나는 언젠가 안톤의 얼굴에서 그의 가면을 완전히 제거하게 될 날이 오는 것을 꿈꾸고 있어. 이것은 여성이면 누구나 가지고 있는 모성 본능인 걸까? 어쩌면 사랑일지도……. 호기심이 흥미로, 흥미가 사랑으로 발전한 걸까? 나도 잘 모르겠어. 다만 지금은 이 아이를 계속 바라보고 싶어. 의외로 여린 유리 가슴을 가진 이 아이가 산산이 부서지지 않도록 지켜주고 싶어. 그리고 언젠가는 진짜 얼굴로 나에게 미소 지어주는 그날이 왔으면 해.

과연 그날이 오게 될는지의 여부는 아직 알 수 없지만 나는 계속 그의 옆에 있을 거야. 시간은 넘치도록 많이 있으니까 언젠가는 볼 수 있겠지.

그렇죠, 나의 주인님?

〈2권으로 이어집니다〉